百年中国女性文学作品选

散文 下卷

主编 ● 吕若涵

总主编 乔以钢

黑龙江大学出版社
HEILONGJIANG UNIVERSITY PRESS
哈尔滨

图书在版编目（CIP）数据

百年中国女性文学作品选．散文．下卷 / 乔以钢总主编；吕若涵分册主编． -- 哈尔滨：黑龙江大学出版社，2023.12
 ISBN 978-7-5686-0926-5

Ⅰ．①百⋯ Ⅱ．①乔⋯ ②吕⋯ Ⅲ．①中国文学－现代文学－妇女文学－作品综合集②中国文学－当代文学－妇女文学－作品综合集③散文集－中国－现代④散文集－中国－当代 Ⅳ．① I216.1 ② I266

中国国家版本馆CIP数据核字（2023）第013181号

百年中国女性文学作品选·散文·下卷
BAINIAN ZHONGGUO NÜXING WENXUE ZUOPINXUAN　SANWEN XIAJUAN
吕若涵　主编

责任编辑	魏翕然　范丽丽
出版发行	黑龙江大学出版社
地　　址	哈尔滨市南岗区学府三道街36号
印　　刷	哈尔滨市石桥印务有限公司
开　　本	720毫米×1000毫米　1/16
印　　张	15.5
字　　数	215千
版　　次	2023年12月第1版
印　　次	2023年12月第1次印刷
书　　号	ISBN 978-7-5686-0926-5
定　　价	62.00元

本书如有印装错误请与本社联系更换，联系电话：0451-86608666。

版权所有　侵权必究

总　序

乔以钢

《百年中国女性文学作品选》是国家社会科学基金重大项目"《中国女性文学大系》及女性文学史研究"（17ZDA242）的阶段性成果。课题组在广泛搜集、系统整理二十世纪初至今百余年来中国女作家不同文体创作的基础上，精选部分优秀篇章，多侧面呈现出中国女作家的创作成就，为读者展示出五彩斑斓的文学景观。

一

文学创作是人类精神生活的重要方式之一，负载着极为丰富的历史文化信息，其中包括人们在社会实践中的生命感受和性别体验。关于这一点，通常不难取得共识。然而，在此基础上如果提出"女性文学"的命题则常会遭遇质疑：文学属于全人类，为什么要专门将其与"女性"连在一起谈论呢？

实际上，我们如果能够客观地看待女性在世界范围内所具有的共通性的历史地位，不回避这个性别在父权社会中总体上居于从属地位的基本事实，就不难理解，女性的文学活动作为性别弱势群体的一种表达方式，被视为具有特定人文内涵的观照对象是不无道理的。

在漫长的历史进程中,女性始终是人类文化活动的参与者。从古希腊抒情诗人萨福的诗作,到中国最早的诗歌总集《诗经》中出自女作者之手的篇章;从日本紫式部的小说《源氏物语》、清少纳言的散文集《枕草子》,到墨西哥女诗人索尔·胡安娜、美国女诗人安妮·布雷兹特里特的创作;从十九世纪英国女作家简·奥斯汀、乔治·艾略特、勃朗特姐妹、法国女作家乔治·桑,到二十世纪初的中国现代女作家……不同时代、不同地域的文学女性,以不同的民族语言谱写出异彩纷呈的篇章,在人类审美之旅中留下了宝贵的印记。然而受宗法制影响,曾长期存在男尊女卑、男主女从、男外女内的等级观念和社会运行机制,反映在各类历史叙事作品中,女性的文学创作活动或被湮没,或难以得到公正的评价。二十世纪上半叶,在妇女解放运动和新文化思潮的推动下这种状况开始发生改变。时至今日,涉及性别平等的社会制度和思想文化建设已取得重大进展,越来越多的人认识到,性别问题反映着人类文明的程度,女性创作除了具备一般意义上的文学功能之外,还蕴含着对性别平等的诉求。从这个角度来说,女性在文学活动中的创造既是中华民族文化史的有机构成,具有不可替代的人文价值,同时也是一种符合时代进步要求,具有文化批判和文化建设双重意义的文学现象,无疑值得关注。

不可否认,女性文学这一命题的展开与性别差异有着密切的关联。这里所说的差异,以不同性别之间的生物学差异为基础,同时强调社会文化建构的重要作用。不过,性别差异并不能构成具体作品的面貌及其价值的决定性因素,因为任何一部文学作品都是诸多因素复合作用的结果,它很可能包含"性别",但并非止于"性别"。

为此,我们在阅读和谈论具体创作时应顾及整体,而不是仅据作品流露的性别倾向做出判断。事实上,阅读丛书收录的作品可以了解到,百余年来的中国女性文学不仅生动地传达了与性别生存相关的体验,而且切入广阔复杂的社会生活,在艺术方面做出了不拘一格的尝试和创造。这里,性别视角作为阅读和理解作品的途径之一,只是提示我们自觉关注文本中常被忽略的性别文化内涵,而并不否认这些创作本身所具有的多样性特征。

二

冰心曾说:"世界上若没有女人,这世界至少要失去十分之五的'真'、十分之六的'善'、十分之七的'美'。"(《〈关于女人〉后记》)这虽然是一种主观性颇强的描述,却也间接地透露出作者对具有真、善、美品性的女人的期许。百余年来的女性创作未曾受限于传统文化有关女性性别的思维定式,而是以缤纷的艺术生命力敞开了宇宙自然和人类生活的景观。她们的文字跨越地域,穿越时空,描摹世间万象,抵达人性幽微,其中有深邃的历史、鲜活的现实以及流动的心灵世界,蕴含的内容极为丰富。丛书所展现的正是女作家笔下色彩绚丽的文学世界的一个缩影。

首先,"人"的主体意识的觉醒,是百余年来中国女性文学创作最为鲜明、具有划时代意义的特征。此前,古代才女往往以抒写个人生活际遇和情感为中心,缠绵多思,多愁善感。十九世纪末二十世纪初,秋瑾等人的创作注入了女性人格意识,辐射开阔的社会领域。在"五四"催生的新一代女作家身上,进一步体现出时代的影响,小说、诗歌、散文、戏剧等各类文学体裁的创作中都有女作家的身影。在反映女性境遇的同时,她们以强烈的参与意识面向社会,展现出迥异于旧时才女的精神视野。社会责任感和历史使命感的增强，塑造了女作家崭新的人生气度，拓展了其创作思维空间。二十世纪三四十年代以后，相当一部分女作家的文学实践汇入带有社会革命色彩和民族解放斗争气息的文学主潮，其社会性主题突出并得到长期延续。二十世纪八十年代，文学的发展进入新时期，文学女性的主体意识空前增强，其创作在启蒙主义、人道主义思潮引领下焕发出新的生机。自那时至今四十多年来，女性文学创作大大地突破了传统的狭小格局，以独立的人格精神和鲜明的艺术个性在中国文坛上绽放光彩，而且产生了世界性的影响。

其次，来自生命本体以及社会文化涵育的性别意识，在女性文学创作中有着或隐或显的体现。从这套丛书收录的作品可以看出，一方面，在特定的历史环境中，部分女作家倾向于将女性命运融入对国家、民族命运的关注，她们突破传统文化脉络中的女性书写方式，既没有以个人生活为中心，也不曾限于对妇女解放的诉求，而是关注大时代的社会风云。另一方面，部分女作家自觉关注女性的受压迫命运以及传统历史文化在她们身上留下的痼疾，在作品中揭示礼教和社会恶势力对女性的戕害，同时对女性自身进行严肃的自审和反思，昭示着女性精神的成长。在这样的过程中，作者的性别意识程度不同、形态各异地渗透到创作活动中，对作品的思想文化内涵产生了深刻的影响。

最后，开放而多元的审美倾向，才华横溢的艺术创造，可谓百余年来中国女性文学实践的重要收获。不难发现，女性文学的现代性演进是全方位的，其思维空间的拓展、文学观念的更新，带来了传统审美模式的突破和艺术表现的新变。现代女性文学突破了传统才女文学的情感倾向和审美趣味，取而代之的是多元的审美倾向和绚烂的艺术风貌。其植根于中华民族的历史和现实,萃取传统文学的精华,包括尝试赋予旧有的文学形式以新的内容;与此同时,女作家们以积极的心态从世界文学经典中汲取营养,将丰饶的文学想象力和创作才华运用于不同文学体裁的实践中,奉献出了风采各异的作品。

三

本丛书萃取二十世纪初至2020年间中国女作家的优秀之作,依体裁进行编排,分为小说、诗歌、散文、戏剧文学和电影文学五种,共十二卷。各卷大体依作家出生及作品发表的时间进行排序;对作品的版本择善而从,文末注明具体出处。需要说明的是,丛书对中华人民共和国成立之前的作品,侧重文献整理,在编辑出版过程中,除订正明显讹误之外,字词、标点、句法尊重原文予以保留,不做调改。

由于丛书篇幅有限,我们在编选时重点收录中、短篇作品;与此同时,对包括长篇作品在内的女性文学创作概貌在各册"前言"中择要加以介绍,以便读者了解各类体裁和不同时期女性文学创作的整体面貌、主要成就及特征。

担任丛书各册主编的是来自国内多所高校、在女性文学研究领域取得重要成绩的学者,同时也是国家社会科学基金重大项目"《中国女性文学大系》及女性文学史研究"各子课题的负责人及主要成员。具体情况为:

小说(第一、二卷):刘堃(南开大学)

（第三卷）:董丽敏(上海师范大学)

（第四、五卷）:马春花(中国海洋大学)

（第六卷）：郭冰茹(中山大学)

诗歌：李润霞(南开大学)

散文：吕若涵(福建师范大学)

戏剧文学：苏琼(厦门大学)

电影文学：许航(北京电影学院)

我们期待这套丛书的出版，有助于从特定的角度丰富读者对中华民族优秀传统文化资源的认知，并为基于性别平等观念的文学史写作及学术研究提供参考。

前　言

吕若涵

  如果我们用"她力量"来概括百年来女性在社会、政治、文化中发挥的作用和取得的成就,那么女性散文便是诸种文学形式中通过作家的所见所闻、所思所感、所论所议,最直接、最真实地展现"她力量"产生、发展、夯实及不可取代的文类。女性散文将文学性和真实性融合为一,犹如一面面棱镜,映照着历史的曲折进程和社会的丰富样貌。女性散文还是心史,将一个个独立鲜明的自我合成不可拆分的共同体,折射出现代女性百转千回的心灵。就这样,女性散文在水流湍急的文学长河中溅起浪花,腾升氤氲,渐臻佳境,故而绵延繁盛至今,自带光环,拥有一代又一代读者。

一

  20世纪前半叶的女性散文,为后世留下了不可替代的写作经验和文学传统。女性散文始终把男女平权、个性自觉、反抗传统、重塑现代女性的自由意志和反叛意识等当作核心价值。受到时代的影响和制约,20世纪至今,散文承载着社会的风云变幻、家国的兴衰转折,围绕着启蒙、革命、战争、流离、变革、复兴而展开主题鲜明的叙述。清末民初的中国已出现《女学报》《神州女报》《妇女报》《女学生》《留日女学生报》《女子白话报》《女子世界》等一批开启民智、呼唤女性觉醒的报刊。宋慈、秋瑾、吕碧城、陈撷芬、薛绍徽、炼石、丁初我、张竹君等凝聚社会力量，倡导妇女独立，以悲情和激烈的文字进行鼓与呼。这批近代知识女性多身兼数种身份，在世纪转折、改朝换代之际踏出闺阁，参与到政治、文化、社会的改造中。她们的人生经历异彩纷呈，文学创作甚至不是她们的第一要事，而是她们感应现实、将"文章合为时而著"的社会功能发挥到极致的手段和方法。

妇女运动先驱者们的筚路蓝缕奠定了五四时期女作家群体崛起的基础。五四时期的知识女性多生于19世纪末、20世纪初，毕业于北京女子高等师范学校、燕京大学等高等学府，且多有游学欧美的经历。她们在新兴的社会思潮和新文化、新文学思潮的涌动下"浮出了历史地表"。陈衡哲、冰心、冯沅君、苏雪林、陆晶清、庐隐、陈学昭、袁昌英、方令孺、石评梅等开始以清新俊逸的白话文来叙事描写、抒情写意、表现自我、表现现代人文精神。

五四时期是文明批评和社会批评的时代，女性杂文从一开始就将女性个人的命运与思想启蒙、妇女解放、社会改造等时代思潮紧紧联系在一起。陈衡哲是现代女作家中的杂文高手，意气风发，尽显独立批评的飒爽之气。苏雪林、陆晶清、庐隐、石评梅、丁玲、杨刚、林徽因、苏青等都曾任报刊的主编或编辑。报刊是社会公共园地，知名或不知名的女作家积极撰文，积极参与关于女性生育、妇女教育、现代家庭伦理关系等一系列社会问题的讨论，反抗传统的文化机制对女性的束缚，争取发展的权利和定义女性主体性的权利。女性的杂文写作不应被女性文学研究者忽视。它终将成为现代女性在公共空间争取话语权的范例。

五四以后的现代女性散文,不断地在男性中心传统中开辟出女性的话语空间,使女性从被书写的客体变成自我发现、自我书写的文学主体。现代女性散文多带有强烈的自叙传色彩,涉及战争与革命、都市与乡村、婚姻与家庭、风俗与文明、艺术与人生等题材。无论时代如何曲折发展,现代女性散文一直在探求建构自我身份、自我形象、自我意识的可能性。冰心的《寄小读者》与她的小诗、小说一样,传达"爱的哲学"的信念和成才有为的理想。石评梅的《涛语》《偶然草》唯美而悲凄,写尽自我的困境。庐隐以"天地一孤鸿"自况,难以走出原生家庭给她留下的心理阴影。她的人生中没有出现一只羊皮筏子来帮助她渡过婚姻、生育、事业之险滩暗流。与早逝的庐隐曾一起就读北京女子高等师范学校的苏雪林在早期散文集《绿天》中半虚半实地描写看似美好的新婚,这恰恰与现实中婚姻存在的裂缝形成反讽。尽管五四时期的女性在自我书写和认知中仍有明显的保守倾向和传统倾向,但是这恰恰是中国现代文学在青春期特有的激进、浪漫、忧郁、感伤的时代症候的体现。

20世纪30年代至40年代,女性散文作家众多,散文数量呈几何级增长趋势,且社会对女性创作有着极高的期待和关注。与五四时期相比,这一时期女性散文表现自我的书写策略更加醒目独特,也更加多元复杂。萧红、谢冰莹、白薇、林徽因、凌叔华、丁玲、冯铿、杨刚、子冈、苏青、张爱玲等出身不同,命运迥异,她们的散文已很难用温婉、古典、自然等词语来概括和限定。白薇的情书,萧红的《商市街》《回忆鲁迅先生》,杨刚、子冈、浦熙修的散文和通讯,丁玲的《风雨中忆萧红》《"三八节"有感》等,彰显出左翼女性流亡、叛逆、勇敢的独特气质。冰心的《关于女人》、林徽因从大后方寄给国外友人的书信,濡染着忧患底色,又不失坚强乐观的精神。而在上海沦陷区,张爱玲从公寓阳台向外"张看"、与读者窃窃"私语",苏青创办《天地》,这两位性格相左的女作家在谈天说地、谈男人、谈女人、谈母爱的散文中有着相似的质疑、冷嘲、反讽和解构。实际上,战火、流离、死亡不能不令女性产生危机感。今天的读者随手翻翻作品就会发现,20世纪40年代的女性散文已有成熟的性别视角,表现大变局中的个人情感、家国意识、两性关系和生命哲学。

百年前的女性散文以现代性的审美意识与艺术表现力成为后世文学不可遗弃的传统。这些散文细节真切,思想敏锐,具有"天然去雕饰"的语言,彰显了五四女作家特有的典雅蕴藉、诗意充沛、清丽飘逸的抒情格调。此外,现代女性作家几乎驾驭了散文的各种体式,以散文诗、杂文、小品文、随笔、旅行记、日记、自传、传记、通讯等,满足不同的题材需求和各自的写作需求。

二

20世纪60、70年代,在现代主义思潮风起云涌之时,台港女性散文较之大陆(内地)女性散文,更早萌生出女性主义的主体性与现代主义的自觉性。20世纪80年代以后,后现代文化与女性主义理论强势撞击,中国文学的典雅传统、写实传统得到充分表现,女性散文占据台湾散文的半壁江山。香港女性散文寄生于极度发达的报刊专栏,以都市生活为话题,篇幅较小,文风简洁,无所不谈,雅俗共赏。

相比较而言,"迟到"又"晚熟"的大陆(内地)女性散文,恰如一股能量到达临界点的地火,被新时期思想解放和"新启蒙"思潮点燃,迎来了沉默已久的爆发。20世纪80年代以来,女性散文"四代同堂"的写作盛景持续了十数年之久,成为从古至今中国文学史上难得一见的创作景观。

一方面,当代女性散文直面沉重的历史遗留问题,真实记录,知人论世。冰心、杨绛、丁玲、梅志、韦君宜、宗璞、张洁、丁宁、菡子、新凤霞、叶文玲等的散文,展现着女性长于观察、体味、描写、复刻、还原的高超能力,为后人留下了大量具有史料价值的作品。即使没有最后的告别之作《我们仨》和《走到人生边上——自问自答》,单凭《干校六记》《将饮茶》《杂忆与杂写》等大量风格突出的叙事回忆散文,杨绛当之无愧地跻身于20世纪中国散文大家的行列。

另一方面,当代女性散文重建起爱和美的现代传统,发现和表现生活美、自然美、人情美,成为文学理想主义的一部分。宗璞走的是典雅的抒情路线,《燕园石寻》《燕园碑寻》《燕园树寻》《燕园墓寻》《燕园桥寻》等托物言志,表达对知识分子人格风范的倾羡、咏叹。《紫藤萝瀑布》《丁香结》《好一朵木槿花》《二十四番花信》等抒情言志,蕴藉绵长。

张洁、铁凝、叶文玲、梅洁、韩小蕙、王英琦、苏叶、叶梦、周佩红、马丽华、唐敏、斯妤、王安忆、池莉、叶广芩等,则开始迎接颠覆传统女性写作美学的散文新浪潮。或者说,她们就是掀动浪潮的人,是"她力量"中"她散文"最具创新性的一代。她们拆解女性日常生活场景中那些久未被识破的性别陷阱,鼓足勇气,用笔墨向长期被男性主导的社会主流价值进行挑战,那里曾是众多前辈小心翼翼避开的深水区。

20世纪90年代,女性散文兴起的背后有更为复杂的原因。这代女作家在成长过程中首先接受了中华人民共和国成立以来"半边天"的观念及相关制度保障。1995年北京世界妇女大会的召开,恰逢其时地为正在寻找艺术新路的女作家带来陌生、新奇、极具思想冲击力的西方女性主义理论,成功唤醒了女作家的性别意识。女作家去倾听被长久忽略的来自内心深处的声音。而20世纪80年代后期日益走向鼎盛的现代主义思潮,则为女作家提供了新鲜的技法和实验路径。由此,一场女性散文的写作盛宴开启了。从总体上看,女性散文采用两种写作策略。第一种写作策略是广泛发掘女性的人生经验,从婚姻、病痛、生育等所带来的体验中,寻找女性生命的丰富内涵。女性散文从不缺乏对日常生活的感性抒写。但在很长一段时间里,专属女性的内在世界、生理、生育与病痛等,以及她们在传统伦理、现代生活和自我发展的重围中产生的深刻的性别角色危机,都曾被遗忘在文学深处。斯妤、苏叶、王英琦、韩小蕙等在希望与现实背离的痛苦、无奈和困惑中道出了职业女性担当双重角色的疲惫,道出了对爱情的幻灭、对婚姻生活的失望,以及在平庸琐碎的日常生活中的灰色情绪。斯妤在《心灵速写》中所表现的低落的情绪源于她对"生存是无尽期的整理,无尽期的凌乱,无尽期的期待与厌倦"的领悟。而苏叶把散文写作当作"以稿纸为纱布,以笔为刀,在书桌这张手术台上检视自己内心的过程"①。铁凝的散文《你在大雾里得意忘形》长期入选各种选本,表现了只有摆脱各种身份和面具、挣脱世俗的枷锁,才能赢来一片自由自在的天空,但这种机会可遇不可求,一场得之不易的大雾终会散去。

第二种写作策略是向女性的生命本体和潜意识做纵向挖掘,对女性日常生活经验进行提升,将女性的幻想、感情和知性朝着女性历史和文化的方向进行集成,使女性自觉与文学自觉并驾齐驱。其

---

① 苏叶:《苏叶散文自选集》,百花文艺出版社1995年版,自序第1页。

目的是既要打破批评家对女性写作"过多的抒情,感情绵缠"①的刻板印象,又要对相对保守的散文叙事抒情模式发起冲击。从客观上来看,1995年前后,女性散文作家所能倚靠的西方女性主义理论资源是单一的、有限的,影响最大的不过就是波伏娃的《第二性》、伍尔夫的《一间自己的屋子》、肖瓦尔特的《她们自己的文学》等。但正是这些经典的启蒙之作打开了当代女性作家的文化思想视界和文学想象空间。不少女性散文将女性作为与大自然一样神秘的、富有灵性的、令人崇拜的力量,展现对女性文明与女性神话的向往与追求。唐敏的散文《女孩子的花》把女性比喻成冰清玉洁、优雅轻盈的水仙花,借水仙柔美的姿态、清冽的香气和易受伤害的命运来表达对女性在现实困境中易毁难存的深深怜惜。铁凝的《草戒指》《河之女》等则明显带有作家对现代文明的某种价值判断,赞美女性原始的、朴素的生命力之美和生命之圆满。还有不少散文重写文学、文化、历史。筱敏笔下有精卫、山鬼、小人鱼等对神话、童话中女子的想象,有对居里夫人(《伟大是忧郁的》)等伟大女性的各种解读。素素的《消失的女人》、张爱华的《孤独女子》等则对古往今来一些悲剧女性的性格进行挖掘和剖析,在历史女性的身上寻找情感的支撑点。女作家们还运用各种现代主义文学手段进行抒情,营造意境、意象,将月亮、水、镜子、水果、井等意象化作隐喻符号,触摸女性主义人类学的意蕴。而在对女性身体经验和内在欲望进行诗性言说方面,叶梦、黑孩、斯妤、张抗抗等以"巫性思维""发散性思维""神话思维"去表现女性身体的奥妙与女性心理的幽微,揭示女性潜意识中长期沉默的欲望。

---

① 汪曾祺:《当代散文大系总序》,载《当代作家评论》1993年第1期。

任何一场突然起势的狂飙突进,都很难长时间维系。数年以后,林白伤感地说:"原先我小说中的某种女人消失了,她们曾经古怪、神秘、歇斯底里、自怨自艾,也性感,也优雅,也魅惑,但现在她们不见了。"①20世纪90年代,女性散文恰如一个画廊,留下了一批林白所说的"某种女人"的自画像。这些女性"画家"面对镜子里的自己,也许用力过度。但一个时代在画布上投射的驳杂光影、留下的文学镜像则是真切的。

三

进入21世纪,文学界如常更迭。2003年的女性散文或许值得一提。2003年,出生于1979年的李娟出版了第一部散文集《九篇雪》,其中的"鲜活文字",让主编刘亮程发出"我能为读到这样的散文感到幸福"②的感慨。同年,《新散文九人集》出版。虽然"新散文"群体无严格意义上的界定,但是批评界仍然以"对传统散文势力表现出疏离和反叛的姿态"③为标准,将周晓枫、冯秋子、王小妮、塞壬、翟永明、杜丽等的女性散文划入"群"中。现代主义的内在躁动已然退去,后现代的语言狂欢里没有为抒情和浪漫留有一席之地。同年7月,杨绛出版《我们仨》,她把沉重的历史回忆再次留给读者,此后,她要"走到人生边上",完成对生命的终极思索。

21世纪出现了更多的长篇幅散文作品,这些散文作品以非虚构作品、报告文学、自传、传记、读书札记为多。这些散文将对个人生活、一己悲欢的关注,转向对家国的宏大历史和广阔的社会生活

---

① 林白:《万物花开》,人民文学出版社2003年版,第283页。
② 李娟:《九篇雪》,新疆人民出版社2003年版,序言第2页。
③ 祝勇:《新散文九人集》,中国广播电视出版社2003年版,序第2页。

的关注,记叙边缘和底层人群的生活,表现新世纪的写作欲望。

长篇的回忆性散文更适合将个人记忆转化成集体记忆。章诒和的《伶人往事》迷恋的是消逝殆尽的"梨园文化"和博大精深的传统艺术,结合了学术性的文献注释和年谱元素,运用戏剧文学的表现手法与带有传记特色的叙事结构,迥异于作者的其他散文。与专业写作者的笔法大相径庭的是李茵于2005年出版的《永州旧事》,书中所记叙的20世纪永州风土人情的点点滴滴与沈从文的湘西世界遥遥呼应。姜淑梅于2013年出版的《乱时候,穷时候》被诸多读者称作"民间史",读者惊叹的是作者从容而自然地将农民粗犷的生命记叙得惊心动魄。

2010年,《人民文学》推出了"非虚构"专栏。郑小琼的《女工记》力图展现"中国女工图像"。王小妮的《上课记》记叙了一个老师对学生琐细而不间断的观察和思考。李娟的《春牧场》倾心于记叙原生态的阿勒泰牧民生活。正如批评家所指出的,这些非虚构女性写作整合了女性写作中独特的写作特点,即细节化、散文化、经验式呈现,在这些文本中,那些动人的细节、饱满的情感是其他慷慨激昂的非虚构叙事文本所不能给予的。

21世纪,读书札记、影评、艺评、学术随笔是女性散文作家驰骋的智性空间。赵园、季红真、扬之水等游走于学术和文学的交叉地带,或者以对历史人事的洞见"载道言志",或者以趣味、玩赏的心态"玩物丧志"。我们不妨将这些随笔或札记解释为"写在学术的边上"的作品。但残雪不同,她的《灵魂的城堡:理解卡夫卡》《解读博尔赫斯》《地狱中的独行者》《艺术复仇——残雪文学笔记》《辉煌的裂变——卡尔维诺的艺术生存》让文坛刮目相看。它们是一个现代主义的小说家与一批伟大作家之间的"灵魂"对话,是"戴着经典作品的镌刻所展开的精神之舞"①。铁凝的画评、毛尖的影评、潘向黎的古诗词赏读等,则以跨界书写、主题出位给予读者新的期待。乐观地说,女性散文或许将在一次又一次的世代更迭中奔跑、发展,继续建构着女性的表达文化,寻找突破点。

---

① 叶立文:《"复述"的艺术——论当代先锋作家的文学批评》,载《文学评论》2012年第4期。

百年中国女性文学作品选·散文

下卷

菡子
重逢日记 …………………………………………… 2

丁宁
幽燕诗魂 …………………………………………… 19
世事沧桑故土情(节选) …………………………… 27

宗璞
三松堂断忆(节选) ………………………………… 35
二十四番花信 ……………………………………… 40

张洁
捡麦穗 ……………………………………………… 43
这时候,你才算长大 ……………………………… 47

戴厚英
很少想到自己是女人 ……………………………… 51

叶文玲
寂寞书院冷 ………………………………………… 54
梦里寻你千百度(节选) …………………………… 57

梅洁
不是遗言的遗言 …………………………………… 62

李佩芝
小屋 …………………………………………………………… 70

陈慧瑛
竹叶三君 ………………………………………………………… 76

苏叶
只有扇子崖 ……………………………………………………… 83

叶梦
湘西寻梦(节选) ………………………………………………… 87
紫色暖巢——关于我出生时的浪漫回想 ……………………… 90

周佩红
西津古渡 ………………………………………………………… 95
牲灵 ……………………………………………………………… 98

舒婷
渐行渐远的背影(节选) ………………………………………… 107

残雪
"我" ……………………………………………………………… 113

蒋子丹
大自然的神性(节选) …………………………………………… 116

唐敏
女孩子的花 ……………………………………………………… 126

斯妤
心的形式 ………………………………………………………… 132

秦文君
孤独纪念日 …………………………………………… 139

素素
女人书简 …………………………………………… 142

筱敏
捕蝶者 ……………………………………………… 148

张爱华
孤独女子 …………………………………………… 154

海男
远处传来了斑驳声 ………………………………… 158

陈染
我究竟在这艘人世之船上浮想什么 ……………… 161

曹明华
更为富有的一刻 …………………………………… 166

黑孩
两个人的站台 ……………………………………… 171
一路平安 …………………………………………… 174

梅卓
伊扎三题（节选） ………………………………… 178

潘向黎
别院看花事外心（节选） ………………………… 181

葛水平
看戏去（节选） …………………………………… 185

李娟
我所能带给你们的事物 ················· 196
深处的那些地方 ····················· 201

沈书枝
童年随之而去 ······················· 213

敬启 ······························ 223

◇ 菡子

　　菡子(1921—2003)，原名罗涵之，江苏溧阳人。1938年加入中国共产党。历任《前锋报》《抗敌报》《淮南日报》编辑、记者，《淮南大众》社长兼总编辑。1956年任中国作协创委会副主任，后当选为中国作协第三届、第四届理事，《收获》和《上海文艺》编委，上海市作协副主席、上海文艺出版总社编审。著有散文集《和平博物馆》《幼雏集》《前线的颂歌》《初晴集》《素花集》《乡村集》等，小说集《纠纷》《前方》《万妞》等。

重逢日记

前记：与 LM 分离四十载，现住同一医院，病房只隔一层扶梯。

每天写一点，涂了《重逢日记》，遵友人之嘱，摘要抄之。

一九九五年某月某日因腰肌劳损入院，当晚八时 LM 的护工老杨敲门来谈，知道他在照顾 LM 的一切，感到亲切。第二天九时他推 LM 来，彼此呆呆地注视，见他哭出来的样子，我手足无措，如他为我而动容，我的心也是震颤的。毕竟在我十八岁的时候，他就看中了我。他已三次中风，想到他要在此走完最后的日子，我不能无动于衷，我们原是一对未伤感情的夫妻。

这半月是如此地忙，为了弄清病情。经过护工们一再地传递消息，我终于证实我的思念与 LM 的思念一致。

今天才去陪他半小时，剥了橘子给他吃，试着交谈，他很难说连贯的话。时常要劝止他的哭泣，他还是有感情的。（10 月 27 日）

大约此后的一天，小宋带了女儿小戈来，我们一同上楼去看 LM，他高兴得哭了，小戈以一个基督徒为他祈祷："你会好的！"诚心诚意。我说我们一九五四年与小宋在无锡相识，已是四十年，他忙纠正：四十一年。他的准确令人惊疑。

局老干部办公室送来五盒洋参丸，下午四时提前去看 LM，拿到什么东西都首先想到他。他很清楚地说:"我正要找你。"

我注意到他坐的藤椅,还是五十年代的,已是从南楼找来的第二把椅子,藤发黑,网了不少红白相间的塑料绳,留着破败的痕迹,座位有些倾斜。我马上想到他有一天会从椅子上跌下来。他不能再跌了呀!再看他的衣服也脏了,他随着我焦急的目光不安起来,裸露的小腿在抽筋,我第一次听见他噭了(他本有会喊的老头的称号),我非常伤心。他应该有一把安全的椅子,给他度过余生一半的时间。可以从家中拿来,还有狗皮褥子,我知道家里有两条别人的赠物。为此我说服老杨,不顾一切苦苦地哀求医生、护士长、可以代我说话的病友,最后 LM 自己也说:"换。"可是他还是一天天地坐在那张破藤椅里。以后我晚上去,宁肯看见他躺着。

躺着的他,没有病容,童颜鹤发,面色红润,睡眠、胃口都好,说不定什么时候能说出一大堆话、站起来走路。我一句一顿地把这个想法告诉他,他笑不敛口,我逐渐萌发要为他塑造完美形象的想法。他是爱美的,前几天我听到他的噭,也许正是我看到他窘态时的不安。普希金受伤后,不愿妻子看到他的伤容;罗曼·罗兰写到与忘年交梅森堡夫人最后的相见,老人因疼痛难堪,发作时都去另室回避,还说:"这不是我的罪过。"我理解这种心情。(11 月 8 日至 14 日)

给他带去影集,开了床头的灯,为他翻阅。映入眼帘的是我的青年时代,电视节目中《作家与画家》的编者挑选出的一套照片;大都是与 LM 共同生活的年月。他像初识我时那样注视着影集中的我,喃喃地发出声来,说这些照片珍贵,要好好保存。只有较近在深圳的两张,虽说穿着与从前差不多,但他说不像我,他只肯保存我年轻时鲜亮的印象。

还有一张他与我的合影,他自然注意到了,我们守着默契,不说什么,不问从什么意义上去看,这是一张圣洁的照片。

他欢迎我去给他读散文。以后下午六时至六时四十五分去作

开启他心灵的阅读。也许浑浑噩噩更好,没有记忆,不动感情。(11月17日至19日)

给LM读《廊桥遗梦》中罗伯特·金凯寄给弗朗西丝卡的遗书。那时LM正坐在藤椅上。

现在我很清楚,我向你走去,你向我走来,已经很久很久了,虽然我们相识之前,我们谁也不知对方的存在,但是在我们浑然不觉之中,有一种无意识的注定的缘分,在轻快地吟唱,保证我们一定能走到一起。就像两只孤雁在神力召唤下,飞越一片又一片广袤的草原,多少年来,整个一生的时间,我们一直都在互相朝对方飞去。

LM噙着泪水,听得很投入。我们彼此都觉得在读自己的故事,不问有多少不同,那意境只存在于我们之间。这本书原是文风要带上楼去看的,文风在洗澡,就到隔壁去看LM,他一见我就挥手示意,引出了这段文字。如果他能阅读就能自救了。在我劝他为最后的日子中有安全感不留遗憾时,他冷静地问我:"我们能活多少日子?"(11月20日)

我给他看了手纹,安慰他说:"你是长寿的,妈妈活到人瑞之年。"有时他似不知不觉,也不想,失去完整的记忆,如果这样对他合适,这未尝不是一个境界。可他为什么老要呐喊呢?

女人痴,没药医。分开四十年了,还不时把他与自己联系起来,一九六二年回到S城,与他同住一个城市,虽不见面也觉得踏实。九十年代初在出国探亲大潮中,他已病过,我怕旅途的劳顿会使他旧病复发,弄不好也许就走了,心中惴惴不安。花几个晚上,把他几十年前写过充满激情的信件日记默写出来。以后都收在我的小说中,这小说就永远留下我们的生死恩情。

现在我看着他（好像从来没有这样亲近地相视），问道："我们是谁？"他竟把有那样悦耳音调的LM赠给了我，而他却是用的我的名字，一再地肯定，还俏皮地笑着。我也笑着承认了。这又是什么境界呢？（11月21日）

过了一个月之后，他又确认世界上有两个LM，一个是我一个是他。几次说出我的名字都很柔和，可不久又否认，他不能容忍世上只有一个孤独的我。

他说什么都忘了。我说忘了我不要紧，但我不能忘你，那会使我们更苦。他想了一会儿说："我最记得的是你！"但他说不清楚，要证实昨天我没去，老杨说LM曾要他来找我。他痴痴地望着我，我见犹怜。

六时多就去看他。他还是想我去的，谈谈过去的事情，他说不要忘记的好。谈的过江前我们与史沫特莱一起行军。夜渡长江在我们心里大约是最美好的时光。

忽然觉得去看他是天经地义的，是我们两个的权利。

这样短暂的见面，也觉得分离的艰难，问他我可以走否总是摇头。坐了比平时多一倍的时间，久久地看着对方，只能是对我。我拢着他银丝似的头发，往下看见一张轮廓分明没有皱纹的脸孔，高梁鼻爽，丹唇包着紧闭的嘴，不时吐出几个字。我向他说起自己的写作情况，他的反应是："喔，写得不少，我要看！我能看。"天真得令人伤心。

我们就是这样无怨无悔大胆也是默默地对视着。（11月23日至27日）

最近常去看他，得到的反馈：他好多了，不再是会哭喊的老头。

"人家都说我好吗！"我前几天说了他许多好话，充填了他记忆中的空白，喜不自禁。今天见面就主动问我。"是的！"我重重地说出这两个字，还点着头。我列述他的优点：真诚（他要哭了）、是非分明、不说假话、待人热情。

"我对你也是这个感觉。"不知他怎么想出来的,说得很清楚。

我说所以我们是好朋友,几十年如一日。算起来相识已是五十七年了。

LM想了好久,分两次说出:"我有许多话想对你说,说不出来。""可以谈的人很少。"

我猜出他要说什么,马上接着说:"我不怪你,你也没有遗憾!"他流泪了。他想看一本书,但我听不清他说的书名。我看了表:"一忽儿就一个钟头,七点了。"

他忍着什么,无力地说:"你走吧。"后来我注意到他爱拉我戴表的手,既喜爱又恐惧我戴的手表,包括浅棕色的表带。

他并非剑眉亮目,但有魅力,两片薄薄的嘴唇紧闭着。耳鼻口眼以及眉毛的组合无懈可击。分散了看,有女性的影子;整个看,他是个纯正的男子。不问坐着或躺着,看出他都是个长个子。过去我好像没注意这些,只觉得他的品貌很耐看。八十岁病到如此,还保持原有的风度,也是难得。我没有向他表达这些的能力,我这样凝视着他,他心中也已明白。不过他极愿我能说出来,我说了句大白话:"你真好,老得不难看!"讲出后大家都很羞涩,随即笑呵呵的。

这几天断断续续地仍谈老人的话题(其实是隐喻我们的生和死)。我还是诚恳地劝他坦坦荡荡地去,毋抱遗憾之心。我也逐渐明白起来,如我能留下一个长篇,不问经受多少坎坷,也是毫无遗憾的。

活着究竟为了什么呢?不就是无愧于心吗!

另一个话题谈我的创作,出书,人们的反应,我的抱负以及与他的关系。我的艺术感受大都来之于你,或者说得到你的指点和认可,才形成了我。他听后连声叫着:"啊,啊,啊,你不容易!"像讲对他的好评一样强烈。忽然问我:"我们怎么相识的?"我说一九三九年我过江发烧时你怎么待我。他忧郁了,有时抽泣,脸上一片乌云,我又好好劝他:"以往是美丽的,有什么挫折也过去了,现同住一个医院,得闲来陪陪你,唤起你想唤起的记忆;谈谈你想知道的事情,我们也就没有什么遗憾。"他沉默良久,答应我走了。(12月3日至10日)

今天实在兴奋,画册的初样拿来了,校正稿可以明天来取。我马上想到送上楼去给LM看,我为他一页页翻继仙的画和我的文字。他仔细看了《致LM》,流着眼泪,好像完全能领会的样子。"懂吗?""懂的。"默契似的对答。

我又特别读了末后的两句:

"你是我终身的朋友,我在逐渐认识你的价值,也感到自己的幼稚可笑,但我重新塑造你似的人物,将是我生活的老师,我终身感激你,特别到了夕阳西下的时候。"

LM仔细看了一幅在夕阳下的银白色的芦苇,他的眼里也是一片光明。

我去迟了,他盼得紧。见我坐到他身边,他带着哭音说:"高兴,高兴。"我穿了镶边的白毛衣,他说:"你今天真好!""什么好?衣服好?"我说。他无限柔情地说:"什么都好。你不是要我换换衣服?"我想起前几天和以往他常提起的话题,心酸酸的。

今天说我和他的名字都很清楚,好像交了很好的答卷。又作了发自内心的叮咛:"你要照顾自己,还要请个好好的阿姨。"这是他最担心的。"我马马虎虎,幼稚可笑,下乡迷。"我在陈述他过去对我的不满。他立马纠正:"不是的,不是幼稚可笑!"分别时拉手又拉手。(12月15日)

听到一句动人心魄的慰问:"你不冷吗?"充满感情的柔美的声韵。记得我们第一次单独坐在田埂上,看远处的演出时,他就这样问过我,还摸了摸我的肩膀。那时没发棉衣,衣衫是很单薄的,他的话和抚摩,使我激动。在我们相处的十几年中,这样温柔的问语,真好似雪中送炭,都在我需要安慰的时候。今天又在耳边响起了,过两天他又说我的腿不要紧的(血管局部闭塞),这也是最大的关心和祝福。阿姨们说他想起我的病和孤独就哭。见面却少谈这个。(12月18日)

歇了一天未去。"你来看我不方便吗?"他急切地问。我知道也有人说不好,但我一字字吐出"光明磊落、友好、真诚"等字眼,LM很能领会,频频点头。我又想起我们过去不顾一切地散步,聊天,有次跟他在水塘里学游泳,我穿了绿色生丝旗袍,伸不开腿,也胆怯,被他笑骂。说着自己先笑起来。

自从发现胡柚对他有益,托几处友人为我买来。家中的景云,自然是最出力的后勤部。她上楼看了LM以后再不怪我的痴情,说自己不吃也要给他吃。我每天去为他剥一两个胡柚,一瓣瓣送到他小鸟似张着的嘴里,他贪婪地吮食,是我们之最大的满足。后来还为他备了一条小毛巾,他一见就知道是属于他的。有次我还以坚齿嗑破了一袋松子壳,把完整的松子肉送入他的嘴中。祥和安谧的气氛中,我精神上的一切,都愿意给他,不问经历了多少变化,他都纯洁无瑕。

他把自己的生日定为一月八日,为了照顾春节回乡的护工能在行前吃到寿面。

"我不能吃你的寿面了。"我一时内心痛楚,已不能为他主持八十一岁的寿宴。LM和小D都说为我留一份送下楼来,听了也是说不出的心酸。

他实在是身无长物了,只有几件小菜场买的汗衫,一双布鞋,一件粗毛衣,口袋里没有一分钱,也找不到一条手帕,手表也是没有的。唉,可怜的LM,你可以无牵无挂赤裸裸地离世。

想到这些,我好像连自己也怨。现在,我正如景云说的,一切只能为他! 也不过晚上献上一个柚子,半到一小时。忽然想到我们在解放区初婚时，住在一个大房间里，与友邻只以芦席相隔，我们爱在夜间读书，只有点着一根灯草的油盏，才能熬到十二点。两人静悄悄的不影响别人，早上我必须早起，他却有不尽的遐思，总想迟起躺着去想，我总连连地催他起床。现在想起来也是不忍，这次他躺得久了，没想到已失去了记忆。（12月18日）

  实在不能不为这双眼睛动情。大胆而又热情注视着我，是他的性格和我们全部感情造成的眼神。他一再伸手抚摩我的手背（说我的手长大了），手上又是一双温和的眼睛。我时时含着泪珠，可绝对是笑着，心上溢出晶莹的泉水。为他剥胡柚和松子，每一瓣，每一颗，他都张着乞怜的眼光。除了老友，绝不谈他生活中的女人；我也怕火似的，生怕拿我与别人相比。
  每天的对视拉手，我们彼此读懂了：没有四十年的分离，甚至并无感情上的裂隙，在我们一生的感情生活中，存在过的就是我们两个人。（12月29日）

  "我和你是什么关系？"LM在沉默中醒来，忽然问我。自然已不能回答是一对好友，默默无言。
  "我们断绝关系了吗？"他又清醒又糊涂，吓我一跳，我又沉默良久，几乎掉下泪来。
  我想走他不允许，好像摆着要与我弄个明白的架势。我马上转换话题，写作呀，塑造美好的形象呀，他又喃喃地应着："真的说我好吗？""没有那么好吧？"可还是满足了，一直用能动弹的手，拉着我的双手。（12月30日）

  新的一年开始了！
  探索着他深沉略带忧郁的眼光，我说：
  "你写过而未完成的作品，你想做而不能做的事情，我都会给你做的！"

这是我带给他的新年礼物,除了大柚子和花生米以外。

这又将是他苦苦挣扎的一年,面对周围衰老、消亡的局面,自己的语言、行动障碍,莫名其妙地不舒服,一天二十四小时的沉闷,我愿与他一同承受,愿他也分担我日积月累细微成就的欢乐。(1月1日)

今天是他指定的生日。让老杨送来了排骨、鸡蛋、面条。我有些激动,他已经第二次在医院过生日了,以后还能过几次?

我整理了头发,不到六时去看望,剥了两只胡柚喂他,我每以胡柚的质量卜他的运气,今天果然很好。

平平静静地过了一阵。

我看他睡不安生,不时牵动他的腿,脸上虽没表露,我却怕他为我忍着自己的病痛,我自己在他那儿也忍着缺氧的窒息。

LM忽然沉痛地说:"我没有什么欲望。"看我的眼光也是悲切的,拉着我的手不肯松开,眼睛也不放我。

"是呀,这样平平静静的,不想什么的好。"我说。又说了这次重逢的难得。"想有什么用?"他仍在自语。"又能解决什么问题?"(原不要解决什么问题,我在心里应答)"我讲不清楚。"这是他连着讲的最长的一段话,在他指定的生日之夜。

我知道他的微笑中都要抑止即要冲出来的泪水(他已哭得少多了),我哀怜地望着他,只能到此为止,我无法解除他的痛苦,只恳切地希望他没有遗憾。昨天他北京的妹妹来说,由于你去看他,他真的好多了。

"冬天只好这样过去了,(外面的风呼呼叫着)到了春天出去走走。"我几乎下意识地呢喃着。

他清醒了。"到你乡下?"看我反应不强,"我喜欢乡下。"我知道他回忆了我给他看的照片,在一九五五年以前他也曾到过我的故园。我在考虑他下乡的行程,什么车子,怎么料理他的生活。

"我没有礼物可以送你,我会为你写一篇文章,到你真正生日的那天送给你。"我淡淡地说。他开朗了。

我自作主张为他减去七十岁,称他为十一岁的男孩,如果我也减去五十五岁,那我们还是热恋的时候,我被这个算法,搅昏了头。

是的,没有什么欲望,这是一种境界,是我们过去散步长谈的情景,没有私念,谈的也是天上人间。

但愿真有天空中的世界,我们一同飞去。(1月8日)

他的笑极为动人,我刚进门,小 D 就去看他的脸色,说:"笑了,笑了!"我一看,真的,笑在莞尔和甜蜜之间。

我们已无所顾忌地手拉着手,看见的也觉得自然(他尽量不让我看见他瘫痪的右手)。这是我们无畏的永远的一刹那。

他非常喜欢地提起"小房子",记忆上来了,大约想起我对他说过要写一篇《独立小屋》,还有看过的那些照片,引起他的兴趣。

我一直思虑有记忆的好呢,还是没有的好。生日那天那么切肤之痛地说出"我不愉快",引起我内心的警惕。(1月9日)

照例迎接我以笑容,已为他剥了一个胡柚,自己尝些剥不出来的边角。

"我又觉得活着没有什么名堂。"这个念头还是困惑着 LM。想到自己的病,避之唯恐不及。但我要劝慰他。八十一岁这样白天坐晚上躺、生活不能自理的人,即使没有病痛难忍的时刻,就这样逐渐衰老,不能回家,最后在这里去见马克思,从来热爱生活感情丰富的他,怎能安之若素?

我定神瞧他,脸庞还是挺精神的,与契诃夫有相似之处,从来没有一点俗气。如我能完美地告诉他这个感觉,说了他会有持久的高兴。今天不能再说,听多了没有新鲜感。于是忧伤地沉默。

我在思忖,以后还要看他不?从他拉着我的手,射过来沉郁而热情的眼光,我不能不陪他,仅仅半个小时。(1月11日)

LM有意识而又清晰地问我："你来看我有困难吗？"不肯告诉我为什么有这个想法，我也以一般的发问作答："上来通过四道门，三道半开，只有一道门，来时可用肩推，回去要拉，臂力不够，老杨和小D会帮我的。"他照我描述的领会了。又问我："你不冷吗？"他怎么知道在我通向楼上的过道里是我称之为第四世界的寒区？我一如既往领受他的关怀。正如他对我爱情上矢志不渝，在政治上以自我牺牲的精神保护过我。这句温柔的问语，是他发自内心的习惯了的语言。

　　过去分离生聚的时候我的坎坷、孤寂，想到我们的诺言，有时我要哭着对他说话，那悲戚深深地刺入他的心中。现在他可能已无记忆了，这一次我是绝对的轻言慢语，收住泪水，再不能对他悲泣。一个多月他也安静，微笑也渐渐地从他眼中溢出。（1月12日）

　　进去一忽儿，盲人钟报时六点，他知道我注意钟声，忙说："慢点走。"后来坐到七时十分，后面的二十分钟，他几乎都拉着我的手，寻我保护似的。我静静地陪他，他似在梦中，忽然又问我："你不冷吗？"飘起柔云万缕，虽然其时我正为热闷所困。他忽然要我讲个故事。我想起一个小女孩的事情：一九五三年我在安徽的一个农场认识并喜欢了的小孩，活像印度小人儿，叫人怜爱。母亲是农场的工人，为人很好，这女儿不一定是与她丈夫生的，她与场内一个办事员要好，人们很同情，她自己却觉得是个罪人。

　　"五三年我想带回家一个小女孩。"

　　"小女孩？"他惊喜了，我说了那孩子的模样，他问怎么不带回来？

　　我无言以对，多糊涂啊，那时还没有那样深切地感觉身边要有个孩子。后来女人说有了孩子，才造成四十年分离的悲剧。又想起一九五八年他婚后给我的信，说我们原本有两个可爱的小人儿，有次两人外出，把孩子放在木盆里挂在炭火之上，回家一看，孩子被烤没了。

"我挺喜欢小孩子。"忽近忽远飘进我耳中的呼唤,泪水在我心中流淌。(1月19日)

这两天的第一句话:"你怎么跑走了呢?"指的是我有人来找,急匆匆地离开了他。半晌,"你看我有人说话么?"满脸怒容,等待我的解释。

"没有,不会的,我们是终身的朋友,人家能说什么呢!"我说。

"有的人很坏。"这是他最初的印象,我得向他解释:"我的探视已形成良好的反应,有口皆碑。"我想他要在医院走完最后的日子,不能回家了,对他又能怎样呢?如蔑视我去看他,是未能发现会见的底蕴。

问他回家过春节否,他说不能,只想我天天去看他;我对回家感到冷漠,他忽然亲切地说:"我可以去陪你。"我说不能。他意识到什么,生气了,噘着嘴,蔑视一切的眼神,我知道他时常想说的四个字:"莫名其妙!"

还有一句话是常说也说得清楚的:"我要看你的书,送一本给我。"(1月21日)

我把胡柚送过去,先看了文风再去看他,他有些困倦的样子,不爱说话。我双手剥着胡柚,有时还要靠嘴巴帮忙。他一面满足地吃,伸着健康的左手(好像也长大了)来抚摩我穿着棉衣的腿部,笑着看我。心想有什么可看?大兵样子穿着不分男女的病号服,他似有同感,自然他不是看我的衣着。

"我天天来看你,好吗?"居然脱口而出:"我很幸福!"于是我说有人看我剥柚子喂你,是一幅很美的图画,他感动了。

我们面前隔着床栏,他常向前倾侧好靠我近些,或在床栏格中伸过手来拉我的手。

常常有一种说不出来的愉快,我说着话,他咿咿呀呀地重复着我的尾音,像两个手拉着手奔走在森林中的大孩子,或者像我们年轻的时候。

从来没有想到这是一个有结局的故事,相信他也从没有把我们的关系打上句号,我们也都是没有句号的生命。

"你还是这么长个子。"我比画他在被子里的身材,他微笑道:"我们都不矮。"相识的时候因此看中了的。

跟他说起淮南的好友老金、耿青、蓓芒、张光都过世了,他重复这些名字,不让离去。过去五十多年了呀,总有走得早的;再比早年牺牲的同志,我们是幸存者。你病了,七八十岁还能天天见面,多好。

见他躺着,就跟终了前的日子联系起来,心里很难过。尽量确立他的优势:面色红润,胃口好,睡眠不错,虽失去记忆,倒也省去不少烦恼。看见他腿抽筋,睡得很不耐烦的样子,想起自己抽筋时的恐慌,怕的是再也拗不回来,半夜也得起床一两小时,开电疗仪,自我按摩,他的痛苦我倒愿意为之身受,可他忍着,不用我为他按摩。我一面自然地为他的腿部推拿,一面设法打岔,分散他的注意力。

"我会发明一把钥匙,开开你的脑子,还打开腰部的关节,"我一面说一面做着手势,"你能说话、动脑子了,说出自己想做什么;脚好行走了,到你向往的乡下走走。"

他听着笑着,无限地神往,拉着我的手不放,我成了他心中的魔术师。

"那我们以后住在哪里?"他提出一个充满希望又很实际的问题。

我惊喜又慌张,其实连那把钥匙也找不到的,但我眼中隐隐地出现了深山老林中的小房子。他周身罩着家庭的阴影,我也并不勇敢,不能想得太远了。他这一问,思想还是活跃起来,我真想找一个背得动他的男孩子,走进自然,也许出现奇迹,他恢复记忆,写出他的感情史,世界上会有两个某某的作品。(1月25日)

小刘来访,我七时一刻才上楼,老杨已经来找,1211房都在唠叨,怎么我今天不去?由小刘而讲到纯姐一家对我的厚爱,回想三个孩子幼时,正是困难时期,LM与我在家乡会面,五个横躺在一张大床上,那时我与纯姐就曾预约我们是会生死与共的。"文革"后期以至我回到故乡,特别后来纯姐瞒着我离世,她的遗嘱,正是要孩子们照顾我的晚年。我动情地讲着这些,LM的眼帘细雨蒙蒙。

老杨送我回房时,正要推那扇沉重的门,他先给我留下一句至理名言:我看你们两个就像亲姊(兄)妹一样。这句话启示了我的心灵,这个老头真有悟性,一个普普通通服侍病员的人,他看懂了真切的我和LM。(1月27日)

为什么生他的气呢?(他说不认识我)我不痛快。他不就拉着我的手不放吗,也不肯放我走。

有些例行公事:我剥了一只柚子,他无说话的意思。我默默地坐着揣度着LM,他毕竟痴呆(这个字眼是我从报上获知,S城痴呆老人已占百分之三点五),不要扰他,让他忘记一切。但他嚎了,嘴巴呈咬人的形状,这时他是很难堪的,我以正常的语气逗他:"你是老虎吗,想咬人?"

他没有笑容,也不悲戚,真是麻木了。

我想哭,想叫,这些日子我没有向他诉说别离和生病的痛苦,自己的心事也无法向他表达,在这窒闷的病房里,我的脑子一片空白。

他看着我,竭力向我倾侧,又从栏上栏下伸过手来拉我,竟抓着了两只,慢慢地抚摩着,一直到他表示该放我走了,说了再见,走了几步,他又伸手要我与他握别。(2月2日)

预感到不能长此探望,现在见面大家都有些神伤,我剥柚子,他像看见陌生人似的,要等剥完吃完,才能专情注视,我也无话可说了,大家沉默着。在老杨面前,他自然地伸出手来放在床栏上,要我用两手去抚摩他的手心和手背。

他睡得很不舒服,想喊,我帮他整理了被子,自己喘口气坐到床右边去了,他的破藤椅,我也想亲自领受一番。尝尝他每天坐着的生活。他困难地侧转身来,手也翻过来寻我的手,终于被他抓着,用劲擦他的嘴巴,我不想领会这是爱,还调侃说:"你把我的手当小毛巾了。"我常带去的一块,为他吃完胡柚擦嘴巴和手的。每天我都洗烘一次。

我知道他不满意我的领会,可也是满足地笑了,想起最近几次向我侧倾的时候,可能都想我吻一吻他的额角,我怕这样做会给他的是痛苦。

趁他还高兴,我已坐回原处(一张空荡的方凳,比他的藤椅要难坐得多),为我们设置的梦境:

我会种菜:红萝卜、白萝卜、小青菜,还可以养小鸡……

你能走了,上山去拾柴,我会挑回来的。

湖边涵洞里可以摸虾,小河里会捉到鱼的。(老杨也在一旁说怎么捉鱼。)

我们架一口锅,烧鱼汤,我还讲了《鱼王》的故事。

不知为什么我每讲一句,眼泪都要跑出来,他却听一句笑一句,我也非常高兴了。最后我说:"我们就这样老死在林泉之间,自然消亡,与泥土睡在一起……"说得很低,仿佛是在吟唱。

得到他的允许,走的时候我总说:"好好睡觉,做一个好梦!"他嘀嘀地答应我。

照例老杨送我,下了两级扶梯,老杨帮我推开通楼下的沉重的门,进入我一个人的世界,心里却是清清亮亮的。(2月3日)

下午四时为他照了三张照片,晚上也照了三张,我希望留下他的笑容。

不忍告诉他我即将离去的消息,他还依恋着我,还坚持说我是另一个 LM。

小洁来看我,我到八时才上楼。他在暗地里躺着,我一开灯,他很雀跃,一直望着我,却有些羞涩的样子。

说得最连贯的话:"我觉得你待我最好。""你来看我是我最高兴的事情。"

"我也是。"痛快地回答他,忘掉不愉快的一切,我笑得很潇洒。

LM 断断续续说出最早看见的我:单纯、真诚、傻乎乎……

我们共同憎恶小气、不容虚伪;仇视摆架子、装腔作势……我每讲一句,他都重重地点头,不知吃了多少苦头,至老至死还是崇尚正直、勇敢,与人为善,天生的同情心。

不忍说出的一个话题:我要走了!

他先认为这是回我的房间,注意到我沉重的脸色,心不在焉。我只得说:"以后不能天天来看你。"

LM 脸上乌云密布,为了他的笑容,我一时下决心伴他老死,哪怕楼上楼下,只有傍晚的半至一小时,也要活在自由的森林之中。但是,我还有许多事要做呢!——这个命题也是我们过去分离的重要原因,现在还摆脱不了这个命运。

我认真而轻快地许愿:你活九十岁,我活八十四岁,走在同年同月。他首肯了,笑得天真。

不问我怎样的不幸,他的存在,对我是一个真实的梦,是一种希望。哪怕我仅仅是一个剥胡柚的老妇!哪知过了几天,最早也是最后透露:"你是我的爱人。"没有丝毫思想和语言障碍。连说两遍,一遍是对着十八岁的我,一遍是对着七十四岁的我。

我感到很茫然……(2月6日)

选自《菌子文集》,江苏文艺出版社 2004 年

◇丁宁

丁宁(1924—2015),山东文登人,笔名紫丁、阿宁,中共党员。1938年参加革命工作,曾加入胶东抗战话剧社、青年话剧团等。1946年开始发表作品。中华人民共和国成立后曾任《南京文艺》副主编、南京文联创作室主任、南京市委宣传部文艺处长、中国文联理论研究室主任等职。1979年加入中国作家协会。出版《冰花集》《心中的画》《银河集》《丁宁散文选》《晨曦集》等散文集。

幽燕诗魂

　　大海哟，你是最美的诗。
　　你广阔的胸怀，深深藏着一个纯洁的诗魂。
　　诗魂呵，你回来吧！

　　十多年前，渤海之滨，秀丽的北戴河，有个小小的文学界的疗养所，每年一进暑期，便活跃起来。作家、文学工作者，还有艺术家，三三两两，陆陆续续，汇集到那里，让碧波洗涤身上的风尘，让清风拂去额上的汗渍。良辰美景，岂肯辜负，勤奋的作家，铺开新的稿纸，继续埋头写作。
　　一九六一年七月初，我第一次来到避暑胜地。当日，便去观赏大海。那大海，浩浩渺渺，无边无际，只觉得它太深奥莫测了。归来，疗养所的餐厅，响彻着热烈的争辩，原来，几位同志正在探讨大海的秘密。大海，有时和悦，有时狂暴，是善良还是凶恶？对它的性格究竟怎样理解？
　　"只要肯去理解。它包含着人民的肝胆和智慧。"
　　这个具有独到见解的人是谁？原来他就是杨朔同志。他一向恬静优雅，不善于与人争辩，但他生长在大海之滨，热爱大海，也理解大海，所以他的论点具有权威。
　　杨朔是个被人尊敬的同志。他衣着整洁，文质彬彬，但给人的感觉，似乎形单影孤，内心深处，好像埋藏着神秘的东西。我和他同在一个单位工作，但却并不了解他。

初时,当他的简单的行装——一只破旧的旅行包,被提到一座红色小楼的一个房间时,他推三让四,不肯碰那楼梯,原来那小楼是疗养所的头等住处,多年习惯于戎马倥偬、风餐露宿生涯的杨朔,自然不肯特殊。

"楼上可以眺望大海。"

"欲穷千里目,更上一层楼。"

在同志们热情的催迫下,杨朔终于踏上了小楼。

第二天一早,饭厅又是谈笑风生。杨朔用诗的语言在描述他夜卧小楼最初一宵的感受:大海的狂涛,有如千军万马,他仿佛又回到炮火连天的战场,陶醉在杀敌的激情之中;夜阑人静,风声、涛声,组成雄壮的交响乐,那是真正悦耳的催眠曲,一直把他送到奇妙的仙境……他的结论:大海是最美的诗。

当晚,正值明月之夜,同志们三五成群,在海滩上踏着月光欣赏海的夜景。只见水天茫茫,银波闪闪,轻轻拂岸的浪花,一卷卷,一丛丛,如歌如诉;大海更宁静,更神秘。同志们不约而同地背诵:"……清风徐来,水波不兴……诵明月之诗,歌窈窕之章……"有个人向一位画家提出,请他画一幅大海夜景,那画家未及回答,杨朔便说:"大海的夜景并不难画,难的是如何画出大海深邃的心胸。"又有一个同志提议,每人背诵一首诗,不论旧体或新诗,都必须带一个"月"字。轮到杨朔,他以优美的姿态,清亮的口齿,吟咏苏东坡的《水调歌头》:"明月几时有,把酒问青天,不知天上宫阙,今夕是何年?……"当吟到"但愿人长久,千里共婵娟"时,他的声音,突然喑哑,神情迷离。我不禁猜想,他在怀念战友或亲人,也许在遥远的地方有一个心上的人?

接着,作家们论起诗来,都认为苏轼这首词,意境很深,艺术高超,天上、地下、幻想、现实,都融为一体。在古人的诗词中,可算得上现实主义和浪漫主义结合的典范。

杨朔对苏东坡的诗,有独特的喜爱。有一次,他出游归来,兴致很好,疾笔录下苏轼另一首词。那词的下阕是:"谁道人生无再少,君看流水尚能西,休将白发唱黄鸡。"他赞美东坡居士在这首词中,表现了积极乐观的思想。他说:"古人尚且如此,我们共产党人又怎能不是革命的乐观主义者呢!"

他不仅喜欢诗,而且有自己的见解。他在一篇文章中说,他写小说和散文,也常常寻求诗的意境,他说:"我向来爱好诗,特别是那些久经岁月磨炼的古典诗章。这些诗差不多每篇都有自己新鲜的意境、思想、感情,耐人寻味。"至于什么是诗意,他认为:"杏花春雨,固然有诗,铁马金戈的英雄气概,更富有鼓舞人心的诗力。你在斗争中、劳动中、生活中,时常会有些东西触动你的心,使你激昂,使你快乐,使你忧愁,使你沉思,这不是诗又是什么?"

杨朔的确每时每刻都在寻找诗,每时每刻都生活在诗的意境之中。他自有个人的生活情趣,他喜欢沉思,也乐于和同志们聊天,在交谈时,爱寻求话题的意义和其中的哲理。他的房间,总是静悄悄,偶尔,微风传出轻轻的朗读声,那是他在读外文,在吟咏诗词。

清晨,他独自出去,海滩上留下一串串的足迹,山林之间,也传送着他徘徊的脚步之声。出游归来,薄薄的衣衫,沾着露水侵袭的痕迹,斑斑点点。

有时,我问他:"你独自散步,不觉寂寞?"

他说:"不,我和大海说话。"

"那林深之处,可有乐趣?"

"野芳发而幽香,佳木秀而繁阴。"他读着欧阳修"醉翁"的佳句,乐在其中。

夜来风雨,休养所的果园中,低矮的苹果树,瘦弱的碧桃,东倒西歪,有的匍匐在地,像受了欺凌的孩子,杨朔一大早起来,怀着怜悯之情,拿起铁铲,用心地把它们一棵一棵地扶起来,给它们培上新鲜泥土。休养所的管理员老赵,是个纯朴勤劳的"园艺家",杨朔很佩服他。老赵把一大片果园修梳得很出色,鸭梨、蜜桃压弯了枝头,各种品种的苹果,香飘十里。杨朔常常赞叹说:"老赵干起活来不仅灵巧,而且优美,既有节奏感,又富于音乐性,劳动确实创造了艺术,老赵是真正的艺术家呵!"

老赵从桃树的折枝上,摘下一个大桃,亲热地送给杨朔,那桃红扑扑,水灵灵,杨朔把它当作爱物装在一只盘子里,幽默地问老赵:"是不是从王母娘娘的蟠桃会上偷来的?"老赵憨直地分辩:"哪能是偷的?那是咱自己树上长的,一点不假。"老赵告诫杨朔,那桃是个"吃物",不是个"玩物",得赶快吃掉。杨朔不以为然,说:"这是你创造出来的艺术品,怎能忍心毁掉!"

老赵迷惘不解,憨厚地摇着头。

杨朔生在胶东半岛上最富于神话色彩的"蓬莱仙境",少小离家,常怀念自己的故乡。每当谈起家乡事,便津津乐道,有滋有味。他对胶东军民在战争年月的斗争事迹最感兴趣。我给他讲了再讲,他总是眯细着眼睛听不够,有时听着听着,大声发出惊叹:"那是动人的诗呵!"有一次,我给他讲我的一个同学打鬼子的故事:她生得很好看,在一个战时中学读书。有一次日本鬼子扫荡,她一个人腰里别着一颗手榴弹,藏在一家老百姓的土炕洞里,一群鬼子闯了进来,她没等他们发现,就挺身而出,站在鬼子中间,说时迟,那时快,"轰"一声,她手中的手榴弹爆炸了,鬼子、汉奸倒下了……

"她怎么样?"他急切地问。

"她吗,只是受了伤,没有牺牲。后来我上医院看她时,一头秀美的黑发没有了。"

"简直是奇迹!也许是神仙保佑了这个勇敢的姑娘。可是她现在哪儿?"

"那就不晓得了。"

接着,长时间的沉默。我发现他脸上有浓重凄苦的表情。我不禁想到关于他的一个传说:

很久以前,大约他还是一个中学生的时候,在家乡认识一个姑娘,长得很美,他们渐渐有了感情,互相信赖。后来他离家参加革命工作,分别时,海誓山盟。后来,在漫长的年月,那姑娘一直等待着他。光阴箭似的飞逝,一年,两年,姑娘由二十变三十,但心上的人总也没有影儿,敌人闯进她的家乡,她忧郁变为绝望,竟与世长辞了。等到战争结束,他返回故乡时,那姑娘的魂魄早已不知飘游到哪里。但他却一直在寻找。

这个故事,究竟是真是假?恐怕谁也没有问过他。问他做什么,若是真,何必触动他那伤心处?若是假,更没有必要戳破这动人的佳话。但有一点是肯定的,他一直单身地生活着,人们都感觉在他的心上是有个人儿存在的。

杨朔有一件最珍贵的东西,是个封面已经破烂的本子,他总是把它带在身边。那里面记载着他在战争中经历和采访的丰富的斗争故事。每当打开这本子,他便骄傲地说:"这里边都是诗呵!"本子里,除了密密麻麻的字迹以外,还夹着一些花草的标本。其中多半是在朝鲜战场上采集的,有野迎春、天主花和粉红的金达莱。这些早已失去生命的植物,连光泽也褪去了。杨朔看着它们不胜叹息地说:"但愿世间花不谢,叶不落,一切美好的东西,都永远保持着生命。"他说,他的这些标本,每一个都有一段动人的故事。其中,他特别给我讲述了那朵粉红色的金达莱。那是一位志愿军女英雄送给他的。那英雄姓宁,是志愿军的医生,在一次敌人的大轰炸时,女医生受了伤,昏了过去,苏醒以后,忽然听到背后有人叫:"医生,医生!"她转身一看,一个同志埋在土里,一直埋到胸口,于是她忍着疼痛,扒呀扒呀,十个指甲都流了血,却还是扒不出来。炸弹还在爆炸,埋在土里的同志叫喊着:"你赶快走吧,别管我了。"可是她坚决地说:"不!我一定要把你救出来。"后来,她终于把那位同志扒了出来,背在身上冒着弹雨往前跑。路上又碰到一个受伤的同志不能动,她把第一个背到山上,又回头来救第二个,最后把他们都救出来了。可是她自己,等一切做完了以后,发现全身上下有四五处伤,衣服全都叫血浸透了,直到这一刻,她一点力量也没有了,一下子倒下去了。再后来,别人又把她救了过来,她又背起药包上了前线。

"那金达莱呢?"

"是她从炸弹下救出来的那个战士,后来从埋自己的那堆土上采下送给她的。"

"怎么又转到你手里的呢?"

"那是当我在朝鲜战场,找到那位女医生向她采访时,她又把这朵珍贵的花儿送给了我。"

杨朔讲完这个故事,又从他的本子里取出一张照片,是个志愿军女战士,短发,眉目清秀,看来不到二十岁。

"她就是宁医生。"

我怀着深深的敬意,仔细地端详着这个女英雄。

"她有一个伟大的诗一般的灵魂。她生长在英雄的时代,英雄的时代出英雄呵。"他像吟诗一样自言自语。

这个故事,早在五十年代他就真实地记载在一篇散文里,题目就叫作《英雄时代》。过去很久以后,我才听说杨朔讲的这个故事并不完整,他隐藏了一个动人的尾巴。那就是当他去向英雄的女医生进行战地采访时,女医生刚刚打开话匣,敌机又来轰炸,当一颗炸弹向他们飞来的时候,杨朔心急眼快,一把将女医生推到旁边的壕沟里,他自己抱起药箱翻滚到掩蔽处。等到敌机过后,他们发现刚刚坐过的地方,有巨大的弹片。但在他的《英雄时代》这篇散文里,却将这一精彩之笔略去了。

疗养所里不断人来人往,不论谁家的客人,都会给大家带来乐趣。有一天,忽然有一个女同志拜访杨朔,她年青,短发,眉目清秀。可以看出,她的光临,给杨朔带来巨大的快乐。她是谁呢?人们都好奇地做着猜测。

他们在沙滩上散步,笑声朗朗。

"你的客人是谁?"

"最可爱的人。"——他回答。

我突然惊喜地认出,她就是那个姓宁的女医生!

但杨朔表示,客人不肯道出自己的姓名。他只说她现在是秦皇岛一个医院的医生。当天下午,又来了一位身着军装的男同志,原

来他是女医生的丈夫。他们三人又一起亲密地在海边散步,并且一同朗诵一首志愿军战士的小诗:

我们永远不能忘记,
那死去了的战友的姓名,
我们永远万分珍惜,
在战场上结下的友谊。

他们和那光艳明丽的晚霞,一同进入了画中。

后来我才知道,那女医生走时,杨朔将他保存的粉红色的金达莱,又作为最珍贵的礼物送还给她。

美好的时光,飞快地流逝。不知不觉过去了几个月。一天早上,凉风习习,大雨飘飘而下,似乎已经听到秋天的脚步声。我没吃早点,就冒着雨跑到海边去观赏雨景。只见云雾茫茫,波涛汹涌,沙滩上静悄悄。穿过雨帘,突然发现前面站着一个人,两脚踏着浪花,衣服淋得精湿,走近一看,原来是杨朔。

"你在海边听雨吗?"——我问。

"不,我在寻找那个伟大人物的足迹。他可能就站在这里,吟出他那光辉的诗篇。"

于是我们共同朗诵"大雨落幽燕,白浪滔天……"正在这时,突然发现不远的浪峰上,高高浮出一个人,随即又沉没下去。杨朔"啊"的一声,奔跑几步投进了波涛,不料又是一个浪峰,把他压倒在漩涡里。正在危急之时,他又从水的深处被轻轻地托出,托他的正是刚才与波涛搏斗的那个人,没想到竟是个少年!他嘴唇冻得发抖,顽皮地站在我们面前。

"这样的天气,你怎么在玩命?"——杨朔带有几分怒气地在教训他。

"你是谁家的孩子?"——我问。

那少年竟不答话,嘲讽地打量着岸上的两个"落汤鸡",突然哈哈地笑着,又钻进翻卷着的波涛,不见了。

半晌,杨朔才恍有所悟地叹息了一声说:"原是我怯懦呵!"

于是,我们继续朗诵:"萧瑟秋风今又是,换了人间。"

这时,我已得知,杨朔要提前返京,有一个重要的外事任务在等着他。

我惋惜地说:"你走了,也把你的诗魂带走了。"

他答:"不!我要把它留给大海,让大海把它洗刷得更纯洁一些吧!"

七八年过去了。谁能想到在一九六八年,这个有才华的同志一颗火热的诗心,竟停止了跳动!正如他的一首诗所表明的:

　　自有诗心如火烈,
　　献身不惜作尘泥。

又是十年过去了。但我相信,他那纯洁的诗魂,仍然活跃在深深的大海中。

一九七八年七月

选自《冰花集》,百花文艺出版社 1980 年

世事沧桑故土情（节选）

二

　　家的观念，对于远离故土的人，并非只是狭义的父母兄妹、房屋、庭院，而是曾经熟悉的深埋着自己根的那一片热土，那一片山山水水。远离故国的人，祖国就是心中的家，顾名思义，国亦家也。

　　我家住在距文登县城以南十八华里的张家产，又叫产里。据说旧时约有三百户，算是大村。曾设有镇公所，因此也称镇，镇长足蹬皮靴，腰插盒子枪，人们见了都怕。1938年我离家时，丛芳山为县长的国民党政府，弃城迁到我村，张家产也"风光"一时。这村坐落在一溜贫瘠的山坡上，周围简直找不出几块方正的可耕地，除少数几家财主主宰全村的经济命脉，人们的生活都很苦，能常吃上棒子面粑粑便是"小康"生活了。我族内有家财主，我称他"三爷"，总是身着长袍马褂，一只眼皮神经质地痉挛，见了穷人不屑瞧一眼。他的二闺女出嫁，我母亲因是出名的巧手，便找上门来为之做绸缎嫁衣，母亲夜夜挑灯，花了一个多月时间，做了十几套，财主竟送一升糁子作为报酬。母亲苦涩地说：权当为自己的闺女忙活，其心地之善良如此！穷人们受了屈辱、剥削，敢怒不敢言。

　　我常常记起邻居们的悲惨故事，特别是妇女命运最惨。增嫂与我家仅一墙之隔，人很善良，丈夫在外长年不归，她辛勤劳动，养育儿女。她常站在她家靠墙的猪窝石板盖儿上，与我母亲说悄悄话，我家有事找她，我妈只要喊一声"她大嫂"，增嫂便出现在墙头，凡两家有稀罕好吃的东西,便从墙上递送。我小学毕业前,增嫂忽然得了病,渐渐面黄肌瘦,肚子大起来,似有孕在身,很快膨胀如鼓,可以照见人影。这时谣言四起,说一只黄鼠狼成了妖怪,藏在增嫂的肚里吸血,只有祈求"大仙"前来降妖。也有见多识广者不信邪,说增嫂肚子里是个瘤子,只要到县城医院开刀便可取出。听说开刀,人们大惊小怪,说把肚子剖开如杀猪一般,谁有把握人可以活转过来,何况要花很多钱。捎信给增哥,他迟迟未归。最后不知是谁做了主,终于请来了"大仙",原来是条獐头鼠目的外乡汉子,他当即声明,半月之内,便可用法术除掉妖怪。一天,我偷偷溜进增嫂家,"大仙"正在作法,他披头散发,口中念念有词,手中擎着一只铜碗,据说盛的是"神水",喝一大口,便向那镜面似的肚皮上喷,被褥皆湿,上下午各喷一次。法术作了不到十天,增嫂终于未等到增哥回家,便带着肚里的"妖怪"离开了人世。增嫂死了,"大仙"还索去一匹红缎子。

在我家对面住街南的云成婶,是全村妇女中最精明、干活最泼辣的一个,丈夫不在家,田里的农活儿都自己干,深秋,还帮我家收拾地瓜。她第三个孩子临产,丈夫未回家,请来村中产婆,从头天傍晚到第二日深夜,东邻西舍都听到她的惨叫。原来孩子横生,产婆黔驴技穷,拿出最后一招,用一条绳子拴住婴儿,她两手紧抓绳子,两脚蹬住产妇,用力向外拽,直到把产妇活活弄死。当有人喊我母亲去看时,血流满地,惨不忍睹。云成婶的命儿特苦,头一年伏天,她的那个五六岁大的男孩,忽然失踪,街坊邻居遍寻不着,最后断定掉在不远处的一口无遮拦的井里,于是动工抽水打捞,井极深,从清晨到傍晚,终于将一个赤条条全身膨胀的孩子捞出,云成婶当即晕倒,妇女们一片哭声。过了几天,经村中主事人商定,说那井开始"吃人",兆头不好,便一齐动手填平了。那口井的水,十分凉甜,每年农历七月七日,夜深人静,必有闺女媳妇结伴趴在井沿,观看天上牛郎织女相会。看到没有,据说天机不能道破。淹死的那男孩,我想不起名字,那调皮的模样我还记得,我常坐在大门口石台上背书,他也坐过来呱啦呱啦学着背。

街东琦子婶早年守寡,孤苦伶仃,住一间破房,早年为人干活儿,针线、农活都能。人渐老去,又瞎了眼,只靠一条棍子在本村乞讨,每到我家,母亲总让她坐在炕上,吃口热饭,她总念咕一句"菩萨保佑你一家"。我离家后,据说她在一个冬夜蜷缩在村头一个角落,冻饿而死。我读鲁迅的《祝福》,琦子婶的影子老在眼前晃动。参加革命之前,岂能理解造成许多人悲惨命运的深刻的社会原因?增嫂之死,只恨那个獐头鼠目的外乡人;云成婶之死,只恨那个残忍的产婆……广大受苦人,则把一切归之于"命","命中注定","由命不由人",这种神话已成为世世代代广大劳苦人民赖以生存、溶于血液的巨毒麻醉剂。

村中悲惨的故事,用家乡话说,"背着干粮说不完",每忆起,便觉心在流血。我入党时,宣读誓词:"为共产主义奋斗终身!"是发之于灵魂深处的啊!

故园不论苦难如何深重,在远行人心里她永远是美的,"美不美,故乡水"啊。张家产的劳动人民,勤劳善良,战争年代为抗日为解放战争,付出过血汗,做出过贡献。早年,男人中至少半数以上外出做苦力,打石头,从青春年少,打到白了头,有人一去不返,一把尸骨也抛撒在异域。张海迪和我同村,1992年10月访问韩国,归来寄我一封长信,内中描述:"那一天最难忘的就是去了大汉门、西大门和南大门,爸爸带我去寻找爷爷当年打石头的地方,去看咱们村的人干活的地方。抚摸着爷爷当年打的石头,我说:'爷爷,我来看你了!'很多人都哭了。"读海迪的信,我也哭了,当年我的老爹在外打石头几十年,至今我还记得他长住的地址。人们出过国,闯过码头,见过世面,思想一般比较开化,有些人,腊月回家,没有剩下多少钱,却西装革履,还不忘给村中京剧班置办些行头。张家产有自己独特的文化风貌,那时,有个行头齐备、人才济济、很像样的京剧班子(京戏,家乡也叫"大戏"),每到年节,村中心的关帝庙前,便搭起戏台,老一辈、小一辈,也有闺女、媳妇,都能登台演出,各种

世事沧桑故土情(节选)

行当都有能手。我两个哥哥都是票友，唱腔、做功，不亚于专业水平。从春节一直到正月十五，锣鼓喧天，热闹非凡，外村人也来看戏，台下人头攒动，男女老少看得如醉如痴。平日，特别是进入腊月，村中吹拉弹唱，丝竹之声不绝于耳。那种大喇叭式的"戏匣子"，不断传出各流派的名家唱段，如一打开首先听到："上海百代公司特请梅兰芳老板唱……"这些活动，使全村弥漫着浓浓的文化气息。我喜欢京戏，就是从小时熏陶出来的。

村中老一辈人，除屈指可数的几个念过私塾、能提笔写副春联之外，多数没文化，但在渐渐吹进的一点新文化思潮以及外来文化的氛围中，也重视起教育，集资开办学堂，送子女入学。我的父亲，也只识几个字，却勒紧裤带要儿女读书。女孩子上学，我是方圆几里最早的一个。小学竟是不念四书五经的"洋学堂"，她对我思想文化的启蒙，是难以忘怀的。

自然风光对人们的文化心理也起着陶冶作用。张家产的自然风貌很美，依山傍水，可谓山明水秀。东山顶上原有"娘娘塔"，我最早听白蛇、许仙的故事，便是来自这塔的传说。山的脚下是一条北通县城南去石岛的大路，人称"官道"，车马行人络绎不绝，县教育局长到产里小学督察，我们列队到大道夹道欢迎。大道下面，便是一条蜿蜒的河流，称之为"东河"，这是区别于村子偏西一条横断南北的西河。西河的水面不宽，那是鹅鸭的世界。我每晚放学，必带一根柳条，沿河唤着"鸭、鸭"，两只鸭子便应声而来，和我一道回家。东河最是牵动人的情思，河中布满大大小小光滑美丽的褐色石，水波清澈，哗哗作声，那是妇女的乐园，不论冬夏，总有成帮成伙的妇女洗衣，棒槌的敲击，声震数里，东官道上常有过客驻足，倾听她们清脆的笑声。我每吟读李白诗"长安一片月，万户捣衣声，秋风吹不尽，总是玉关情"，便想起家乡姊妹月夜河边敲衣的情景。夏日的夜晚，青年妇女常结伴去河中洗澡。有一次，邻村一个汉子，趴在一块巨石后面窥视，被她们发现，赤裸着身子，七手八脚把那人揪住，按在水里，差一点把他淹死。

这河有时也凶残，雨季，山洪暴发，多次把人卷走，我小时亲眼见过大雨过后漂来的尸体。从村北到官道，有一座跨河的石桥，不知建于何年，从我记事到解放以后，历经沧桑，是产里与外界一道界碑（据说七十年代改建）。多少人在那里洒下悲欢离合的热泪。村人远去海外，来回必经大桥。每年进入腊月间，一批一批人从韩国归来，我常和邻家的孩子跑到大桥等待，有时日落黄昏还不见人影，肚子饿得咕咕响，还是要等，有时别人回来了，我爹未回，我便哭着回家。最伤心的是，过了正月十五，爹要走了，那情景，如生离死别，我曾在一篇文章中记述："爹头戴褐色毡帽，身穿深灰色粗布夹袍，上罩线呢马褂，肩上背着一个土色帆布旧钱褡子，出了家门，脚步匆匆⋯⋯自我四五岁时，爹每次离家，我都一路小跑，一直过了东河大桥，喊着：'爹，过年你要回来呀！'爹头也不回，大声回答：'回，你赶快回家去吧！'⋯⋯直到那土色的钱褡子变得很小很小，然后看不见了，我才扭转头哭着回家。"那时父亲为了省钱，常几年不回。

产里虽说比别村风气开化，却也有更闭塞的一面，年龄大些的妇女，有的从嫁到张家产直到老也未曾出过村。文登县城，在她们想象中是最遥远最神秘的地方。到我这一辈，毕竟时代不同，我们学校每年必组织到附近的风景名胜地旅游。小学三年级时，在女老师和本芝嫂的倡导下，由她们率领五个女生徒步进城。天刚亮就上路，徒步十八里，新鞋把脚磨出血泡。傍晌，到了一个地势很高的地方歇息，本芝嫂说，此地叫"三里庙"，离城只有三里，往前看，不远处便是一条大河，滚滚奔流，河上有大桥，河那边，楼房瓦屋鳞次栉比，看不到边儿。进了城，五个小学生，就像刘姥姥进了大观园，惊奇得目瞪口呆，世界竟有那么大！只见街的两边，橱窗明亮，各种商品五颜六色，令人目不暇接，时髦女人身穿绸缎，高跟皮鞋嘎嘎响。却又见街上还有衣不遮体的乞丐。我问老师，城里怎会有人讨饭？老师说，普天之下哪里没有穷人！商店是必定进去开开眼的，有一家的玻璃橱内，光好看的发卡就有很多花样儿，我看了又看,到底没舍得掏出钱,另一位同学指着一个精致的小纸包,上面标名"卫生带",她问这做什么用？老师和本芝嫂捂着嘴笑,我不明白也跟着笑。归来路上她们才给我们破了谜。那位同学哭丧着脸骂自己:"真丢人！"文登城的肉包子很出名,以前父亲外出回来经过文城,必买一包带回。这次我进城,母亲给钱时特叮嘱不能乱花,但可买些包子。包子铺在城南关附近,本芝嫂请客,管我们吃了个够,学生们自己各买十个带回,我买的一份,母亲全部分给邻居。

老师还带我们去看了"文中"。那里的女学生一色蓝上衣,黑短裙,十分精神。老师鼓励我们好好读书,将来报考"文中"。我暗下决心,一定达到目的。

此行印象最深的,是在一个城门口,本芝嫂指着说,不久前,这里悬挂过共产党的人头,我听了毛骨悚然,问共产党是什么人？本芝嫂说,杀富济贫,为官府不容。那时,我读过不少侠义小说,对书中人物杀富济贫颇为好感,朦胧感觉共产党必是好人,因感困惑而忧伤。从此,"共产党"三个字深印心中。

文登第一次游的印象很复杂,归来发愤读书,以期报考"文中"。怎料几年之后,贫穷与战争彻底摧毁我人生第一个好梦。

参加革命以后,我常对人夸说,文登人有德性,觉悟高。有同志指出,这话缺乏阶级分析,诚然,但我所指的是广大的贫苦农民。战争中,我经历的几件事,感受极深。1942年冬,日寇拉网扫荡时,我正在胶东公学,教职学员数百人,疏散在老百姓中间,东去时,不少人隐蔽在文登老乡家,受到亲人般的保护,不曾有一人走漏消息,或向敌人告发。我与另一位女友,由美术教员迟宾带到高村附近的绿阳村他的家中,紧急中,迟宾的母亲忙着把我们两位女同志藏在经过伪装的炕洞,却不顾自己,敌人进来挥舞刺刀,疯狂搜查,未曾发现我们,隔壁一位孕妇惨遭屠杀。1946年深秋解放战争中,我因事归里,母亲竟抽不出时间照顾女儿,当时她是村中妇女大组长,带领一班妇女昼夜为子弟兵突击做军鞋,我家炕上一大捆一大捆,不少于百双,针线细密又结实,有的白色衬里还绣了字,绣了花。一位大嫂乐呵呵地对我说:"咱们解放军穿上这鞋,脚板硬,反动派跑到天边也能追上。"母亲告诉我,她刚生了孩子,月子里还做了五六双。记得我还为此编写了快板。历史不忘情我的乡亲,我何能忘怀!

选自《岁月沧桑》,中国文联出版社 2010 年

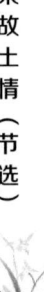

世事沧桑故土情(节选)

◇ 宗璞

宗璞(1928—),原名冯钟璞,祖籍河南唐河,生于北京。1951年毕业于清华大学外文系。曾在《文艺报》《世界文学》编辑部工作,系中国社会科学院外国文学研究所副研究员。1948年开始发表作品。1962年加入中国作家协会,1985年当选中国作家协会理事,1986年被列入国际名人录和国际作家名人录。著有长篇小说《南渡记》《东藏记》(即《野葫芦引》第一、二卷),中篇小说《三生石》《四季流光》,短篇小说《红豆》《鲁鲁》《我是谁?》等,散文集《丁香结》《宗璞散文选集》《铁箫人语》等,童话集《风庐童话》,另有诗歌、译作多种,编有《宗璞文集》(四卷),作品被译为多种外国文字。《三生石》获首届全国优秀中篇小说奖,《弦上的梦》获1978年全国优秀短篇小说奖,《丁香结》获首届全国优秀散文(集)奖,童话《总鳍鱼的故事》获首届全国优秀儿童文学奖,《东藏记》获第六届茅盾文学奖。

三松堂断忆(节选)

转眼间父亲离开我们已经快一年了。

去年这时,也是玉簪花开得满院雪白,我还计划在向阳的草地上铺出一小块砖地,以便把轮椅推上去,让父亲在浓重的树荫中得一小片阳光。因为父亲身体渐弱,忙于延医取药,竟没有来得及建设。九月底,父亲进了医院,我在整天奔忙之余,还不时望一望那片草地,总不能想象老人再不能回来,回来享受我为他安排的一切。

哲学界人士和亲友们认为父亲的一生总算圆满,学术成就和他从事的教育事业使他中年便享盛名,晚年又见到了时代的变化,生活上有女儿侍奉,诸事不用操心,能在哲学的清纯世界中自得其乐。而且,他的重要著作《中国哲学史新编》八十多岁才从头开始写,许多人担心他写不完,他居然写完了。他是拼着性命支撑着,他一定要写完这部书。

在父亲的最后几年里,经常住医院,一九八九年下半年起更为频繁。一次是十一月十一日午夜,父亲突然发作心绞痛,外子蔡仲德和两个年轻人一起,好不容易将他抬上救护车。他躺在担架上,我坐在旁边,数着脉搏。夜很静,车子一路尖叫着驶向医院。好在他的医疗待遇很好,每次住院都很顺利。一切安排妥当后,他的精神好了许多,我俯身为他掖好被角,正要离开时,他疲倦地用力说:"小女,你太累了!""小女"这乳名几十年不曾有人叫了。"我不累。"我说,勉强忍住了眼泪。说不累是假的,然而比起担心和不安,劳累又算得了什么呢?

过了几天,父亲又一次不负我们的劳累和担心,平安回家了。我们笑说:"又是一次惊险镜头。"十二月初,他在家中度过九十四寿辰。也是他最后的寿辰,这一天,民盟中央的几位负责人丁石孙等先生前来看望,老人很高兴,谈起一些文艺杂感,还说,若能汇集成书,可题名为"余生札记"。

这余生太短促了。中国文化书院为他筹办了庆祝九五寿辰的"冯友兰哲学思想国际研讨会",他没有来得及参加。但他知道了大家的关心。

一九九〇年初,父亲因眼前有幻象,又住医院。他常常喜欢自己背诵诗词,每住医院,总要反复吟哦《古诗十九首》。有记不清的字,便是我们查对。"青青陵上柏,磊磊涧中石。人生天地间,忽如远行客。""浩浩阴阳移,年命如朝露。人生忽如寄,寿无金石固。"他在诗词的意境中似乎觉得十分安宁。一次医生来检查后,他忽然对我说:"庄子说过,生为附赘悬疣,死为决疣溃痈。孔子说过,朝闻道,夕死可矣。张横渠又说,存,吾顺事,殁,吾宁也。我现在是事情没有做完,所以还要治病。等书写完了,再生病就不必治了。"我只能说:"那不行,哪有生病不治的呢!"父亲微笑不语。我走出病房,便落下泪来。坐在车上,更是泪如泉涌。一种没有人能分担的孤单沉重地压迫着我。我知道,分别是不可避免的。

我们希望他快点写完《新编》,可又怕他写完。在住医院的间隙中,他终于完成了这部书。亲友们都提醒他还有本《余生札记》呢。其实老人那时不只有文艺杂感,又还有新的思想,他的生命是和思想和哲学连在一起的。只是来不及了。他没有力气再支撑了。

人们常问父亲有什么遗言。他在最后几天有时念及远在异国的儿子钟辽和唯一的孙儿冯岱。他用力气说出的最后的关于哲学的话是:"中国哲学将来一定会大放光彩!"他是这样爱中国、这样爱哲学。我觉得这句话应该用大字写出来。

然后,终于到了十一月二十六日那凄冷的夜晚,父亲那永远在思索的头脑进入了永恒的休息。

作为父亲的女儿,而且是数十年都在他身边的女儿,在他晚年又身兼几大职务,秘书、管家兼门房,医生、护士带跑堂,照说对他应该有深入的了解,但是我无哲学头脑,只能从生活中窥其精神于万一。根据父亲的说法,哲学是对人类精神的反思,他自己就总是在思索,在考虑问题。因为过于专注,难免有些呆气。他晚年耳目失其聪明,自己形容自己是"呆若木鸡"。其实这些呆气早已有之。抗战初期,几位清华教授从长沙往昆明,途经镇南关,父亲手臂触城墙而骨折。金岳霖先生一次对我幽默地提起此事,他说:"当时司机通知大家,不要把手放在窗外,要过城门了。别人都很快照办,只有你父亲听了这话,便考虑为什么不能放在窗外,放在窗外和不放在窗外的区别是什么,其普遍意义和特殊意义是什么。还没考虑完,已经骨折了。"这是形容父亲爱思索。他那时正是因为在思索,根本就没有听见司机的话。

父亲一生对物质生活的要求很低,他的头脑都让哲学占据了,没有空隙再来考虑诸般琐事。而且他总是为别人着想,尽量减少麻烦。一个人到九十五岁,没有一点怪癖,实在是奇迹。父亲曾说,他一生得力于三个女子:一位是他的母亲、我的祖母吴清芝太夫人,一位是我的母亲任载坤先生,还有一个便是我。一九八二年,我随从父亲访美,在机场上父亲作了一首打油诗:"早岁读书赖慈母,中年事业有贤妻。晚来又得女儿孝,扶我云天万里飞。"确实得有人料理俗务,才能有纯粹的精神世界。近几年,每逢我的生日,父亲总要为我撰寿联。一九九〇年夏,他写最后一联,联云:"鲁殿灵光,赖家有守护神,岂独文采传三世;文坛秀气,知手持生花笔,莫让新编代双城。"父亲对女儿总是看得过高。"双城"指的是我的长篇小说,第一卷《南渡记》出版后,因为没有时间,没有精力,便停顿了。我必须以《新编》为先,这是应该的,也是值得的。当然,我持家的能力很差,料理饭食尤其不能和母亲相比,有的朋友都惊讶我家饭食的粗糙。而父亲从没有挑剔,从没有不悦,总是兴致勃勃地进餐,无论做了什么,好吃不好吃,似乎都滋味无穷。这一方面因为他得天独厚,一直胃口好,常自嘲"还有当饭桶的资格";另一方面,我完全能够体会,他是以为能做出饭来已经很不容易,再挑剔好坏,岂不让管饭的人为难。

父亲自奉俭,但不乏生活情趣。他并不永远是道貌岸然,也有豪情奔放、潇洒闲逸的时候,不过机会较少罢了。一九二六年父亲三十一岁时,曾和杨振声、邓以蛰两先生,还有一位翻译李白诗的日本学者一起豪饮,四个人一晚喝去十二斤花雕。六十年代初,我因病常住家中,每于傍晚随父母到颐和园包坐大船,一元钱一小时,正好览尽落日的绮辉。一位当时的大学生若干年后告诉我说,那时他常常看见我们的船在彩霞中飘动,觉得真如神仙中人。我觉得父亲是有些仙气的,这仙气在于一切看得很开。在他的心目中,人是与天地等同的。"人与天地参",我不止一次听他讲解这句话。《三字经》说得浅显,"三才者,天地人"。既与天地同,还屑于去钻营什么!那些年,一些稍有办法的人都能把子女调回北京,而他,却只能让他最钟爱的幼子钟越长期留在医疗落后的黄土高原。一九八二年,钟越终于为祖国的航空事业流尽了汗和血,献出了他的青春和生命。

父亲的呆气里有儒家的伟大精神,"天行健,君子以自强不息",自强不息到"知其不可而为之"的地步;父亲的仙气里又有道家的豁达洒脱。秉此二气,他穿越了在苦难中奋斗的中国的二十世纪。他的一生便是二十世纪中国文化的一个篇章。

据河南家乡的亲友说,一九四五年初祖母去世,父亲与叔父一同回老家奔丧,县长来拜望,告辞时父亲不送,而对一些身为老百姓的旧亲友,则一直送到大门,乡里传为美谈。从这里我想起和读者的关系。父亲很重视读者的来信,许多年常常回信。星期日上午活动常常是写。和山西一位农民读者车恒茂老人就保持了长期的通信,每索书必应之。后来我曾代他回复一些读者来信,尤其是对年轻人,我认为最该关心,也许几句话便能帮助发掘了不起的才能。但后来我们实在没有能力做了,只好听之任之。把大家的千言信万言书束之高阁,起初还感觉不安,时间一久,则连不安也没有了。

时间会抚慰一切,但是去年初冬深夜的景象总是历历如在目前。我想它是会伴随我进入坟墓的了。当晚,我们为父亲穿换衣服时,他的身体还那样柔软,就像平时那样配合。他好像随时会睁开眼睛说一声"中国哲学将来一定会大放光彩"。我等了片刻,似乎听到一声叹息。

不得不离开病房了。我们围跪在床前,忍不住痛哭失声!仲扶着我,可我觉得这样沉重的孤单!在这茫茫世界中,再无人需我侍奉,再无人叫我的乳名了。这么多年,每天清晨最先听到的,是从父亲卧房传来的咳嗽,每晚睡前必到他床前说几句话。我怎样能从多年的习惯中走得出来!

然而日子居然过去快一年了。只好对自己说,至少有一件事稍可安慰。父亲去时不知道我已抱病。他没有特别的牵挂,去得安心。

文章将尽,玉簪花也谢尽了。邻院中还有通红的串红和美人蕉,记得我曾说串红像是鞭炮,似乎马上会噼噼啪啪响起来。而生活里又有多少事值得它响呢!

1991 年 9 月病中

选自《宗璞散文:插图珍藏版》,人民文学出版社 2007 年

二十四番花信

今年春来早,繁忙的花事也提早开始,较常年约早一个节气。没有乍暖还寒,没有春寒料峭。一天,在钟亭小山下散步,忽见,乾隆御碑旁边那树桃花已经盛开。我常说桃花冒着春寒开放很是勇敢,今年开得轻易不需要很大勇气,只是趁着背后光秃的土山,还可以显出它是报春的先行者。迎春、连翘争先开花,黄灿灿的一片。我很长时期弄不清这两种植物的区别,常常张冠李戴,未免有些烦恼,也曾在别的文章里写过。最近终于弄清。迎春的枝条呈拱形,有角棱。连翘的枝条中空,我家月洞门的黄花原以为是迎春,其实是连翘,这有仲折来的中空的枝条为证。

报春少不了二月兰。今年二月兰又逢大年,各家园子里都是一大片紫色的地毯。它们有一种淡淡的香气,显然是野花的香气。去冬,往病房送过一株风信子,也是这样的气味。

榆叶梅跟着开了,附近的几株都是我们的朋友,哪一株大,哪一株小,哪一株颜色深,哪一株颜色浅,我们都再熟悉不过。园边一排树中,有一株很高大,花的颜色也深,原来不求甚解地以为它是榆叶梅中的一种。今年才知道,这是一棵朱砂碧桃。"天上碧桃和露种",当然是名贵的,它若知我一直把它看作榆叶梅,可能会大大地不高兴。

紧接着便是那若有若无的幽香,提醒着丁香上场了。窗下的一株已伴我四十余年。以前伏案写作时只觉香气直透毫端,花墙边的一株是我手植,现在已高过花墙许多。几树丁香都不是往年那种微雨中淡淡的情调，而是尽情地开放，满树雪白的花，简直是光华夺目。我已不再持毫，缠绕我的是病痛和焦虑，幸有这光亮和香气，透过黑夜，沁进窗来，稍稍抚慰着我不安的梦。

我们为病所拘，只能就近寻春。以为看不到玉兰和海棠了。不想，旧地质楼前忽见一株海棠正在怒放，迎着我们的漫步。燕园本来有好几株大海棠，不知它们犯了何罪，"文革"中统被砍去，现在这一株大概是后来补种的。海棠的花最当得起花团锦簇这几个字。东坡诗句"只恐夜深花睡去，故烧高烛照红妆"，照的就是海棠。海棠虽美，只是无香，古人认为这是一大憾事。若是无香要扣分，花的美貌也可以平均过来了。再想想，世事怎能都那么圆满。又一天，走到临湖轩，见那高松墙变成了短绿篱，门开着，便走进去，晴空中见一根光亮的蛛丝在袅动，忽然想起《牡丹亭》中那句"袅晴丝，吹来闲庭院，摇漾春如线"。这句子可怎么翻译，我多管闲事地发愁。上了台阶，本来是空空的庭院，现在觉得眼睛里很满，原来是两株高大的玉兰，不知何时种的。玉兰正在开花，虽已过了最盛期，仍是满树雪白。那白花和丁香不同，显得凝重得多。地下片片落花也各有姿态，我们看了树上的花，又把脚下的花看了片刻。

蔡元培像旁有一株树，叶子是红的，我们叫它红叶李，从临湖轩出来走到这里，忽见它也是满树的花。又过了两天，再去寻问，已经一朵花也看不见了。真令人诧异不止。

"我一生儿，爱好是天然"。花朵怎能老在枝头呢。万物消长是大自然的规律。柳絮开始乱扑人面。我和仲走在小路上，踏着春光，小心翼翼地，珍惜地。不知何时，那棵朱砂碧桃的满树繁花也已谢尽，枝条空空的，连地上也不见花瓣。别的花也会跟着退场的。有上场，有退场，人，也是一样。

2002年春末

选自《宗璞散文》，人民文学出版社2007年

◇张洁

张洁（1937—2022），辽宁抚顺人。1979年加入中国作家协会。美国文学艺术院荣誉院士，国际笔会中国分会会员。中国作协第四至六届全委会委员、第七届名誉委员。中国作协理事、北京作协副主席。著有《沉重的翅膀》《只有一个太阳》《无字》《爱，是不能忘记的》《方舟》《祖母绿》《世界上最疼我的那个人去了》等小说、散文、随笔集十多部。《从森林里来的孩子》《谁生活得更美好》《条件尚未成熟》分别获1978年（首届）、1979年、1983年全国优秀短篇小说奖；《祖母绿》获第三届全国优秀中篇小说奖；《沉重的翅膀》获第二届茅盾文学奖；《无字》获第二届老舍文学奖、第六届国家图书奖、第六届茅盾文学奖等。

捡麦穗

在农村长大的姑娘,谁不熟悉捡麦穗这回事呢?

或许可以这样说,捡麦穗的时节,是最能引动姑娘们幻想的时节。

在那月残星稀的清晨,挎着一个空篮子,顺着田埂上的小路,走去捡麦穗的时候,她想的是什么呢?

等到田野上腾起一层薄雾,月亮,像是偷偷睡过一觉,重又悄悄回到天边。方才挎着装满麦穗的篮子,走回自家破窑的时候,她想的又是什么?

唉,她还能想什么。

假如你没在那种日子里生活过,你永远不能想象,从这一颗颗丢在地里的麦穗上,会生出什么样的幻想。

她拼命地捡哪,捡哪,一个麦收时节,能捡上一斗?她把这捡来的麦子换成钱,又一分一分地攒起来,等到赶集的时候,扯上花布、买上花线,然后她剪呀、缝呀、绣呀……也不见她穿,也不见她戴,谁也没和谁合计过,她们全会把这些东西,偷偷地装进新嫁娘的包裹里。

不过,真到了该把那些东西从包裹里掏出来的时候,她们会不会感到,曾经的幻想变了味?她们要嫁的那个男人,是她们在捡麦穗、扯花布、绣花鞋时幻想的那个男人吗……多少年来,她们捡呀、缝呀、绣呀,是不是有点傻?但她们还是依依顺顺地嫁了出去,只不过在穿戴那些衣物的时候,再也找不到做它、缝它时的心情了。

这算得了什么,谁也不会为她们叹一口气,谁也不会关心她们曾经的幻想。顶多不过像是丢失一个美丽的梦,有谁见过哪个人,会死乞白赖地寻找一个失去的梦?

当我刚能歪歪咧咧提着一个篮子跑路的时候,就跟在大姐姐身后捡麦穗了。

对我来说,那篮子太大,老是磕碰我的腿和地面,闹得我老是跌跤。我也很少捡满一篮子,因为我看不见田里的麦穗,却总是看见蚂蚱和蝴蝶,而当我追赶它们的时候,篮子里的麦穗,便重新掉进地里。

有一天,二姨看着我那盛着稀稀拉拉几个麦穗的篮子说:"看看,我家大雁也会捡麦穗了。"然后她又戏谑地问我:"大雁,告诉二姨,你捡麦穗做啥?"

我大言不惭地说:"我要备嫁妆哩!"

二姨贼眉贼眼地笑了,还向我们周围的姑娘、婆姨们,挤了挤她那双不大的眼睛:"你要嫁谁呀?"

是呀,我要嫁谁呢?我想起那个卖灶糖的老汉。我说:"我要嫁给那个卖灶糖的老汉。"

她们全都放声大笑,像一群鸭子嘎嘎地叫着。笑啥嘛!我生气了,难道做我的男人,他有什么不体面的吗?

卖灶糖的老汉有多大年纪了?我不知道。他额上的皱纹,一道挨着一道,顺着眉毛弯向两个太阳穴,又顺着腮帮弯向嘴角。那些皱纹,给他的脸增添了许多慈祥的笑意。

当他挑着担子赶路的时候,他那长长的白发,在他剃成半个葫芦样的后脑勺上,随着颤悠悠的扁担一同忽闪着……

我的话,很快就传进了他的耳朵。

那天,他挑着担子来到我们村,见到我就乐了,说:"娃呀,你要给我做媳妇吗?"

"对呀!"

他张着大嘴笑了,露出一嘴的黄牙。后脑勺上的白发,也随他的笑声一起抖动着。

"你为啥要给我做媳妇呢？"

"我要天天吃灶糖哩。"

他把旱烟锅子朝鞋底上磕了磕："娃呀，你太小哩。"

"你等我长大嘛。"

他摸着我的头顶说："不等你长大，我可该进土啦。"

听了他的话，我着急了。他要是死了，那可咋办？我那淡淡的眉毛，在满是金黄色绒毛的脑门儿上，拧成了疙瘩。我的脸，也皱巴得像是个核桃。

他赶紧拿块灶糖，塞进了我的手里。看着那块灶糖，我又咧开嘴笑了："你莫死啊，等着我长大。"

他又乐了。答应着我："莫愁，我等你长大。"

"你家住啊哒？"

"这担子就是我的家，走到啊哒，就歇在啊哒。"

我犯愁了："等我长大，去啊哒寻你呀？"

"你莫愁，等你长大，我来接你。"

这以后，每逢经过我们村，他总是带些小礼物给我。一块灶糖、一个甜瓜、一把红枣……还乐呵呵地说："来看看我的小媳妇呀！"

我呢，也学着大姑娘的样子——我偷见过——让我娘给我找块碎布，给我剪了个烟荷包，还让我娘在布上描了花。我缝呀，绣呀……烟荷包缝好了，我娘笑得个前仰后合，说那不是烟荷包，皱皱巴巴，倒像个猪肚子。我让我娘给我收了起来，我说了，等我出嫁的时候，我要送给我的男人。

我渐渐长大了，到了认真捡麦穗的年龄。懂得了我说过的那些个话，都是让人害臊的话。卖灶糖的老汉也不再开那玩笑，叫我是他的小媳妇了。不过他还是常常带些小礼物给我，我知道，他真的疼我呢。

我不明白为什么，我倒是越来越依恋他，每逢他经过我们村子，我都会送他好远。我站在土坎坎上，看着他的背影，渐渐消失在山

坳坳里。

年复一年,我看得出来,他的背更弯了,步履也更加蹒跚。这时,我真有点担心了,担心他早晚有一天会死去。

有一年,过腊八的前一天,我估摸卖灶糖的老汉,那一天该会经过我们村。我站在村口一棵已经落尽叶子的柿子树下,朝沟底那条大路上望着,等着。

那棵柿子树的顶梢梢上,还挂着一个小火柿子,让冬日的太阳一照,更是红得透亮。那个柿子,多半是因为长在太高的树梢上,才没有让人摘下来。真怪,可它也没有被风刮下来、雨打下来、雪压下来。

路上来了一个挑担的人,走近一看,担子上挑的也是灶糖,人可不是那个卖灶糖的老汉。我向他打听卖灶糖的老汉,他告诉我,卖灶糖的老汉老去了。

我仍旧站在那棵柿子树下,望着树梢上那个孤零零的小火柿子。它那红得透亮的色泽,依然给人一种喜盈盈的感觉,可是我却哭了,哭得很伤心。哭那陌生的,但却疼爱我的卖灶糖的老汉。

等我长大以后,我总感到除了母亲以外,再没有谁像他那样朴素地疼爱过我——没有任何希求,没有任何企望的疼爱。

真的,我常常想念他,也常常想要找到我那个皱皱巴巴、像猪肚子一样的烟荷包。可是,它早已不知被我丢到哪里去了。

1979 年 12 月

选自《散文随笔卷》,人民文学出版社 2012 年

这时候,你才算长大

到了后来,你总是要生病的。

不光头疼,浑身骨头都疼,翻过来、掉过去怎么躺都不舒服,连满嘴的牙根儿也跟着一起疼。

舌苔白厚、不思茶饭;高烧得天昏地暗、眼冒金星;满嘴燎泡、浑身没劲儿……你甚至觉得,这样活着还不如死去好。

这时,你首先想起的是母亲。想起小时候生病,母亲的手掌,一下下摩挲着你滚烫的额头的光景。你浑身的不适、一切的病痛,似乎都顺着她一下下的摩挲排走了。

好像你那时不论生什么大病,也不像现在这样难熬,因为有母亲替你扛着病痛。不管你的病后来是怎么好的,你最后记住的,都是日日夜夜守护着你的母亲,和母亲那双生着老茧、在你额上一下下摩挲的手。

你也不由得想起母亲给你做的那碗热汤面。当你长大以后,有了出息,山珍海味成了餐桌上的家常,便很少再想起那碗热汤面。可是等到你重病在身,而又茕茕孑立、形影相吊的时候,你觉得母亲亲自擀的那碗不过放了一把菠菜、一把黄豆芽,打了一个蛋花的热汤面,才是你这辈子吃过的最美的美味。

于是你不觉地向上仰起额头,似乎母亲的手掌,即刻会像小时候那样,摩挲过你的额头;你费劲地往干疼的、急需沁润的喉咙里,咽下一口难成气候的唾液……此时此刻,你最想吃的,可不就是母亲做的那碗热汤面?

可是母亲已经不在了。

你转而思念情人,盼望此时此刻他能将你搂在怀里,让他的温存和爱抚,将你的病痛消解。

他曾如此地爱你,当你什么也不缺、什么也不需要的时候。指天画地、海誓山盟、柔情蜜意、难舍难分,要星星不给你摘月亮,可你真是病到再也无法为他制造欢爱的时候,不要说是摘星星或是摘月亮,即便设法为你换换口味也不曾。

你当然舍不得让他为你洗手做羹汤,可他爱了你半天,总该记得一个你特别爱吃、价钱又不贵的小菜,在满大街的饭馆里,叫一个外卖似乎也不难,可是你的期盼落了空。不要说一个小菜,就是为你烧一壶白开水,也如《天方夜谭》里的"芝麻开门"。

你退求其次再其次:什么都不说了,打个电话安慰安慰也行。电话机或手机就在他的手边,真正的举手之劳,可连这个电话也没有。当初每天一个乃至几个、一打就是一个小时不止的电话,可不就是一场梦。

……

最后你明白了,你其实没人可以指望。你一旦明白这一点,反倒不再流泪,而是豁达一笑。于是你不再空想母亲的热汤面,也不再期待情人的怀抱,并且死心塌地地关闭了电话。

你神闲气定地望着太阳投在被罩上的影子,从东往西地渐渐移动,在太阳的影子里,独自、慢慢消融着这份病痛。

你最终能够挣扎起来,摇摇晃晃地走到自来水龙头下接杯凉水,喝得咕咚咕咚,如在五星级饭店喝矿泉水。你惊奇地注视着这杯凉水,发现它一样可以解渴。

饿急了眼,还会在冰箱里搜出一块干面包,没有果酱也没有黄油,照样堂堂皇皇地把它硬吃下去。

在吃过这样一块面包、喝过这样一杯水后,你大概不会再沉湎于浮华,即便有时你还得沉浮其中,也只不过是难免而清醒的酬酢。

自此以后,你再不怕面对自己上街、自己下馆子、自己乐、自己哭、自己应对天塌地陷……你会感到,"天马行空,独往独来",可能比和一个什么人撂在一起更好。

这时候你才算真正地长大,虽然这一年,你可能已经七十岁了。

1994 年 2 月 18 日

选自《散文随笔卷》,人民文学出版社 2012 年

◇戴厚英

　　戴厚英(1938—1996),安徽颍上人。1960年,毕业于华东师范大学中文系,后在上海作家协会文学研究所从事文艺理论研究。1979年入复旦大学中文系、上海大学文学院任教。1981年,开始发表作品。1985年,加入中国作家协会。著有长篇小说《人啊,人!》《诗人之死》《空中的足音》《往事难忘》,中短篇小说集《锁链,是柔软的》,散文集《戴厚英随笔》等。

很少想到自己是女人

最怕编辑约我写女人的题目,因为我很少想到自己是女人,因而也找不准"纯女人"的感觉。对母亲,我是女儿,对女儿,我是母亲,还有姐姐、妹妹、姑姑、阿姨的身份,都明明白白,表明我是女性。可是对学生我是老师,对读者我是作家,对国家我是公民,对社会我是个人,似乎并没有什么性别的差异。我只知认认真真扮演好各种角色,却不知特别想着自己是女人有什么意义。

很少想到自己是女人,并不意味着改变了性别,至今还没有人见到我说我不是女人或不像女人的,"阴气"融汇在血液里,换血也不能解决问题。只是有几次没见过面的读者来信问,你是男的还是女的?还有一次在邮局寄信,邮局职工很奇怪,说你怎是女的?这才使我懂得,关于性别还有些约定俗成的玩意儿,是男人和女人都该明白的。可是认真思索,那些玩意儿到底是什么?却又没人能给我一个"了义"。比如我问:为什么我不该是女的?回答却是全没自信的:因为你的写作风格,你的思想,你的文笔。再问:为什么因为这一切,我就不该是女的?答案却只有笑了。倒是我从那些笑里体会出一点不甚清晰的含义:女人的写作风格应是阴柔的,女人的思想应是顺从的,女人的文笔应是婉约的。觉得很对。但阴与阳,柔与刚,顺与逆,婉与直,最终的界限又在哪里?一切都如地球一样圆,直向东行便归西,所以至柔若刚,大智若愚。更何况,是刚是柔,有时全看个人感觉。即使刚柔之别如楚河汉界一般清晰,形势所迫,那界线也非逾越不可啊!比如,生活中没有给你那么多表现阴柔的机会,不刚强就难以生存,人且难做,还有什么女人味?

这样一想,我便又我行我素。我想,人身上的各种"性""气",都是自然养成的,不必有所回避,也不必有所执着,自然做去便生魅力。是男是女,这是无法从根本改变,也无须改变的,因此也用不着念念不忘,着力表现的。整天想着自己是女人,将女人的标准立下条款,一一按部就班做去,倒可能失去女人的本性。温煦之下柔如水,严寒之中便成冰,置于棉上则钝,置于铁上则利。这便是完整的人,因而也是完整的女人了。生活中这样的例子不少,温文尔雅的男人比粗犷蛮野的男人更具丈夫气。而且,从功利上说,既然如今世界对女人还有几分仁慈厚爱,让女人们觉得只需花少许气力便能获得男人们花十分力才能得到的东西,那么准备了十分力的女人,岂不活得更潇洒自如,所得的幸福欢乐更多?所以,还是少想一点自己是女人为好。但想自己是人,就行了。

选自《戴厚英文集·风雨情怀(上、下)》,安徽文艺出版社 1999 年

◇ 叶文玲

　　叶文玲(1942—)，浙江玉环人。在家乡读完小学、初中后，当过幼儿园教养员、小学教师和农场工人。1958年，开始发表作品。1979年，调河南省文联从事专业创作，加入中国作家协会。1986年，回浙江，曾任浙江省作家协会主席、名誉主席，中国作家协会第四届理事、第五届全国委员。著有长篇小说《父母官》《太阳的骄子》《无梦谷》《秋瑾》，小说集《无花果》《心香》《长塘镇风情》《独特的歌》，散文集《梦里寻你千百度》《写在椰叶上的日记》。作品《心香》获1980年全国优秀短篇小说奖。《未圆之梦》获联合国儿童基金会征文奖。《无梦谷》曾被美国纽约国际文化艺术中心授予"中国文学创作杰出成就奖"。

寂寞书院冷

  书院古老矣,但它曾经在人们心里生下的根,却不会衰败;它曾经传道解惑所立下的功德,也应为所有的受惠者铭记不忘。

  四月间走洛阳途经嵩山,发现了一处"新大陆"——嵩阳书院。驻足流连时,相识恨迟的感慨油然而生。
  这处在我是第一次见识的所在,早在宋代就享有盛名,是与庐山白鹿洞书院等齐名的我国四大书院之一。可是,它如今悄悄立于深山的清高,它少有游迹的冷寂,令我讶然。
  书院和寂寞,本是绝不相称的对立词;可是,寂寞于书院,在特定的时代和情境中,仿佛是注定的宿命。
  古往今来,人们无不知嵩山,知它崛立中原、峻崖千仞,是名贯中外的中华四大名山之一;如今年轻人也知嵩山,只知它脚下的名刹少林寺,一场电影叫少林寺跻身为全国旅游点之最;《牧羊女》的歌声至今绵绵不衰。
  同样位于嵩山怀抱中的书院,就全然不是如此了。
  我无法得知书院的当年规模,但见它选择在这样一处深山腹地辟地起宅,是很见开辟者的一番苦心的。它所背倚和面朝的,都是壁立千丈的嵩山。巍巍嵩岳,是喻示学问的高深,还是比拟攀登的艰难?门前门后那早已湮没却依稀可辨的荒草小径,院里那两棵历时千年几人抱不过来的汉柏"大将军"和"二将军",都增加着它无以言喻的苍凉。

书院古老矣，但它曾经在人们心里生下的根，却不会衰败；它曾经传道解惑所立下的功德，也应为所有的受惠者铭记不忘。

我在那两棵古意森森的汉柏间徘徊，诚如我在《嵩山古柏》中所叙，这两棵古树是我平生所见最具生命象征的老树，它虬枝盘曲、清气自流，越时千余年而依旧岁岁华生翠叶，遭大雷击劈而临绝不毙！当在书院流连良久后，我更觉得它们的存在，就是书院的天然见证和最佳伴侣，它们已到龙钟之年却巍然挺拔的身躯，它们多皱而苍黑的树纹叶脉，无一不是中华民族文化教育史的生动具象。

书院的现址只剩下了前后两进的小小屋舍，是否是当年院舍自然也难考究。历尽风霜，几经浩劫，价值连城的国宝文物尚且荡然无存，何况这几近湮没的书院？因此，空落的院舍中，诸如什么先贤手译文书宝卷自然是没有的。但是，我依然钦佩那些想到要标志它、尊奉它的有识之士，钦佩努力设法恢复它的旧迹的人们，他们毕竟想到在热热闹闹的少林寺高处，还有这处对世人有所教益的所在。

就在这小小屋舍的粉墙上，我又看到了今人书写的有关嵩阳书院的教学内容、教学特点的介绍，行文虽只几款，却使我对这所曾在教育发展史上起过重要作用的书院更为敬仰：却原来，它是自宋至清末于官学私学之外的一种高等教育组织形式，它既是教育教学机关，又是学术研究机构。

"介绍"又说，书院盛行"讲会"制度，允许不同学派进行会讲，开展争辩；教学也实行门户开放，不受地域限制；在学习上也以学生个人阅读为主，十分注重培养学生的自学能力，并多采用问难论辩式，注意启发学生的思维能力。

令人再次怦然心动的还有后面一条：书院内师生关系融洽，相互之间的感情深厚，书院的名师不仅以渊博的学识教育学生，而且以自己的品德感染学生。

我一改往常走马观花浏览景地的习惯，特别有耐心地将这几款条文记了下来。

因为它令我想起令我对照现时太多的事：教育的、文化的、游览的、做学问的，甚至是人际关系的。

我一改往常对一些花花绿绿景地中的道具不屑一顾的习惯，特别有兴味地坐在了那张古朴而漆色斑驳两头翘卷的讲案后面，坐在那把同样古朴的木椅上，遥忆着自己的做学生年代和当教师年代。

我在这案后椅上凝然端坐的一刻间，思绪汹涌，滋味万千，人生的许多体味似乎都齐齐在这一刻聚集。

世上事也许就这样：越不是行中人，越能激发新鲜的刺激和感触。我也如是。越对照少林寺的热闹，我越为这书院的清冷而感到不是滋味——在我流连的个把小时中，几乎没有第二茬游人光顾此地。

我在想，假如改一个字——将书院的"书"改为"寺"；假如将这张讲案换成几尊红头赤面的什么菩萨大佛，这儿肯定香火袅袅、游人不绝、门票高昂、收入丰盈，管理员或主持者肯定也会成为如今的小康人物。而与此相应的，书院所代表的历史文化，书院的教学精神，却就真的从此湮没无闻；而烛火阑珊中，再也无人记得嵩山深处曾经有过这么一所不凡不俗的嵩阳书院。

看来，寂寞和清冷果真是书院和做学问者的宿命。

话又说回来，与其向热闹得不伦不类亵渎了精神品格的世俗投降，我宁可见它继续清冷下去。因为，背倚高山的它，至少承载过光荣的使命，至少贮留了我们对它的怀念和思考，至少拥有山中高士的那份清雅胸襟，至少还拥有"尽收城郭归檐下，全贮湖山在目中"的那份怡然和旷达。

选自《当代散文经典》，河南人民出版社 2010 年

梦里寻你千百度(节选)

"我是喝东海水长大的。"

"青山绿水的故乡——浙江玉环楚门镇,以富饶的鱼米养育了我,串村走乡的戏班子,也以演出的古老的传统戏,给了我最初的文艺营养……"

这几句话我说了不知多少遍!常言道:"话说三遍淡如水。"但我却不腻烦这个重复。我对故乡情浓于酒,再说一千次一万次也难以道尽我的恋念。

故乡令我追忆的事太多了,我经常想起这样的情景:

……一河碧水,荡开圈圈清漪,呵,小船划过来了,一只、两只、三只、四只……靠了岸,系了缆,船上的人都下来了,男的女的,老的小的,说说笑笑,熙熙攘攘,一齐朝一处墙颓壁破的庙台或几根大毛竹搭成的"戏棚"拥去了……庙台上,戏棚里,锣鼓铙钹震耳,笙箫管笛齐奏,哦,某处来的"的笃班"(解放前我们对越剧团的称呼),大戏演得正热闹哩!

演的什么戏呀?什么都有:《白蛇传》《孟丽君》《珍珠塔》《钗头凤》……

我那时还小,常常是被大人抱在肩头或坐在高高的"梯凳"上才看得见台上台下的一切。我看见了台上的红男绿女,虽然不懂其中的悲欢离合,可是这一切都使我非常入迷;而令我惊异的还有台下——台下的男女老少,拥着挤着,仰头看着,一忽儿眉展眼笑,一忽儿唏嘘涕流……慢慢地,我也跟着笑,跟着哭,为了台上那些好人的离散和屈死,我也哭得泪人儿似的……

戏剧——古老的戏剧,就像润物细无声的春雨,悄悄地潜入了我的心头,孕育和催发了我对文学的爱好,我迷上了戏剧,迷上了书。

……还是笙箫管笛,还是那锣鼓铙钹,不过,戏台已经不是那种残破的庙台或简陋的竹棚,而是筑在平坦的晒谷坪上的一个宽大的水泥台子;观众们还是熙熙攘攘,你拥我挤,不过,台上演的已不单单是缠绵哀怨的男女恋情。这时,敲的是解放的锣鼓,响的是土改的爆竹,戏呢?《血泪仇》《刘胡兰》,而当抗美援朝开始时,《木兰从军》《唇亡齿寒》《空城计》也是少不了的……我呢,也从台下的小观众变成了台上的小演员,无论是扮演没有一句台词的诸葛亮的"琴童"和花木兰的弟弟"花木棣",或者是扮演只有三句道白的《血泪仇》中的"狗娃",都令我非常兴奋、激动。我跟着老师们串村走乡,演了一场又一场……还是在演《血泪仇》时,一个老太太跑上台来,搂着我这个剃着光头,穿着破夹袄的"狗娃","心肝儿肉"地哭得气咽声哑……

戏剧,就像一道神妙的催化剂,使我懂事、早熟。这时我已上学识字,参加这些演出和活动,大大丰富了我的生活。我在课本以外的书中认识着世界,在丰富多彩的活动中认识着人生。

以上这些,是我儿时在家乡所见所做的真情实事,这些事,又像是梦,时隔二十多年了,这些迷离恍惚的情景,一次又一次地出现在我的梦境中。

梦是心头想。烙在心头的美好东西,岁月的灰尘掩不住;镌在脑海里的深刻记忆,到老到死都难忘。现在,我对儿时有些不太懂的事,稍稍有点明白了。

人是需要文化生活的,不管是贫瘠之地还是鱼米之乡,人所渴求的总不仅仅是物质上的温饱。文化生活——这使人的道德、品行、情操变得美好起来的精神养料,永远是人所不可或缺的。即令是一些精芜互见、珠砂相杂的古老的戏剧,也多少会使人们从中受到道德的教育,得到美的营养。

人民是需要美、懂得美的,我故乡小镇的人民,也不例外。

我没有忘记,我故乡的人民,即使在度"瓜菜代"的年月中,在过清水薄汤的生活时,也曾扶儿携女,前呼后拥地去看我们业余宣传队演出的《钢铁元帅升了帐》《天上仙女下凡来》等等节目。是大家愚吗?蠢吗?自欺欺人吗?不是,即使是在艰难困苦的时候,故乡的人们也没停止对未来的向往,对美的追求。

呵,我故乡小镇的亲人对戏剧艺术竟是如此的一往情深!

我同时也记得:故乡小镇的亲人,特别是老辈种田人、讨海人,很少有人到过北京、上海,从没见过大世面,言谈话语,常常透出乡下人的朴直粗憨;他们中,有人曾对"人能飞上月亮"坚决不信而甘愿打赌认罚;也有人曾可笑可怜地把"大海航行靠舵手"这句"普通话"误传成"东海龙王敲舵鼓"而挨训遭批而后又传为笑谈;但是,不管是聪颖诙谐的还是拙朴愚鲁的,我故乡的父老绝对地有着中华民族的子孙共同的美德和品性:他们勤劳朴实,也不乏机智幽默,至今他们还十分讲究礼义人情,对自己,往往是一个铜板掰成两半花地节俭;对客人,却是拔落衫袖请吃饭地慷慨;他们乐天爱美,对看戏、听书、会市、滚龙灯等一切娱乐活动,则特别喜欢……

远在千里之遥的河南,我常常苦于听不到被称为"蛮子话"的乡音,于是,只要一听到播送越剧,我便屏声静息,如痴似醉地倾听……这几年常去外地,虽然在全国各地也不大容易碰到楚门人,但我却惊喜地发现了来自故乡的为顾客所啧啧称羡的产品:你看,那大金钩般的虾米,那乌光闪亮的紫菜,那薄得透明的虾片和大得吓人的鱼鲞,呵,农、渔、盐、工、商各业俱全的小镇,我的富饶的故乡!

更令我愉悦的是:在一次出口工艺品展览会上,我看到了那极为纤巧精美的《中国民间剪纸》和绚烂如霞的各种花边刺绣品上,竟然也标着:浙江玉环楚门。

这时,我虽然没有像孩子一样浮狂地喊叫,可却怎么也揥不干那盈眶的喜泪……

　　远在千里之遥的河南,我常常只能在梦里回到故乡,在梦中走过那有着许多石级的小桥,在梦中踏上那金黄的软软的海涂,在梦中尝享那喷香的大米饭、鲜美的鱼虾蟹、爽口的竹笋汤……于是,一醒来,我就常常不无惆怅地愣怔半天,心中的滋味就像我小时特别爱吃的杨梅,酸中有甜,甜多于酸……

　　呵,故乡,你在我心中的,决不只是春韭秋蔬、鱼米虾蟹的缅思,你那不老的青山、如镜的碧水,都使我无限眷恋;而你那勤朴的父老,那执着地挚爱着美,用不倦的劳动创造着美的人民,更使我永远怀念。

　　可惜的是,文愧金声,才非玉润,我只能举起迟慢的笔,在遥远的他乡,笨拙地将你描绘,痴情地将你呼唤……

1980 年 12 月

选自《叶文玲代表作》,河南人民出版社 1994 年

◇ 梅洁

梅洁(1945—),湖北郧阳人,国家一级作家,中国作家协会会员,中国散文学会常务理事,中国报告文学学会理事,河北作协散文艺术委员会主任。曾获河北省"有突出贡献的中青年专家"和"国务院政府特殊津贴专家"称号。著有《创世纪情愫——来自中国西部女童教育的报告》《生存的悖论》《我在河边长大》《一只苹果的忧伤》《大江北去》《穿越历史的文明》《西部的倾诉》等。曾获"第二届鲁迅文学奖"、首届"全国冰心散文优秀作品奖"、首届"全国徐迟报告文学奖"等荣誉。

不是遗言的遗言

一

北墙上的那块蜡染布艺换成了你的黑白遗像,遗像下的橡木案几——我和儿子跑了好几家家具城专门买的橡木案几——顿顿摆放着你喜欢吃的水果、素食,那也是我顿顿的饭菜;清晨和夜晚,铜质香炉里的三炷檀香紫烟袅袅,萦绕着我无边无望的思念;小妹和凌儿送来的佛音盒日夜在案几上唱响着,"阿弥陀佛"的诵经要诵一百天。她说,哥哥是世上少有的好人(她按家乡的习俗,把姐夫称作哥哥),佛会保佑他早日超生。

每日从你遗像下走过,都看到你那依然坚毅、依然睿智、依然深邃的目光在注视着我,不管我从东、从西、从南哪个方向望过去,你的目光都是如此专注地望着我。

亲爱的,你是有话要对我说吗?

其实,我心里最惨痛的事之一是你生命最后的时刻未能对我说什么。

切开的气管开放着,你发不出声音;从昆明到北京的列车上,你因呼吸衰竭痛苦得说不出一句话;我和儿子呼天抢地也未能给你找到氧气,那个劳什子"氧立得"根本救不了你的命,我们却把希望押在那上面;那根扭曲的输氧管蛇一样在咬噬你的生命,我们还对它怀抱全部的祈求。

其实,挪开那根管子,用手指轻轻堵住安插在你喉部的塑料管你就能说话。在昆明的医院里,医生教过我们,我们无数次这样做过。可在狂号奔驰的列车上,我们无依无靠,只能靠那根细细的管子,那根管子是汪洋大海正在吞没你也在吞没我们时唯一的一根稻草,救命的稻草。我们除却把那根管子紧张而痛苦、希望也绝望地插进你切开的气管外,一点也不敢造次。可那根管子最终没救得了你的命,却使我们失去了最后说话的机会。

至今,那根具有救命假相的管子,依然在我的梦里扭曲。

从昆明到湖南怀化,你坚持了十八个小时不能再坚持时,你肯定有话要对我和儿子说;你听到我乞求列车长为你找氧气但最终绝望地恸哭时,你肯定有话要对我和儿子说;当死神一步步逼近,你就要和我们诀别时,你肯定有话要对我们说……然而,你什么也没有说,你发不出声音,你被窒息的痛苦绞杀着。

你躺在我的怀里,我眼睁睁看着你无声无息地挣扎,我帮不了你我痛不欲生;我清清楚楚地看见你把一直紧闭的双眼使劲睁开,又使劲瞪得很大,然后你停止了最后一次呼吸。

你睁着一双很大的眼睛走了!

我痛泣着请求列车上那位年轻的军医帮你把眼睛闭上……

我无数次听人们说过"死不瞑目"是要走的人不能甘心,不忍离去。在那个天上人间永世分离的时刻,我目睹了你的不忍、你的不甘心、你的"死不瞑目"。啊,亲爱的!我目睹了你的"死不瞑目",至今想起来我都肝肠寸断、心碎欲裂啊!

你惨逝的场景是我永世的痛苦!

二

你躺在我的怀里走了,我摩挲着你依然英俊、依然年轻的面庞,摩挲着你依然柔软、依然白皙的腹胸,这是我怎样熟悉的一个男人的身体啊!而你的身体渐渐地凉了下来……

我摩挲着你宽厚、结实的双手,这是怎样一双勤劳、可靠、有力的手啊!而你的手指慢慢地开始发硬……

T62 次列车悲号着翻山越岭,你停止呼吸后我们还要走十九个小时才能到家啊。

我不知人没有呼吸后灵魂何时脱离躯体,我只想着我抱着你、摩挲你你就不会走,你就会跟着我和儿子一起回家。你停止呼吸的地方叫湖南怀化,湖南怀化离家还有五千里迢迢的长路。望车窗外层峦叠嶂的青山,山涧里时隐时现的草庐,我的心疼痛难忍。亲爱的,你无论如何不能在这里与我们分手,你要是独自在这里走了,这千山万水的陌路,你可怎样回家?

我抱着你,一个小时,两个小时,三个小时……我的体温无法再暖热你冰凉的身体,我的手无法再抚平你蜷起的手指,悲苦的泪水汹涌着,打湿了你的衣被。我的鼻子开始出血……

亲爱的,你在回家的路上走了!你把我的爱,我的依靠带走了!你把我一世骄傲的幸福带走了!你把那个用我们一生的辛苦共同创建的家带走了!那是如两只老鸟一样一根根衔草垒建的家。那是如燕子一样滴滴衔泥吐血垒建的家。我一直把我们的家看作是上帝赐给我们的礼物,我一直把我们的家视作我们的爱与婚姻,乃至人生的最高成就。世人都在说我有一个幸福的家,世人都在羡慕我是一个幸福的女人。我感激着这样的祝福,我认同着这样的羡慕。

我深知我们两个都是那种极赋"家庭天性"的人。在这个家里,我们共同孕育、抚养了两个优秀的儿子,我们的生命在他们的生命里延续;在这个家里,我们爱着、恼着、惦念着、操劳着把生命和岁月融在了一起。在我们经历了许多艰难、挫折和痛苦之后,我们都已深解"相依为命"的全部含义。你这一生没有爱好、没有应酬、没有朋友,你喜好安静拒绝着任何热闹,你孤傲独立不屑任何交际,你不尚权不媚势不入流,你的正直使你最终成为一个孤独者。只有家才是你的唯一,你恋家,恋孩子,恋妻子超乎寻常。

可是亲爱的,我用尽了全力流尽了眼泪也没能带你回了家呀!上帝一定要在半路收走你这孤傲而温慰的灵魂,我不明白他的大旨大义,我的心被悲苦淹没了!

　　作家周国平曾说,家不仅仅是一个场所,"家是一个活的有生命的东西"。他还说:"共同生活的时间愈长,这个家就愈成为一个生命的东西。"任何一个微小的伤害,都会有撕裂般的痛楚。疼痛的不是别的,"正是家这个活体"。亲爱的,现在不是什么小小的伤害,是凝聚了我们三十四年生命和岁月的一个生命活体被撕裂了,那疼痛是绝世的疼痛,那伤害是永不痊愈的伤害!那个交织着我们两人共同的经历、命运和无数回忆的家消失了,那个鲜活的、温暖的、触手可及的生命体刹那间虚空了!

　　我一生一世心疼的那个家因着你的离去已不复存在,没有什么能引渡我内心深处的痛苦。

　　望车窗外泣血的夕阳,我伤疼如斯……

三

　　其实,细想起来,你想对我说的话也说过一些,只是很含蓄,有时只是一种暗示。唯其含蓄,唯其是暗示,你总是有一句没一句,我知道你是怕说多了、说完整了我会伤心。我呢,自你手术后一直在悲苦中恐惧着"死亡",忌讳你说有关离别的话,我也不说。我知道,我们相互地躲闪是在相互地爱护。我们的爱很认真很沉重。

　　去年6月的一天晚上,也是你戒烟的第二天,我们相依着在那条路上散步,你说,一墨该会说很多话了吧。我说,她聪明过人,不仅会说很多话,还会准确地使用连词、介词呢。你说,可能她对我没有多少记忆……我说,怎么可能呢?你戒了烟能活八十岁、一百岁,你们家族的男人寿命长,你的父辈、祖父辈不都活了八十多岁吗?到你八十岁的时候,一墨没准正在哈佛、牛津念研究生呢!我牵着你的袖子,孩子般蹦跳着,说得很开心。但你却叹了口气说,好了,不说了,说了心烦……

　　一墨是第一个来到这个世界的、我们生命的第三代传人。那时她还不满两周岁,居住在北京,和她的父母、外公外婆在一起快乐地成长着,谈论她是我们最幸福的话题,怎么会心烦呢?我充满困惑但我没再问你。没想,第二天你就去做体检,结果出来的时候,灾难随即降临……原来,你对自己的病已经有所觉察,你对灾难已经有了预感。当灾难就要来临时,你想到了我们最小的一个亲人,想到了她对你的记忆。

　　人生悲凉,命运残酷。现在你走了,待一墨长大后不可能对你有什么记忆,她还太小。但请你相信,如果我还会活很久,我会把你的故事讲给她听,她的父母会把你的故事讲给她听。我还会把昆明总医院那页皱皱巴巴的病历纸拿给她看,那页纸上有你写给她的话。你从昏迷中醒来,儿子告诉你说凌儿来电话,说一墨上幼儿园了,老师表扬她自己会吃饭了,不用人哄自己睡午觉了。你笑了,示意要写话。护士递了一页病情观察记录纸,我抚着你绵软颤抖的手,儿子在铁皮夹板上铺开那张纸,你在那张纸上写道:"默默真好!上幼儿园最操心的就是吃饭、睡觉两件事,这两样她争光了。"

　　我会长久地留着这页纸,如同我会留下你在生命最艰难的日子写下的那二十多页纸一样。我会在一墨长大成人后把那页纸交给她。凭她的聪慧禀性、凭生命与生命之间最强大的亲情传递,一墨会感激她没有记忆的祖父在她人生之初留给她的奖励,她会在乎一个生命垂危的亲人在这个世界上写给她的唯一的话。她甚至会因着这遥远的奖励与祝福在人生之路上一路"争光"。

　　你还暗示过我什么呢?哦,好像那不是暗示,那就是你并不明说的遗言——

　　那是一个宁静的午后,我们两人并排躺在床上说话——你手术后的一年,我们两人总爱这样并排躺着说话。无论我坐在床边还是靠在桌旁,你总要把躺着的身子挪挪,然后拍着腾开的地方说:"你躺这儿,躺这儿我们说一会儿话。"你无助的依恋让我心疼也让我温暖,我总是按你的意思躺下去,亲昵地躺在你的身边。彼时和此时,我都觉着,我们并排躺着静静地说话,是我们生命中最惬意最幸福的时刻。

你走了以后的日子,我竟不敢面对那张床。我不敢面对,是因为那张床上留着我们太多的热爱与悲苦,不敢面对是因着我永远失去了我们并排躺在那张床上静静说话的幸福时光。

我们的话题漫无边际……

就是在那个并排躺着说话的午后,你郑重地向我说了三层意思的话,你说:无论生前还是死后,你最无愧的是你这一生没有做一件辱没人格的事,没有说一句有辱人格的话,无论是恨你的人还是说你好的人,在对你人格的评价上,你相信会是一致的;第二,你说我们的两个儿子都是好孩子,他们都已长大成人,有很好的自立社会的能力,有很好的做人品格,这方面你不牵挂;第三,你说你这一生对工作兢兢业业,走一个单位建设好一个单位,管理好一个单位,你是自足的。虽说你的太认真和原则性得罪了一些人,但没有人会说你是一个自私龌龊之人,是一个不公正不正派之人,你有这个自信。

你平静地在为自己的一生做总结。我知道,你的总结凭借着良心最真诚的力量。末了你又说:"剩下的一件事是我最难过也是最对不起的,那就是如果我走了,没有人跟你做伴……"

记得没等你把话说完,我已难过得大哭起来。那一刻,我意识到你这是在交代我什么,意识到你这不是遗言的遗言,我伤心欲绝……

亲爱的,我知道你总是把独立正直的人格看得高于一切,你走了,你的人格与我们同在。现在,我和孩子们商定,我们将把这句话刻到你的墓碑上,这是亲人们对你最重要的缅怀,也是对你一生堂堂正正、磊磊落落做人的鉴定和认可。我们都知道,你这一生不怕别的,就怕被人指责"没有人格",于是,你以超乎寻常的自律处处为你的人格作证。为此,你活得光明正大,也活得很苦很累。你从不仰仗,你鄙夷攀附,你凭借自己的人格、思想、实力走过人生。我们绝对相信。在天堂的路上,你可以坦然而无愧地对上帝说,你是他纯粹的、没有邪念的儿子。

　　至于"没有人做伴",你说到了我生命最深的痛处。你的离去是对我幸福最致命的打击,我至今无法安慰你,也无法安慰我自己。我知道我走不出悲痛便没有快乐可言,但没有什么可以化解我内心深处的苦痛。真正的悲痛是化不作力量的,"化悲痛为力量"的教义对我没有意义。

　　于是,亲人、朋友们都在劝我说,那就等待时间吧。可我想,时间又能怎样?时间只能使悲痛埋藏得更深而不是消失。

　　亲爱的,在忆念你的时间里,悲苦的泪水将打湿所有的时间……

选自《聆听苦海的福音》,浙江文艺出版社 2008 年

◇李佩芝

　　李佩芝(1945—1996),河北保定人。1970年毕业于西北大学中文系。历任陕西西安煤矿机械厂子弟学校教师,陕西人民出版社编辑,太白文艺出版社作品室主任,陕西省第六、第七届政协委员,陕西省作家协会常务理事。1989年,加入中国作家协会。著有散文集《今晚入梦》《别是滋味》《失落的仙邸》《南方·北方》《家的感觉》等。作品《小屋》获全国首届散文大赛二等奖。《渴望》获1991年五彩城全国散文大赛三等奖。《小巷风流》获1988年《散文选刊》大赛优秀奖。《初为人妻》获1994年《南方日报》美雅杯全国散文大赛二等奖。《生命的追寻》获1990年陕西省散文大赛优秀作品奖。

小屋

我有一间小屋。

高高的,在楼的三层。

十二平方米。屋顶是六块粗糙的水泥板,像倒扣的水槽。窗在南,门在北,直线对着,挺通风。

我喜欢把窗上的玻璃擦得亮亮的。早上,这扇玻璃映来绚丽的朝霞;傍晚,那扇玻璃映出落日的余晖。我也爱站在窗前,望望蓝蓝的天,望望热闹的地,悄悄儿笑。有时,也躲在窗帘后面唱几句,让心中的快乐飞出小屋。

不爱串门,却也在小屋门口,和豪爽、纯朴、好心肠的大娘大婶们扯闲天儿。他们偶而来。总惊叹:"好多的书哟!"

哦,我不是个好主妇。房子里乱得很。到处丢着书:床头上、桌子上,当然还有书架上……别的东西,也放得没规矩,别人大概很看不上眼,我却自个儿惬意呢。

墙上没贴画,我不大爱。我挂了一张大大的中国地图,儿子爱踩在小凳上,用小手指在上面划来划去,问东问西;我也爱站在地图前,看南看北,心里做着天云海雾的梦……

于是,爱人把我叫作"爱瞎想的小姑娘",我回敬他"拿实权的大掌柜",真的,小屋的王国里,只有一个小小的臣民,是还懵懂的儿子。

也许,这小屋真算不得是个家,只能说是个小窝吧!对于这小小的、十二平方米的享有权,我如醉如痴!这是我的世界,我的乐园,我的港湾……

我是满足的。生活不富足,也时时有烦忧。可当孩子睡下,我和丈夫各捧着书本,凑到灯下时,那相对一笑,足以消除一切的苦恼。在这小小的屋里,我的心,总是静静的,甜甜的,一种和谐与诗意,是我和爱人的创作呢。

记得蜜月里,我们挤在婆婆腾出的一个套间里,原本对家没有什么概念的我,心中很觉得苦涩了。虽然,婆婆绝没有抱怨过,我却自觉得不安生,觉得惭愧。为了结婚,把一家人都挤到别处去了,连灶房里也睡进了人,为此,心中很不是滋味。

好在两年之后,丈夫在单位上,跑来跑去,说了许多的好话,叙了许多的难处,终于精诚所至,金石为开,要到了这三楼上的十二平方米的小屋。因为难,我非常满意;因为不易,我十分珍爱它。十二平方米,我也太高兴啦,记得,一听到消息,我立即飞跑回去,对终日牵挂我的母亲大声地嚷:"我有房子啦!"

的确,在小屋里,我感到了异样的幸福、欢乐、自由!虽然是简易房,没有灶房,没有阳台,没有水管,没有卫生间,又不隔音,紧临着煤场与纺织厂,常常飘来煤屑与棉絮,但这些,我全不在乎!

我在母亲那儿,住惯了绿荫遮掩的小院,静静的一间小书房,丰富了我的青春,我深深地眷恋过;在学校里,我住惯了窗明几净的宿舍,虽说是上下的架子床,门外却是广阔的天地——图书馆、资料室、大教堂……

这儿是拥挤的。屋里屋外。窄窄的走廊,摆满了各家的杂什;各样的人,低头不见抬头见的,天性羞涩的我,常常尴尬地学着和邻人说笑,很是难为情,但这些,我高兴!

"四人帮"肆虐那些年,社会上风风雨雨,我那颗不谙时务的心,常常疲倦得疼痛。回到自己的小屋里,我就可以忘却一切,忘却因家庭出身不好而受的委屈,忘却因工作受挫而常存的辛酸,忘却没有事业的空虚……小屋,是我的世界,我拥抱这世界!可爱的孩子,乐观的丈夫,迷人的唐诗宋词,撩人心绪的《安娜·卡列尼娜》与《约翰·克里斯朵夫》……

我的世界是狭小的,也是广袤的;是贫困的,也是充实的;是苍白的,也是绚丽的……我从外面回来,抖落掉肩上的尘土,拭去心上的寒霜,走进小屋,扑面是小家里脉脉的温情,亲人拳拳的心,我,便感到了慰藉了。

真的,我的小屋,有种神秘的魅力呢!不全是珍如家宝的书籍,不全是相扶相携的情爱,是事业藏在我们心灵深处,是信仰支撑着我们的灵魂……

那时,尽管白天胡乱地混过去了,我还拥有小屋的黄昏、夜晚和凌晨。不灰心,不沮丧,不自卑,不退却……自爱,自尊,自勉,自立……

也有人感叹过小屋的狭小。我很不以为然。何况,换房子,谈何容易?而说真的,在小屋里,我慢慢认识了自己,也认识了小屋的灵魂,屋虽小,却小得纯净,小得可爱,小得安生……

哦,有时翻开刘禹锡的《陋室铭》,颇能心领神会,高诵一遍:"山不在高,有仙则名;水不在深,有龙则灵。斯是陋室,惟吾德馨……"读到"孔子云'何陋之有?'"时,我和丈夫便相视大笑,逗乐了孩子,全家笑成一团。

啊,我总爱这么想:如不是有这间可爱的小屋,在那狂虐的社会风暴里,我的心,一定也会被抽打得畸形了呢。

如今,我那向阳的小窗台上,摆了几盆绿透了的小生命。花不名贵。菊花,仙人掌,兰草。耐旱又耐涝的,适于我这粗心的主妇。于是,两扇玻璃窗,常常是映着生命的绿了。

还是那张大地图。还是那样的散乱。一般人,现在都布置得相当讲究了,可我的小屋,依然如故。一对老式的木椅,是结婚时,母亲觉得凄惶,送我的,现在已给孩子架床用了。剩下的,便是在狂风暴雨之后,丈夫用他那剩下的精力与热忱,自己做的。小小的书桌,粗笨的书架,可笑的书箱子。

小屋的白天,照例是静寂的,一把铁锁守了门。清晨,黄昏,夜晚,却比昔日热闹多了。有儿子背外文单词的稚气又认真的声音,有广播员纯正又动听的时事播音,有我快乐的哼歌声,有丈夫诙谐的逗趣……

当然,电视机没买,录音机也没买,我们都没有时间。灯亮了的时候,三个人便向灯下挤去了,儿子是常胜的,上学了,我们都得给他让步。于是,不是我,便是丈夫,要去靠床头了。哦,靠在床头上看书的人,心中那个羡慕与妒忌哟……

我常常微笑着环视小屋,心中有说不出的醉意!记得一个老同学,是个汽车司机,有一次欢天喜地地来告诉我,他搞到了一套三间的房子。不久,他又愁眉不展地对我说:"好空漠呀,那么大的地方,从这间走到那间,再从那间转到这间,没事干,乏味得很呢!你是不是借我本字帖,我练字好了……"我笑起来,看来,我还是富有的呀!房子再大,再美,人心要充实才行啊!

我这小屋里,就是个喧闹的世界,我把我过去的老熟人都请来了呢,有"人到中年"的陆文婷,有"受戒"的小和尚,有"飘"来的极有魅力的女人,有痴心爱"木木"的盖拉新……

有人说,我们这些人,是时代浪费了的一代人,我不承认。沉沦之事,怪不得别人,是自己的心不够坚毅。

不是吗?我小小的陋室,也为我展开了一个广阔无垠、绚烂多姿的世界啊!

啊,我挚爱的小屋!

外面有苍苍的林木,蓝蓝的天空,青青的芳草,灿灿的阳光;小屋里,有万千的气象,澎湃的热忱,奋争的勇气,永恒的青春……

啊,我挚爱的小屋!

墙,灰白色。屋顶,六块倒扣的水泥槽。地面,粗糙得可以。这一切,我爱。

油米柴盐,盆盆罐罐。我爱。

拥挤。狭小。繁忙。我都爱。

我的小屋是有灵魂的。它给我以启示、力量和信心。在生活的波涛上,小屋,犹如我前进的小舟,春风浩荡,我要升起风帆,向蔚蓝色的大海驶去呢……

选自《〈散文〉获奖作品集》,百花文艺出版社 1984 年

◇ 陈慧瑛

　　陈慧瑛(1946—)，生于新加坡，祖籍福建厦门，归侨。历任厦门日报社文艺编辑、主任编辑，全国侨联委员，厦门市作家协会主席，厦门市文联副主席等。著有作品集《梅花魂》《无名的星》《一花一世界：陈慧瑛美文精选》《展翅的白鹭》《厦门人》《南方的曼陀林》《生命的田园》《芳草天涯》《神奇的绿岛》《春水伊人寄相思》《随缘》《归来的啼鹃》《陈慧瑛散文自选集》等。

竹叶三君

旧友竹叶三君,多年久违了。可是,他的影子,却仍时时浮上我的心头。

其实,他是极平凡的一个人,木讷讷的,既不风流倜傥,也不善于周旋。我们之间,也只是一般同事而已。

十年前,我到闽南T县教育局奉职。局里的宿舍楼尚未盖起,总务安排我到一所小学去寄宿。

那小学校是旧时的孔庙,我的住处在大殿西厢,用杉皮钉起的一溜房子的头一间。大小不到六平方米,放得一床一桌罢了。逼仄倒无所谓,只是满眼蛛丝,房与房之间,仅用黄泥土坯垒了不足二米的胸墙。这些房子太古旧,又死过人,因此,没什么人愿意住的。

一个年轻女子住在那样荒凉破败的古庙里,实在不是滋味,可当时单位确实有困难,我二话没说,认真收拾一番,买了一把大铁锁,便搬了进去。住了几天,倒也习惯下来。可喜的是门外那一棵红石榴,正在开花时候,坐在房内书桌前,伸手便可折到偎在木窗棂上火红的榴花。就是四周过于寂静,尤其夜里。有一天晚上,忽然看见隔房有灯光,却无声息,不知有人无人,是男是女。一夜惴惴,不敢入寐。

次日上班,问同事,同事们全乐了,指着紧挨墙角伏案办公的一位同志告诉我:

"俗话说,卜居先卜邻。你还不知道这位夫子是你的芳邻呀?对了,他下乡好些天,昨晚刚回来……"

原来是 S 君！这是全局有名的"老夫子"。年纪并不大，当时不过三十三四，一九六五年大学毕业的，写得一手活泼文章。只是为人古板，按部就班，话极少，不苟言笑。S 君住在岳母家，房子太挤，要了庙里一间小房当宿舍。当时，尽管大家乐个不停，他仍低眉顺眼地看他手中的材料，头也不抬一下。

知道有近邻，到了夜间，胆子便壮了好些。只是男女有别，加上 S 君生性孤僻，彼此见面，有时连点头也免了。

夏末秋初的一个夜晚，月儿照在屋梁上，小老鼠吱吱地叫着。我在灯下看书，远远地，有甜腻的男子歌声传来：

"半个月亮爬上来，依拉拉，照着我的姑娘梳妆台，依拉拉……"

这时候，我听见 S 君起来开了大门出去。过了好一会儿，便站在石榴树下喊我：

"小陈，要有什么响动，你睡你的，别作声！"

我漫应了一句，便熄灯上床。半夜醒来，见 S 君房里还亮着灯光。

我不明白，不哼不哈的 S 君，葫芦里卖什么药？

过了许久，我才知道，当时这大庙里，时常有外地流氓、本地泼皮前来作案。S 君暗中悄悄地关照着我呢！

S 君负责局里的秘书工作，大小总结、汇报材料、领导的报告稿之类，都是他一手写的。全县中学文科的教研工作，他也得抓。那年秋天，学校开学的时候，局长拍了拍 S 君的肩膀，笑呵呵地对我说：

"让他带你跑跑下边的公社中学吧。他来的时间长，比你熟悉。"

S 君不会骑自行车，和他一块儿下乡，只好跑路，我心里暗暗叫苦——每天出门，来回四五十里地，走路辛苦还在其次，和这样一位闷嘴葫芦在一起，多难受呀！

没想到，几回同行，却改变了我对 S 君的看法——一路上，S 君总是主动向我介绍每一所中学、每一个初中点的学校布局、教职员人数、课程安排、教学情况、升学率等等。娓娓谈来,如数家珍。和平日守口如瓶的S君相比,真是判若两人了。我们边说着话儿,边观赏乡野秋色,倒也不觉得累。S君挺细致,走上十里八里,便找个开阔干净处,自己先坐下来,然后招呼我:"停停再走!"有时还穿插几句乡里见闻什么的,调节一下精神。往往他自己不动声色,我却笑得前仰后合。

有了S君的引导,我很快地熟悉了我的工作对象和工作内容。

有一次,在S君帮我设计了一次全县中学语文教学观摩会之后,我忍不住对他说:

"S老师,你是冷面热心肠。咱们若是能够长久共事,可就好了!"

他淡淡一笑:

"你来了,我也就该走了!"

"为什么?"

"我……出身不好,在县革委机关不合适,还是下基层好。"

"谁说的?"我瞪大了眼睛。

他摇了摇头。

"那么,我是你的取代者了!你干吗还那么认真教我、帮我?"

"这是两码事——怎么能因为个人得失,去影响工作呢?"

他仍然是淡淡一笑。

那时候,正是白卷"英雄"张铁生之流耀武扬威之时,教育形同虚设。S君身体单薄,他的在城郊当小学教员的妻子又病着,一对幼小的儿女没人照料,他完全可以请假在家的;况且,如果真的要他离开局里,他更可以不必这样奔波了。可是,S君仿佛从来没考虑过这些,每日如行星一般运转。

八月中秋,S君从梵天山归来,兴冲冲地抱回一大把桂花,在路口遇上我,便递给我几枝:

"好香!拿回去用水养着。"

是夜，S君竟携了弱妻幼子，一起上我的蜗居来做客——我们虽比邻而居，却从不互相串门。

"稀罕！S老师今天一定有什么喜庆事？"我愉快地招呼S君一家。

"没什么！过两天我到美峰中学报到去。同事半年多了，走前大家叙谈叙谈。"

S君依旧淡淡一笑。

S君要走，在意料之中；但走得这么快，却是意外。我的心情，立时黯淡下来。我没有支配人事的权力，挽留的话，说也白搭；安慰几句话——一样是工作，无非位置不同，S君泰然自若，我说什么，都显得多余。可是，想到这样一位良师益友，猝然分手，令人何等惆怅！再想想他们夫妇俩体弱多病，S君工作又拼命，在乡下，生活、医疗条件比城里差，日后自有许多艰难，心里更添几分酸楚。半天，我说不出一句话。

S君却比平日健谈，见我以手托颐，沉默不语，便说：

"今后，工作中有什么地方需要我协助，给我写个信，我还来。"

"你一走，那么些文字工作，还有十来个中学，百来个初中点，我一个人怎么挑得起来？"

"你看这桂子，花有芳香而无美色；那窗外的石榴，花有美色却无芳香。你我也一样，各有所长，各有所短。担子重，可以锻炼你的能力，发挥你的长处。"

S君的话固然没错，可我心里总觉戚戚。信口问道：

"全家都走？淑芳姐也调去？"

"是的！"

我知道S君去意已决，便不再多说。倒是他的妻子殷殷地嘱了我有关人情世故、起居寒暖等许多话。

S君的身世，一向讳莫如深，我从不敢过问。那一夜，从淑芳口中，我才知道，S君原籍台湾。父亲是国民党的一位将领，大陆解放时，随军去台，匆促中丢下祖母和他。老祖母去世多年了，父母呢，至今死生未卜……

过二日,S君办了手续,把家先搬往乡下,然后找我移交工作。

S君离开县城那一天,正是重九。家属走了,他单身一人;便不乘车,步行着去。我们几位同事送他,一路走着,仿佛远足一般,山路两旁,一片枫树红艳照人。S君摘了一片枫叶给我:

"霜叶红于二月花哪,小陈!"

那时,S君正在英华有为之年,用枫叶比拟他自然不妥。可是,我却觉得,S君的性格虽落落寡合,淡泊如水,可他的工作精神,如榴花一般热情喷薄,他的待人,如丹桂一般馥郁温馨;他的深心里,自有枫叶一般的气质;风风雨雨,安之若素,不争春荣,笑迎秋霜……

后来,由于工作需要,我也离开了T县教育局,远去A市。

临走前,专程去了一趟美峰山学校。可惜铁将军镇门,学生说:"S老师上白云大队家访去了!"

淑芳姐不知上哪儿,也没见上。以后一晃八年,彼此并无通信,情形便一无所知了。

不久前,有T县旧友来A市。陪他去海滨游览的路上,我迫不及待地打听S君近况。

"S老师?哦,'老夫子'!T县的状元教师哟——美峰年年高考夺魁!去年春上提起来当教育局长,又是县台湾同胞联谊会副主任……有四十二三了吧?终日陀螺一般地转。也怪,比当年咱们同事时,还显着年轻!"

T县友人啧啧连声。我的眼前,清晰地映现了S君清癯的形容;映现了S君曾经抄赠我的两句白香山诗:"试玉须烧三日满,辨材应待七年期";映现了与S君分手时那一派灿烂如画的枫林,那一枚明艳如火的枫叶……

我轻轻地吁了一口气,心境顿时如大海一般宽舒。

望着水天一色的远方,我对T县友人说:

"海阔凭鱼跃,天空任鸟飞哪!"

友人心领神会,颔首微笑。

S君曾于隆冬风雨夕,与我们二、三友人做联对游戏。一友出旧对"虎行雪地梅花五",我对曰"鹤立霜天竹叶三"。S君以为对得有趣,又道竹质实心虚,是林中谦谦君子,从此便以"竹叶三"为号。笔者是以称之"竹叶三"君!

一九八四年二月于厦门

选自《陈慧瑛散文自选集》,百花文艺出版社 1995 年

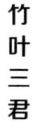

◇苏叶

苏叶(1949—),原名苏必显,祖籍湖南,生于江苏南京。1970年毕业于江苏戏剧学校话剧班,在江苏省歌舞团合唱队工作,1972年调南京电影制片厂,1989年毕业于南京大学中文系作家班,先后任电影解说、电影文学编辑、编剧等,著有散文集《总是难忘》《苏叶散文自选集》等。

只有扇子崖

　　我游山水，顶怕看见帝王的碑刻。偏偏泰山，四下里都是它们。我心郁闷，好好一座山，一经御驾禅封，没奈何地连身份都改变，仿佛成了一块护王权、安四邦的大镇石。而名人又好鼓它，僧人亦爱噪它。后世代代恭它拜它。山成了神祇，再巍峨高大，除了招引些糊涂百姓往树枝上拴红绳求福求禄而外，只是一个大祭坛吧。失了本性的土石，哪里真还有什么苍野雄秀可言？这几千级的盘山道，不过是"同步青云"的爬梯罢了。当初修玉皇顶，造天街，大约也是为了"首出万山"，而并非是为众人祈福的。

　　心思怏慢，所以，我登南天门，天门雾障不为我开。我去仙人桥，仙桥云乱不为我渡。东岳大帝不向我显圣，泰山老母也不为我超度。只有舍身崖不怀好意地招我前往，那万仞深渊，黑风如簸，阴凄凄不是玩儿的。然而去那儿还早着点儿，既如此，我就做个快活子，与众人"随喜"吧。

　　便玩碧霞祠，便闹丈人峰。笑了探海石，又嘲瞻鲁台。玩闹笑嘲中，谁知道我的落寞？

　　想不到会有一个扇子崖。

　　一面峭壁，绝立于万斛青翠之上。半幅残旗，啸傲于深山密林之中。远离了帝王冠盖，疏弃了名士题咏。脚下不要招摇的店幌，身边没有谒拜的游人。蝉声躲在绿得浸人的树荫里，一声急，一声慢，凿着空凉的石道。而这一扇断崿悬崖，却沉默着，披了满身犀利，削立在酷烈的阳光下。

这独立特行的风姿,难道果真只是古老的地壳运动偶然形成的?就算如此,扇子崖当初也必定结结实实地死过一回。死在岩板的崩裂时,死在熔浆的奔突里,死在洪峰的漩流下,死在天雷与野火、风压与雪埋的撕裂毁灭中!而又峭然突兀,拔地崛起,剐却了血肉,聚一身筋骨耸向天际!

这一身崚嶒的鞭痕该是还有痛感?这褶皱千叠的额角又有几多哀雄——坐在山间乱石上向它凝望,真想伸出手去轻声叩问。到底,是有怎样的内力,在哪一年哪一月哪一日,在哪一声嘶吼中,于挤压逼卡下,猛一跺脚,又挣出了自己的头颅自己的生命?

想必是,每一寸骨骼都是尖利的吧?想必是,每一声呼吸都是粗硬的吧?想必是,每一个眼神,每一颗牙臼,都是讥锋冷硬的吧?

然而,慢慢地向扇子崖攀登而去,但只见石缝里纤细的青草拂着我的脚背;岩畔边立着腼腆的野花;清秀的藤萝在陡壁上为我写了一首诗;就是从碎岩中犟出来的枝叶,也都没有一点点疾言厉色——莫不是,这才叫英雄本色?刚可触天,柔可复地。于绝处活,死而后生。傲兀的灵魂里,蕴蓄的是深沉、仁爱、细微的感情。

怔忡着,我上到崖顶。这么高,却没有凌危负险的感觉,倒像是坐在万山编织的摇篮里。原来,这峥嵘的崖是不孤的。深涧下,身背后,有山连绵,有峰座座。喊一声,便有四面回音,望一眼,就有万树回眸。青天如帐,白云似舟。乌鸦在脚底盘旋,苍松从腋下斜出。好风扑面,林涛送歌。纵目山下,汶河羞涩,弯曲中绕良田千顷:小米黄了,高粱红了,大葱绿了,棉花白了,花生鼓苞了,蜜桃的浆汁灌满了,小孩子牵着斜阳回家了……我的落寞随风散去,人,如烟了……

忽有一只蝴蝶蹁跹而来,黑翅,带金星点儿。如叶,如花,如扇,在我身边盘桓不去。在这样高的崖顶,这不是没有缘由的吧?

七月十五日深夜,曲终人散。因洪水阻,我独留泰山。雾大,送行归来,几乎不辨楼舍。山路在脚下迷失了,群峦尽皆消融,树木花草都成虚空。

倒在床上，静听夜半对山亭中传来撞钟的嗡鸣，捡拾泰山七日的印象，仍然只有扇子崖！含着温静的微笑，它劈面而站，越见清晰，让人无可忘却。然而，是夜，雾太重，石太凉，阶太滑，是去不得的。非止今日，就是今生，也不知可有机缘再飞崖上？

　　但我又何必惆怅？因为，我已得着了那一份特别的精神理想，而且，我虽不峥嵘，亦无峻峭，但谁能说我不也是一柄小小的扇子？合拢了，谁识得其上的字画？展开来，又谁能解得那整幅的空白？只要不甘心被别人握在手中去翻扑流萤，即使不能助老人清幽，添弱者风凉，枯竹一把，就是填塞在农舍的灶下，去催响一壶泥水也是快意的啊！即便是那一只懂事的扇子蝶，它不能陪我舞在永远的火焰中！

选自《苏叶散文自选集》，百花文艺出版社 1995 年

◇叶梦

叶梦(1950—),原名熊梦云,湖南益阳人。1967年初中毕业,1970年参加工作,历任工人、湖南益阳市广播站文艺编辑、文化馆文学干部、《湖南日报》文学副刊编辑,后为专业作家。著有散文集《小溪的梦》《湘西寻梦》《月亮·女人 叶梦新潮散文选》《灵魂的劫数》《风里的女人》等。

湘西寻梦(节选)

清风梦谷

沿着澧水走了很远很远的路了,听说前面有一个神奇的峡谷呢!

汽车停在布满卵石的干河床上,愿意爬出来的只有零星几个。

风景看多了,好像面对满桌佳肴,腻住了胃口,大家零零散散地往峡谷走去,连话也懒得讲。

天似晴非晴,刚犁过的田水汪汪的,平平常常的田野小景,看不出有什么大山水的预兆。于是有人怕上当,懒得走,又折了回去。

我只顾埋头走,头也不回。

忽然平地有山,两侧巨峰如洞开的石门,门后是一道巨屏的山,"巨屏"左侧又是一道"山门",两峰关得很紧,从门里望去,奇峰紧凑而错落,俨像一座中国式的古典深衙,它的幽深诡秘却又不像是人间的。

这里没有阳光,光线是阴的。

没有风的声音,却感觉到风是凉的。

这里没有人迹,像是被遗忘了好多的世纪。

溪水呜咽,低低地。"飕"地,有一只野雉从蓬草中飞出,一切复归宁静。

仰望峡谷两边摩天大楼一样的红色砂岩的巨峰,石峰无语,默然。

石峰仰视着峡谷,像一尊尊佛像。

没有了鸟叫,没有了溪水的呜咽,唯有山峰的庄严对峙。峡谷的寂静像是到了世界的末日。

我往峡谷深处走去,不知有多深,不知有多远。

我突然感到了寂寞,面对这无语的石峰,面对这无人的峡谷。

我只觉得很冷,峡谷深处的无声的风袭人肌骨。

我舔舔舌头,很干,很苦,仿佛胆结石又发了,胆道堵塞了,胆汁溯漫上来。

仿佛心汁已竭,心在萎缩,唯有双腿在机械地走着,行尸一般走向峡谷深处。

很累,仿佛跋涉在沙漠。但我自知不能停下来,只要我一旦停下,便会立即倒下去。

茫茫四野,何处是尽头?

这时,我的心——那颗三十多年来一刻也不曾停止蹦跶的那肉拳头,这会儿似乎放松了旋律,沉到了极静处。

……

峡谷的清风替我揉着惺忪的眼睛,仿佛从一个老长老长的梦中醒过来!

我干吗要像苦行僧一样,四方朝拜名山古刹,是否访到了艺术的真佛呢?

我干吗要挂着那根笔杆的拐杖不肯松手,在那牢笼一般的方格里做无谓的爬行呢?

我蘸着心汁写,嫌苦;借小聪明的鹅毛管吹出一串斑斓的彩泡来,竟会忘形。

那一切,放在宇宙和历史这博大时空的立体的年表里,抵得上一颗微尘吗?

人的盲目便是人的大悲哀处。

活着的人有时竟是多么猥琐,多么可悲哟!

我不禁也要像人们那样唏嘘一声:时光的无情、宇宙的永恒、人生的短暂……

　　浮尘一样的人生,你是那么长,又那么短;你是那么丰富又那么空虚。凡人的苦恼和悲哀在这里是不值得一提的。

　　我的心沉淀在这无名的峡谷,还有思想与灵魂,躯壳只显得多余,只显得沉重。

　　冥冥中的上苍竟在行色匆匆的人生旅途中为我安排了这么一刻,这是我始料不及的。

　　仿佛峡谷里躲着一位慈悲的长老,天地伊始、混沌初开时就躲在这儿了,他等了我千年万年。我来这里,原是受他冥冥之中的驱使,而我事先并不知道。

　　你是为我昭示未来,指点迷津吗?

　　我将踏向何处??? 我问。

**　　　　　　选自《湘西寻梦》,广西民族出版社 1992 年**

湘西寻梦(节选)

紫色暖巢
――关于我出生时的浪漫回想

"天地混沌如鸡子",我们的祖先在描述盘古开天的情景时,完全借助于丰富的想象,把这些想象变成一篇篇美丽的神话。

人的生命形成,同样也是一篇妙不可言的神话。在两个细胞合成的那一瞬,一切皆成定局。所有生命的密码暗合其中,毛发、肤色、五官形态,甚至血型和遗传病统统不可变更了。

你没有办法逃避成为一个人,能够成为一个人已是一种幸运一种机遇。

混沌伊始,天地初开的景象当然是无比辉煌的了,然而那种原始形态的最初的辉煌无人能够描述。

只在那一瞬,我才成为独一无二的这一个。

只在那一瞬,我便得到了父亲的肤色和酒窝;我便得到了母亲的头颅和黑发。我身上的每一个零件都是有蓝本的,绝不是凭空制造出来的。

关于我在天地初开的那一瞬,只有我的父母知道,也许他们根本不介意,他们早已完却在某个时辰,他们所领略到的快乐。

天知道我便成了这个快乐的果子。

我真是一个奇妙无比的东西,一个简单的受精卵细胞马上开始了一场成番增值的数学游戏。没有人指点,混沌之物居能会从弯弯曲曲的巷道里游出来,我已经是一颗发了芽的种子,一沾土便会长出蓬蓬勃勃的根来。

我一游进那座倒梨状的宫殿,我便自然而然地吸附于温厚柔软的宫壁上,我初级的生命从此有了根,此乃真正的生命之根。

　　宫中的岁月是我人生的伊甸园,然而对于如此美妙的去处,我全然一点印象也没有了。

　　生命真是神奇的,我由一个简单的生命细胞,发育成一个复杂完整的人,这只是280多天的功夫,这280天的过程,却演示了人类数万年走过的生命进化过程。

　　只是一个混沌之物,只是一个一闪一搏的肉团儿,像宇宙海里一团不着边际的星云。这个时候,我便是个"有心"的物件儿了,那一闪一跳的便是我最初的心,不成人形,首先便有了心,"心"是我这个生命朝廷的真正君主。

　　那一条令人羞怯的尾巴公然长出来又毫无痕迹地消失了。如今,我怎么也找不着那一条尾巴了。

　　我总想象我蜷缩在子宫里的样子一定十分可笑,我吞噬羊水和用拳头撞击宫壁的样子一定滑稽而又无赖。

　　我曾在那个封闭的宇宙里,与我的母亲触在一起。我早已熟悉了母亲的心跳,肠鸣,以及血液流动时丝丝的声响。母亲的声音总是从遥远的地方传过来,她急躁、果断的语言常常影响着我的情绪,我一烦,便用脚踹子宫壁。我相信母亲的秉性便是这样传导给了我。

　　那个子宫,曾经属于我的宫殿是我真正的温柔之乡啊!

　　280天的日子,使我长成了一个十足的人形,溜圆的胳膊和腿,一颗沉甸甸的头颅。我将要举着这颗沉甸甸的头颅来到人世。

　　阴历十一月初六,那是一个寒冷的日子,子宫里的宇宙被震怒了,羊水像风暴中的海水一样翻腾,子宫一阵紧一阵地收缩,柔软丰厚的子宫在收缩中变得残酷无比,它像一柄坚硬的钳子使我产生一种窒息的感觉。子宫一把又一把地收缩要把我挤压出去。子宫里的羊水哗哗地往一个地方流去。我闭着眼睛挣扎,我第一次感觉光,有一丝寒冷的风从透光的地方吹来。

那个寒冷的有光的世界在向我招手,我若不抓紧时间冲出去,我就不会有生的希望。

这是我面临的最初的灾难,在奔生的路上,我所经历的痛苦超过了常人。结实的躯干算不了什么,困难在于头,突出的前额和后脑使整个头围超过了正常值。

惊心动魄的抗争在那条狭窄的巷道里展开。柔嫩的由新鲜软骨长成的头颅被挤压得变形,丑陋不堪。我母亲的骨盆和肌肉组织被我撑到了几乎撕裂的境地。我感到窒息,我的眼球几乎要暴突出来。子宫在竭尽全力地推我,我拼死地努力只是为了逃脱窒息和压迫。这一切疼痛的感觉,通过变形的头颅传入大脑皮层,深深植入我的记忆。留下一道模糊的记忆之痕。

在那个生死关头,我和我母亲若是半途而废,若是还差那么一点儿力量,那么我便会永远尴尬地卡在那儿。走不出那座神圣之门,我便无权领略作为人所经历的各种劫数的生命之苦。

这无疑是我与母亲最早最成功的默契,我在母亲的呼与吸之间张弛进退,眼看我的长满黑发的头颅已经数次抵达门边,然而,冲出门这一步是多么艰难。反复进退之间,我感到了母亲年轻结实的身体对我的逼迫。当我的前额艰难地冲出的时候,哗啦一声,我的身躯带着一团湿漉漉的血腥气一刹那间便冲了出来。

我哇哇大叫,不知是兴奋还是委屈。

我依然闭着眼睛,但是强烈的光线透过我透明的眼皮进入我的瞳孔——哦,这是一个灿烂的世界。

当我第一次睁开湿淋淋的眼睛,我最早看见的是接生婆那双骨节粗大的手。她一头剪得短短的白发,她的头和手发出一种奇异的莹光,母亲白色的大腿莹光环绕更加炫目。罩在神圣光环里的接生婆一双大手铁钳一样地抓住我。一把黑剪在我头上飞舞。

咔嚓一声,清脆别致的一声响,脐带剪成两段,我终于剪断对于那只尚在母腹中的胎盘的依恋。我吞饮空气用自己的呼吸正式宣告脱离母体。

关于那只胎盘,那个紫色的暖巢,它给我终生享用不尽的安全和暖意。那些紫色的海绵组织、那些纵横交错的粗粗细细密如蛛网的绿色血管,组成一块柔软富有弹力的荷叶状的托盘,在那上面我像哪吒三太子一样曾经美滋滋地享用过人生最美好的时刻。

胎盘在入药时,中医给了它一个美妙的诗意的名字——紫河车,可是当它一旦完成一个人的过程,人们便会把对于紫河车的记忆通通忘却,现代艺术家们因为忘性才忽略了那些紫绿的色彩,那些复杂的线条和脉络构成,才会忽略对于一个神奇美妙的物件的艺术描绘。

我历经磨难,终于完整地来到这个世界。可是遗憾的是:临世之初所见的人体的神圣光环是永远地再也看不见了,这些特异的禀赋是怎样丧失的呢?

临世的哇哇大叫已属轻松无比,这博大的空间,充满了光明与寒意。

关于生命之初的记忆,据生命科学家们说,它已植入记忆深层,要到人走完一个生命圆环,临到终了才会复活,我还没走入过真正的临终感受,无法唤醒最初的记忆。只是,我从幼童时起,便对给我接生的那个产婆存有一种恐惧和敬畏,我一看见她那双手,便会有一种浑身疼痛的感觉。

我没有想到,我在出生时所经历的窒息和痛苦,会影响到我的整个一生。

我对于痛,特别敏感。一生中,身体任何一处的痛感,都会令我惊惶不已,难以自制。

总之,从脐带剪断的那一瞬开始,我的人生的圆环便从母亲腿间的那一处空间开始了。

人生圆环从痛苦伊始,时光的利刃开始一点一点地切割生命。

我在一刀一刃的切割中无师自通地领略了生命的哲学。

选自《月亮·女人 叶梦新潮散文选》,漓江出版社 1993 年

◇周佩红

周佩红(1951—),祖籍湖南湘乡,生于上海,1982年毕业于华东师范大学中文系,《萌芽》杂志编辑、副编审。著有《我的乡村记忆》《上海私人地图》《陌生人过去现在时》《优雅之必要条件》《荣成别墅三楼》《去那温暖的地方》《内心生活——周佩红散文70篇》等作品。

西津古渡

西,津,古,渡,这四个字无论拆开还是连接,都让我迷醉,让我想到秦观《踏莎行》里"雾失楼台,月迷津渡"的意境。少时喜欢把这样的迷离词句抄写在美丽的笔记本上,读着,装饰着自己浅薄的惆怅。现在要来一看究竟。

它很高,不再低临着江边。江水退到了远处。时间总能变出魔术。几十级宽而缓的石阶梯上面,立着个牌楼似的大门拱,那四个字就刻在上面。是旧迹。古渡成了一条窄街,左边靠山坡,右边似悬崖,一道矮墙拦出一点安全感。墙灰黑却不颓破,不知是否六朝遗物。没有大肆修整的痕迹。街弯曲,并不一览无余,青砖地润着雨水黑黝黝。前后没有什么人,古人、来者均不见。一忽儿看见墙根躺一个刻纹模糊的石槽,猜是马槽,古时候供上岸的旅人或驿站邮差喂马的,现在人家用来腌咸菜也说不定。一忽儿又见一个破的拴马桩倒在墙边。越走越有古意。一两个发黑的大香炉站在路边,居然飘出烟气。墙外坡下有高而粗的树探出绿蓬蓬的大树冠,乌漆麻黑的亭子也伸出完好的飞檐翘角,像是渡口的标志性建筑。想象逐渐成形,人仿佛不断地低下去低下去,处在了壮阔的江边,江上舟楫往来不停,宽袍大袖的古代人上岸后就在树下、亭子里歇脚,望一望来路,收拾起心情,再上路。这些虚像若有若无,如奇幻片里电脑合成的幻影。幻影继续,许仙白娘子这样的爱侣也在这里上岸了,怀着人类永恒的甜蜜、欢喜和期待,并不知道法海和尚之类的障碍正在暗地里怀着仇恨等他们。一定是这样。古代人并不总坐在家里,他们也外出旅行,为爱,为恨,为各种追求。世界在这里也早就是一个欲望交接的渡口了。

　　一座过街塔立在一个街口,模样仿佛青海塔尔寺门前的如意宝塔,却是简单质朴原始的一种,下方空,行人可以通过。看铭牌它是给不露痕迹地修复过了。触摸塔身粗糙的石块,凉的,却好似聚着历代无数陌生人的手温——那些人可不早就凉掉了?古镇江向来是交通要衢,南来北往的人都从这里经过,人们看到这奇异的石塔摸一摸很正常。倒是这草原气息的石塔坐落在此费人猜想,令人想到远方敲敲打打的工匠……世界总是这儿那儿地交叉着,热闹着,每个人都要做点事情,留下点痕迹。没留下痕迹的故事就被湮没,永久地湮没。

　　雨染深一切。幽幽亮。仿佛也是时间的颜色。几个穿摄影马甲的人分散着安静地拍照。可我总觉得这有一种攫取的意味。我有一阵也喜欢背个相机到处拍,过后发觉凡未拍下的大多被淡忘,于整个旅程很不公平。此次没带相机,就是想把每一处每一时刻都记住。我记住了街边那些古式店铺,红漆黑漆的门板一爿爿彼此插得牢,像是被暮色和雨扫了生意而早早打烊的。也记住它的寂寥,沉静,全无朱家角、周庄那里到处酒旗飞商家吆喝的鼎沸。它守牢了它的位置。两年前在偏远闭塞的贵州山区看到一个小古镇,因姜文的《寻枪》在当地取景而出名,之后整条长街都面目全非地麇集了各种店铺卖豆干、腊肉、木雕面具、酸辣小食,而整座小镇都被簇新的灰色水泥城墙(像长城一样有城堞墙垛)围起来了。还好,这里。我为这里庆幸。

　　再深处,一片低矮破败的房子住着人家。从黑屋子里弯身出来指路的人,眼神质朴、迷茫、自豪、酸楚。这旧房是一定要拆的,不拆就不人道,当街我都能闻到屋子里窜出的浓重霉味。可是,拆了这里又会变成何等样子?当我从一个小巷子曲曲绕绕走到下面的大马路时,发现那里已开出一片带假山的绿地,绿地尽头是新翻修的旧式黑瓦黑漆大平房,尚未开张,但茶馆和餐厅的招牌已经挂出。它们的后院后墙,正连着西津渡口的古街群。

西津,是古代六朝对这渡口的叫法。想当年这里烟波一片,雾气月色下是会有迷失感的,不知身在何处,所爱所追者又在何处,所谓"桃源望断无寻处"。秦观在《踏莎行》里发了这感慨后便咏叹道:"驿寄梅花,鱼传尺素,砌成此恨无重数。"美则美矣,繁复也够繁复的,用驿马和游鱼来传情,的确不是动拇指发个短信所能比拟,梅花和尺素也正配得上古代诗人的锦心绣口,可到底离不开一个"恨",也就是现代人说的"遗憾"。缺憾构成了诗意美。我宁可不要这美,而更愿意做一个赶马上路的行动者,去想去的地方,和想见的事物见面交流。就是这样,战胜虚无。但愿能够战胜。

在西津古渡,我没有看到雾和月。只有雨,青砖路,石头,结实真切。

2007 年

选自《仍在远处:周佩红散文》,鹭江出版社 2010 年

牲灵

有一首西北民歌,叫《赶牲灵》,听第一遍时我就被镇住。它在悠扬中回荡惆怅,在深情中散发迷茫。人心里最细弱的一根线被抽了出来,无尽地拉长,拉长,拉向莫知所以的地方。人需要依傍在具体的事物之上,才能在这一刻不陷落。电影里那哼着歌子的赶车老汉,就依傍在一挂马车的车辕上,勾着头,在银白微蓝的月光下,远去。他深色的穿棉袄的背影衬出了马高大的身躯,银白色的毛色,微蓝的阴影。马在跑动,那一团团活动着的结实饱满的肌肉,就是人的情感的载体。马蹄声嗒嗒作响,踏过平野。

牲灵,这是个绝妙的词儿。这说明它不同于人类,但同样有生命的灵性。皖东人的词典里没有它。现在我要借用它——我想不出比它更好的词,来形容那些与人朝夕相处的动物。

这片田野里没有马。我从未在王郢、附近的乡村以及县城里见过马的踪迹。这种优雅的鬃毛飞扬的动物,似乎不适合这片田野。

常见的是牛。牛大概是田野上醒得最早的牲灵,连同那个使唤牛的农民。天蒙蒙亮,人们扛锄头踩露水去出早工,这两个影子就已在晨雾中浮现了。我们听到耕田人的吆喝声,鞭子响,指挥着牛向前,向后,朝东,朝西。耕田人是个老实巴交的"富裕中农"(其实他一点不富裕),说话期期艾艾,唯独对牛能发出一连串顺畅的声音。那声音是由莫名其妙的咒骂带出,好像面对的是前世冤家。"打死你!""饿死你!""累死你!""看你还老实不老实!"……这话令人熟悉,在生产队的批判会上我们经常听到。那可能就是他经常领受到的,现在他来抛给了牛。只有在牛听话、地也耕得顺当时,他才扯着长鞭,把一串温和悠扬的谣曲挥散出来——就像一声绵长的叹息。牛吭哧吭哧地喘着气,我们为它深深地抱屈。是在那时,我真正体会到,为什么忆苦思甜的人们常用"做牛做马"来比喻他们所受的苦。

走近前看,鞭子并没抽打在牛身上,只在它的上方挥舞,再响亮地从空中收回。受到谩骂的牛低垂下头,把两只尖角弯弯地挑向前方,四条腿牢牢地扎在地里。背脊骨像刀一样,似要把蒙在上面的棕黄色牛皮顶穿。牛跟人一样瘦,身上套着绳子,绳子连接在沉重的犁刀上。它好像走不动,总是停下,通过喘息来聚集前进的力量。耕田人走在它的后头,挥一下鞭子,扶一扶犁,手有时就腾出来抚摸一下牛的皮毛。

牛出汗了。

那时我不能理解耕田人的这些举动,就像不能原谅他对牛粗暴的咒骂一样。多年后我读余华的小说《活着》,一开头就看到主人公福贵在对一群牛说话,叫它们的名字——每个名字都是他死去亲人的名字。我为这个细节感动,眼前重现出牛的形象。它们沉默不语,把人的扭曲了的不满、仇恨、哀伤统统吞食下去,像一只活动着的人类情感的垃圾箱。在它们披挂着长睫毛的大眼睛里,流动着比某些人更沉静、坚忍和宽容的光芒。

它们咀嚼草料。不慌不忙地走路。乌黑肥大的牛鼻子里插着环形拴,上面系一根绳子,小孩子也能牵着它到处走。当小孩子骑上牛背,一颠一颠地被驼着走动时,牛表现出动人的温顺。但没有牧童短笛的景象,没有那种悠闲雅致。在大热天,小孩子通常用带叶的枝条编一个圆环戴在头上,或套在牛角上,和牛一起走向水塘。牛浸在水里,只露出头,牛角,刀锋一样瘦削的背脊骨,像浸泡在动物园水池里的河马。小孩子在岸边打水漂,吵闹奔跑,牛在树荫下水的阴影里几小时一动不动,像是孩子的守护神。如果那条灵活的牛尾巴停止了摆动,对飞来飞去的小蚊子无动于衷,就说明,它睡着了。

牛有长长的假期,在不用耕田的日子里。它不拉车,也不派别的用途。去县城的公路上根本就没有牛车。拖拉机是主要的运输交通工具。

牛当然会"顶牛",在某些情况下——譬如,碰到了刁难它的家伙。它发脾气时鼻孔会像大象一样喷出水或泥浆。如果与它狭路相逢,最好别挡它的路,让它先走。这是村里人的警告。因此我总远离它。有一次我在它的近旁,咫尺可触,我看见它身上有几处溃疡的伤口,上面飞着小虫,一些泥巴粘在它颜色不均的皮毛上。它身后留下了大团黑色牛粪——并不臭,冒着热气,里面有一些尚未消化的干草。这无论如何说不上美,除了那鸡蛋大小的牛眼睛——它们脉脉含情,纯洁而平静,像在无声诉说自己真实的存在。

人们重视牛。每头牛都有户口——但我不知道它们有怎样的名字。牛生病了,人们像自己家里人生病一样焦急。队里有一头老牛躺了很久,大伙锄地时都为之无精打采,忽又齐齐踮起脚向谷场方向眺望——他们看见生产队长恭恭敬敬地跟在一个外乡兽医后面,朝谷场走去。他们的眼睛亮了一亮,又暗下去。他们讨论老牛是否还有救,讨论了很久,没有结论。结论是在晚些时候到来的,一个人从谷场上跑回来,两手一摊,说老牛死了。它临死前没有发出哞哞的哀叫,但流了眼泪。人们的眼睛立刻暗如暮色。

按照惯例,死了的牛,只要不是孬病死的,可以把牛肉分给各户食用。这头老牛是衰竭而死——累死的。但是没有人肯接受这份难得的食物,虽然大家又穷又饿。死去的牛连夜给邻村人抬走了。

与牛相反,毛驴的叫声像警报一样,隔一段时间就鸣响一次。那真是揪心的声音,嘹亮有如经过金属容器的过滤,又像是马上被人塞进一只大风箱,在用力的挤压下一高一低,回荡不已。它响在村庄上空,向田野一轮轮扩散,每每让我想到一个受难者在仰天长啸,倾吐不甘。我曾为之惊骇,觉得自己也受到了折磨。这声音只要一开始,我就捂紧耳朵盼它结束。我充分体验到那种心被快速提起又放下、放下又提起的遥遥无期的悬坠感。

村里人笑着说，驴子不叫，还叫驴吗？——他们有时干脆把毛驴叫成"叫驴"。吵架的时候，要是有一方骂声凌厉，另一方会说：嚯，看不出你还是头小叫驴哩！这便引起了众人的哄笑。受到奚落的人，脸一阵红一阵白，声音即刻低下去。

驴的长相确有些可笑——像是长坏了的小种马，却没有马俊逸洒脱的神态。但我不认为那就是猥琐。驴的耳朵像两片大树叶，直率地向上扎起。它用厚而长的嘴巴用力咀嚼草料和豆渣饼时有一种可爱的急切，像个不谙世事的孩童。它是天生爱发出声音——干渴饥饿时，劳累时，吃饱喝足时——并不顾及别人的耳朵。而且，它一定要把这声音喊尽，如同把情感淋漓尽致地表达。它容易受骗。蒙住它的眼睛，让它套着辕绳在窄小的磨坊里向前走，它就真走个不停。但也许它已走在想象中的田野上，蓝天下，已经走出很远，我们只是不知道。

我不想把王郢的驴和希梅内斯笔下的小银相比，它也许不配有如此的赞叹："温柔而且娇惯，如同一个宠儿，也更像是一颗掌上明珠。""内心刚强而坚定，像是石头。""这么好，这么高贵，这么聪慧！"我们村的驴不是草地上的马尔柯·奥略利奥（罗马帝国一个皇帝），它是一头普通的劳动驴，没有表现高贵的机会，却无疑更沧桑，更平凡，更真实——它站立的土地属于20世纪70年代的中国乡村。

事实上，生产队只有这一头驴。它才真是孤独得可怜。也许它喊叫竟是为了反抗，为了冲破这无群的寂寞？

它总在磨坊门口嘶叫，头伸出在天空下。它被绳子拴着，无法走出更远。它就这样来争取空间，容纳并放大它的声音。

在王郢，几乎家家养猪。猪是农家的银行存款，而且是笔大款子，整存整取。人们叫乳猪为"猪秧"，把它当作猪的秧苗，养大了好收割——宰杀或卖掉。一家人所有的现金支出（上学，看病，红白喜事，求助，说情，赔罪……）全指望它。猪对此却莫知莫觉，只管埋头于食槽,拼命吃喝,无忧无虑。

当食槽空了,人也揭不开锅时,猪就勇猛地冲开篱笆,冲向田野。麦地里的青苗是它的最爱,那未成熟的麦粒带着清甜的淀粉和浆水,强烈吸引了它。春夏季节,队里总要派人日夜"看青",防备的就是这些像小豹子一样敏捷的饥饿的猪。

仿佛一场战斗。看青人手拿一根长棒,躲在暗处,像等待鱼儿上钩。他久经磨炼的耳朵能把猪的声音从各种声响中分辨出来。安徽特有的黑毛猪,我们已见过它在公社大街上大模大样地散步,而它在田野上奔跑时更有一种轰轰烈烈的气势。它长驱直入,一点也不迂回,四蹄重重地点在地上,伴以粗重的喘息,像在宣告:"我来了!"越接近麦田,它的速度越快,直至变为黑色的旋风。那大概是它的野猪祖先的强悍基因在起作用。看青人这时猛地站起,嘴里嚯嚯地喊着,把手里的长棒一家伙扔过去。被击中的猪落荒而逃。看青人并不追——实际也追不上。看青人已把它的特征牢记在心。猪看起来彼此相像,却逃不过看青人的眼睛。

倒霉的是闯祸猪的主人。扣工分,赔钱,受批判。倒霉的主人回到家里,骂骂咧咧地,把猪圈的门加固一遍,用上粗铁丝,或者带刺的柴枝。当然也不排除有人确实故意把猪放出去啃青苗。那是一种没有办法的办法,因为,给猪吃的草,譬如,一种有着青绿色圆形肉质小叶瓣的叶边泛红的植物,已经让饥饿的人们抢着煮吃得差不多了。

猪躺在猪圈乌黑的泥泞里,睁着细长的眼睛。它不清楚这是个怎样的世界。它只想奔出去,像它的祖先那样,自由自在地,在田野上撒野逞强。

我们养过一头猪,村里人称它为"知青的猪"。它是被一个热心的农民到集上精心挑选而买来的,一头皮色粉红的圆滚滚的小猪秧。我们在村里人怂恿下愿意试着养养看。我看到,它从那个热心人的黑棉袄袖管里露出头来,羞怯地吱吱叫着,像只老鼠。它日后的粗黑毛还藏在娇嫩皮肤的毛囊深处,像没有发芽的种子。鼻子平得像被锯过,湿漉漉的。鼻孔像两只小山洞。细长的眼缝里一闪,那是惊慌和懵懂。多年以后,当好莱坞那只著名的可爱猪宝贝闯入我的视线,演绎它冒险和获胜的经历时,我总是想起我们的猪。一开始看起来很相像,就像所有的婴儿。但以后,就不一样了。

村里人围着它看,夸赞它漂亮。"好好喂一年,到冬天,就可以……"孟队长兴高采烈地横起右掌,用力一划。无声的"咔嚓"声滚过我的心头。这就是它的命运。

人们总是跑来看它,并告诫,不同阶段得喂不同的饲料,让它把骨架撑得大大的,再催肥长膘。谷糠,麸皮,玉米楂,山芋干……他们给出的猪食谱简直奢侈。或许他们认为,知青的猪就该不一样。

连皮煮熟的山芋,连汤水都有甜味,是我们喜爱的美食,也被我们的猪所喜爱。这时它已经浑身黑毛。揭开锅盖,我们把绵软的红心山芋挑拣出来自己吃,稍硬的、吃不下的,就留给它。滚烫的山芋,在红色表皮的包裹下金黄香甜,令我们贪婪。它在门口也同时享用,吧唧吧唧地发出声音——这种声音,是西方人用餐时绝不允许发出的声音,象征耻辱的声音,饥饿的声音。

我们没时间打猪草,也没学会把猪草从一大堆野草中分辨出来。猪于是过早长膘,骨架反而停止了生长。它成为当地少见的五短身材却肥壮滚圆的猪,连肚皮都是紧绷绷的。走不快,哼哼唧唧,刚要下田就被人轰走。保护它的人总是村里的小孩子,还有大傻。他们大叫,这是知青的猪!他们飞奔而来,向我们报告它闯祸的消息。

我不记得它有没有猪舍。那年春天我们搬到了村外的新屋。猪又把大蒜田拱了个大坑——这本是我们的自留地,而我们不会经营,半租半送地给了房东。春天的大蒜和麦苗相像,我们的猪也许不聪明,也许嗅觉不够灵敏。

它失去了幼时那种可爱的羞怯。奇异的大体积里,包裹着神秘的对人类的诱惑。村里有些人已提前对它的美味产生想象——富有弹性的、结实饱满的猪肉,在餐桌上该怎样香气四溢!

我们的猪和好莱坞猪的最大区别,就在于对命运浑然不觉,也不会在刀俎前毅然出逃。它浑浑噩噩,吃了睡,睡了吃,以为这样的日子可天长地久。

一把尖刀向它逼近。它被捆绑着,尖声嚎叫。这是本能的嚎叫?或者,在那一刻它才清醒?谁知道呢。长期以来,我们接受着"人类是万物之灵长"的观点,但我不认为动物就没有知觉和智慧,没有舒适感、疼痛感、上当受骗感。人们夸赞它异常细嫩鲜美的肉质,在那个寒冷的冬天,很多人过来品尝。一头漂亮的猪消失了,成为一条条、一块块的美味。我被分配到一条"前腿",被雪白的粗盐粒腌制过的。我品尝过吗?如果是,那么那是当时的我。我毫无知觉,在那时,对一个眼皮底下的牲灵,和它对人在饥饿中微小的想象、享受做出的贡献。

狗在扑向来犯者的刹那,集中了它所有的野性和英勇,虽然它常常分不清谁是真正的来犯者。庄户人家的狗没受过训练,凭的只是本能。我就这样被冤枉地咬过。

平时它呼噜呼噜地在饭桌底下拱,在人们的腿脚间钻来钻去,捡拾剩菜残羹。它对肉香有敏锐的嗅觉。在极度饥饿时(这是经常的),它的嗅觉和食欲也延伸至一切范围。它可真是什么都吃啊,让人想起一句俗话:狗改不了吃屎。

它喜欢跟在女主人身后,乖顺而欢快地摇尾巴。

一个不养狗的人家是寂寞的,寒碜的,好像少了一道门。

我被狗咬过,但我仍无数次想象它跃起时的雄姿。它在这一刻出类拔萃,洗净污名,成为纯粹的狗的精灵。

我见过或听到过——

公鸡站在屋顶上啼鸣;

母鸡在黄狗的追赶下扇动翅膀,飞得比山墙还高,令人想起一只凤凰;

被宰杀的鹅挣脱出来,一路滴着鲜血,摇摇摆摆地引吭高歌；

　　在哑巴洼，有一头狼总在冬季的黎明出没，与村庄若即若离；

　　水库里游来了娃娃鱼，在夜晚嘤嘤地唱歌；

　　夏天的蛙鸣铺天盖地，使田野充满天籁之音……

　　我相信在我的乡村世界之外，还存在另一个世界，只是不知道牲灵们在那里是按怎样的秩序和规则生活，怎样受到人类的侵扰，表现出怎样的愤怒。

　　现在我仍然记得它们。现在我也养了一条狗。不是那种妖娆的异样的宠物类犬，是那种朴素的最像狗的狗。它的眼睛在灯光或黑夜中会发出绿光，让我想起狼的眼睛。它在看我。我爱它的温顺、深情和间或表现出的野性。因为它，我也注意到菜市场里一只等待宰杀的鸭子的眼神：朝下收起，呆滞，涣散，对一切置若罔闻，对命运表现出完全的无能为力。它们都属于各自的自己，但也并非与我们及我们身处的这个世界无关痛痒。

2005 年修改

选自《仍在远处：周佩红散文》，鹭江出版社 2010 年

牲灵

◇ 舒婷

　　舒婷(1952—)，原名龚佩瑜，出生于福建龙海石码镇，现居厦门。诗人，朦胧诗派的代表人物。著有诗集《双桅船》《舒婷、顾城抒情诗选》《会唱歌的鸢尾花》《始祖鸟》，散文集《心烟》《秋天的情绪》《硬骨凌霄》《今夜你有好心情》等。

渐行渐远的背影(节选)

一、感伤与缅怀

今年以来,我流了好几回眼泪。

"悲伤"两字在现代词典中等同于煽情,尤其偌大年纪的我,本该又冷又硬,如此伤感,至少要被视为矫揉造作,说起来真是难为情啊。(据说,有一种叫"枯眼症"的疾病正在流行。将来,人类的泪腺会不会彻底萎缩,以致变成青蛙眼,圆睁着睡觉?)

今年元旦期间,蔡其矫诗人在北京去世。亲睹老师遗容,我痛哭失声。而他那巨大脑颅里汹涌澎湃的"波浪啊"(蔡其矫名诗),终于止息。

2月,寒风料峭。厦门书法界元老,94岁的高怀老先生去世。这位上世纪40年代就驰名厦门、饮誉八闽、蜚声海内外的书法名家,曾谦虚地自称是我祖父的学生,与父亲交往笃厚,因而是我的世伯。

经常在鼓浪屿街市上,遇见和风细雨的高老先生,手里拎了一点点豆腐青菜,厚镜片只闪烁前方,绝不东张西望。老人家虽德高望重,每天仍要早早起来为太太熬粥。我认识的鼓浪屿老爷子们都高寿,且不发胖,到了高老先生这一辈,简直有点鹤发童颜的意思。

每逢艺术家聚会,他总是踽踽独行而来,会散席终,仍是独自悄然离去。既不傲物也不骄人,不妄信闲言碎语,更不说三道四。炉火纯青的不仅是他那支神来之笔,在他的个人修为里,已经没有半点烟火味。

我父亲的葬礼上,高老独自来与故人道别,流着眼泪握着我的手。他的手很软很凉,羽毛一样轻柔。我为高怀老世伯流的眼泪,也是悄悄的,在落叶打旋的旧居门口。

7月下旬,高温大旱。惊悉90岁的国画家林英仪永远离开鼓浪屿了。21年前,我赴美国参加诗歌节之前,丈夫陪我去求两幅画做礼品。在那简陋而幽暗的寓所里,林英仪展开几轴作品让我挑选,最后由他做主,送我一春一冬两幅墨梅。那时节,除了一声由衷的谢谢,并无润笔费之说。

我来不及为林英仪送行。因为他离去的第二天,我98岁的婆婆在卧床10年后的这个酷暑里,应天父的召唤,无声无息走了。婆婆的葬礼遵照基督教形式,简单克制,到场的除了亲属们,只有婆婆生前老友的儿女辈,他们也都是两鬓斑白的老人了。婆婆只是一个家庭妇女,由于积极参加侨联、妇联及街道活动,在鼓浪屿也算抛头露面,因而有几个联袂进出的热闹知己。婆婆几乎是她们中间活得最长的。

婆婆的死,对我而言,标志着鼓浪屿一个旧时代的终结。

二、庭院深深深如许

婆婆姓李,与鼓浪屿李家庄的李甘总、厦门局口街的李彩鸾,号称"三李",是最亲密的闺友。

后辈们称李甘总为云琴姨。云琴姨的丈夫原是银行行长,解放前就去世了。我的四姨是这家的长媳,云琴姨最宠爱长孙,也就是我的表妹舒非(舒非与生俱来有大家闺秀气质,写诗和散文,有点名气。她在香港三联书店工作多年,接待过国内许多大腕作家,几乎人人喜欢她)。云琴姨70年代末移居香港,与婆婆一样,频繁来往于两地,我经常能吃到她送的香港"利是糖"。每逢李家庄大院的龙眼熟了,云琴姨会遣女佣送一大竹篮带叶子的鲜果来。我要是心血来潮洗手做一回春卷,婆婆会亲自端过去分享。两家之间,也就是三分钟的路程。

漳州路48号的李家庄,是豪富李清泉先生的又一处别墅。云琴姨住在紧挨李家庄的连体别墅里,婆婆习惯统称李家庄。在娘家人的这座深宅大院里,云琴姨带着两儿三女(个个大学毕业),守寡多年,是典型的闽南侨眷。每年春节,我去李家庄拜年。尽量提着脚跟,踩在咔吱咔吱作响的木地板上,心里羞愧不已。(云琴姨是怎样做到浅步轻移,有如舞台上的青衣?)接过云琴姨手中的桂圆糖水,进入我四姨那奢华古典的阔大卧室里闲话。我的四姨美丽慵懒,不善理家,房间遂有些凌乱。平日里,等她教书去,云琴姨必进屋叠被铺床,抖直睡袍挂起来,抱出换洗衣服交给女佣。孙女舒非有些贴身小衣物,还是云琴姨亲自手洗。婆媳妯娌姑嫂之间,也许有过互相看不惯的小矛盾,都悄悄化解了,从未大声喧闹。这是云琴姨不怒自威的治家方式,也是鼓浪屿许多大家族的传统家风。

云琴姨眉弯目长,唇薄齿密,衣着非绢即绸,走路风吹草动;说话轻声细语,抑扬顿挫的泉州口音动听至极。即使她已过70岁,风韵不减,我仍倾慕于她那薄瓷一般的纤丽精巧。

这些年,一座座原本大门紧锁、庭院深深的鼓浪屿老别墅,被标志性展览成旅游景点,剥露出一个个错综交融的家族肌理,被世人道听途说着。历史烟雾里隐没的场景、人物及脉络,正被许多电视剧制造商所虎视眈眈呢。我相信云琴姨和她那渐渐隐去的同代人,眷恋回首之际,绝不愿看到自己被复制、割裂、篡改和出卖。

云琴姨去世将近20年了。一个如此柔弱而又好强的女人,一个深谙生活趣味,却不得不孤枕冷寝漫长度日的女人,她的内心曾经有过怎样的孤独、煎熬与憧憬?她的经历里有没有发生过强烈地震或者隐秘逃逸?我不愿触动也不敢深入。该平复的波澜,就让岁月的海潮带走吧,重归众生的浩瀚大洋。

三、瞧这一家子

婆婆另一位密友陈锦彩,年岁小一些,婆婆因此总叫她"少年也",今年也90了,仍然活跃得很,四处走动,爱吃香脆核桃仁。她出身杏林世家,父亲陈天宠是名医,陈锦彩与陈锦端(陈天恩之女是堂姐妹。

仅提陈锦彩,知道的人也许不多,要是说起廖先生娘(俗称廖娘),那真是无人不晓。廖娘一辈子热心参与本岛大大小小事件:官方的、民间的、教会的、家族的、邻里的,廖娘总是有求必应,有应必不吝使力。

一个早晨,隔墙那边人声鼎沸,原来邻家的女主人跳井自杀了。公安人员放下铁钩去捞尸,廖娘一旁心有不忍,上前阻止:"你们这样乱耙,不但衣裤破烂不堪,恐怕还会皮开肉绽,那死者就更可怜了!"可是井深口小,腰粗膀圆的警察下不去,除非叫孩子下井。让孩子去接触死人,大家更不忍心。于是廖娘自告奋勇,在自己腰间挽了根麻绳,坠到井底,怜惜地为比邻而居的老朋友,把衣服整理好,捆牢绳子,以便公安人员拉上地面。

廖娘的古道热肠略见一斑矣。

廖娘的丈夫廖永廉,更是鼓浪屿世家子弟。他是廖氏望族的后裔,称呼林语堂的妻子廖翠凤为堂姑。廖永廉这一系都是名医,大姐夫是中科院医学院士,二姐的儿子就是那个大名鼎鼎的钟南山。1932年,廖永廉从鼓浪屿英华中学毕业后,赴上海圣约翰大学攻读医科,8年后获博士学位。

当我们看到廖先生打起黑领结,扛着扬名四十年代的大提琴,便知道今晚哪里该有家庭音乐会了(他所收藏的录音带之丰富完整,连央视都来做过专题。顺便说一句,年轻时的廖娘在基督青年会合唱团里,也有一副让人怀念的女高音)。当廖先生身着一身乳白运动服,背一副球拍,那一定是往美国领事馆去,馆内的网球场最为标准(他曾获福建省网球双打冠军);当廖先生戴上折扁的鸭舌帽,穿上宽衣布裤,不必看他手里的钓鱼竿,也知道海边礁石中,那一个固定的位置今夜有人守望了;他还是摄影家协会会员,作品经常发表在报纸杂志上。在彩照尚未普及的时候,他在相机里装上进口彩色胶卷,兴致勃勃来为我的婚礼导演、拍摄,然后关在廖家的卫生间里,拉起黑布帘冲洗。翻看这些20多年前的旧照片,似乎还留着他那诙谐的推波助澜的画外音。

廖家人大多通英语，儿子孙子尤为专业，我那些国外来函都是请他们翻译的。每逢外宾来岛，廖家便成为接待的一部分。那天早晨，廖家人刚洗漱完毕，忽然，外办主任领了泰国总理来叩门，一时间众人手忙脚乱。外办主任说，就这样吧，挺好。于是廖先生穿着睡衣，用英语介绍墙上的摄影作品，廖娘趿着拖鞋端出美好咖啡。廖娘煮的咖啡真是滴滴香浓，味道好极了。

说廖永廉先生才情并茂、倜傥风趣真是一点不过分。本想说风流倜傥的，怕廖娘不高兴。他俩一向伉俪情深，人前总是互相斗嘴调侃，廖娘的口舌伶俐与廖先生的机智敏捷相得益彰。廖先生跟岛上那些士大夫风范的男人们一样，洁身自好，一丁点绯闻都很难捕风捉影。这样的鼓浪屿男人要多帅有多帅是不是？

当廖先生戴起口罩，披上白外套，严谨沉着，恢复著名的内科医生身份，再亲密无间的老朋友即刻都俯首帖耳。解放初，来鼓浪屿寻访廖先生的疑难病患中，多有内地贫苦农民，不但能获得悉心治疗，还经常把付不出住院费的病人移到家中将息，廖娘亲自熬鸡汤。廖永廉1976年退休，一直到去世，鼓浪屿人仍然叫他廖主任。

廖家曾经失窃，警察进屋认真记录：廖娘大致检查后发现没有损失，教授儿子与医生儿媳的抽屉都被撬开过，可是他们完全不记得有过什么东西。小偷很快捉拿归案，一看，原来是故人之后。因赌输钱逼急了，从后厨房翻窗进来，熟门熟路楼上楼下翻找一遍。经过廖永廉的大遗像前，偷儿还晓得立正鞠躬："廖主任，对不起啊！"依廖先生幽默的性格，倘若能开口，必笑呵呵回应："没有好东西，让你空手而归，那才是不好意思呢！"

廖先生过世后，廖先生娘和儿子们搬到厦门，住进安全环保的高尚社区。岛上这一座花木葳蕤的独立小楼，现已转手他人。

2007.8.21

选自《舒婷散文》，长江文艺出版社2012年

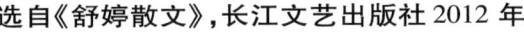

◇ 残雪

　　残雪(1953—)，本名邓小华，湖南耒阳人，出生于湖南长沙。作家，被誉为先锋派文学的代表人物。著作有小说《山上的小屋》《黄泥街》《苍老的浮云》《痕》《五香街》，散文随笔集《地狱中的独行者》《永生的操练》《残雪文学观》《趋光运动：回溯童年的精神图景》等。

"我"

　　那条小溪很宽,旁边长满了乌泡刺和野竹子。我将那些最肥最宽的竹叶摘下来,做成一只只小船。在一只小船里面,我放了一只瓢虫,嘀咕道:"这是我。"我将小船放下水,船儿立刻往前冲去,一会儿就不见踪影了。那种速度令我有点头晕。我想,船应该是不会翻的,因为"我"在里头嘛。即使暂时被石头挡住去路,也会慢慢顺水溜过去的。然后呢,就会到达那个深潭。那里风平浪静,"我"睡在船里头逍遥自在。我又放下第二只、第三只、第四只小船,船里面载着虫子、沙砾或一根草茎,它们代表我的姐姐和弟弟们。在我的计划里,我们将在那个深潭里会合。我熟悉这条小溪,所以对会合的事很有信心,我还放下了更多的小船。

　　我顺溪水往前走了,用目光仔细地搜寻,每一个角落都看过了。没有小船,没有搁浅,"我"大概还在路上呢。一直走一直走,走到了深水潭,又将目光扫向视线能达到的极限,还是什么都没发现。竟有这种事!竹叶小船也许是沉下去了,"我"也许在下沉的一刹那间飞走了。但岸边的我没有想到这上面去。"我"是不可能失踪的,"我"一定在某个地方躲藏着!岸边的我又沿着小溪往回找,更加仔细,目光更加警惕,然而仍然一无所获。啊,啊,世上竟有这种事!

　　我坐在那条小溪边上想一些事。消失?完全没有了?那究竟是什么样的情景呢?风刮来,有点冷,我站起来往家里走,我害怕。一路上我都在设想世上没有"我"的情景。走着走着,就隐隐地听到了外婆呼唤我的声音,那几棵桃树在眼前了。当然,我是不可能没有的,我是一名小学生,我住在集贤村21号,那是一栋红砖宿舍楼!

我们在通往很高的屋顶的脚手架上玩耍。那些柔软的竹篾织成的斜桥,一道又一道,小伙伴们脚不停步地冲上去,又跑下来,他们毫不畏惧。但是我害怕,到了第三层楼那里我就腿发抖了,我只好跪下来,在斜桥上爬,我爬到二楼以下才敢站起来。多么恐怖的经历啊。我终于站在硬地上了,我仰着头,羡慕地看着那些男孩和女孩,我用视线追随他们的冒险。

有一个小女孩是新来的,特别胆大,那些弯弯角角的险处她眼都不眨就跨过去了。我将她设想成"我"。哈,"我"到了四楼!"我"又到了最顶上,手执一根棍子在那里挥舞!可是怎么下来呢?下来更危险,那里的斜桥只有板凳那么宽,而且陡,男孩子们都不敢涉足那个险处。"我"想都没想就展开双臂,摇摇晃晃地往下走了。下面的我吓得闭上了眼睛。哈,"我"已经到了三楼那里,"我"是如何下来的呢?扎着羊角辫的"我"竟然在三楼那里坐在了斜桥的边缘,"我"双腿悬空地晃荡着,那双小脚结实而灵巧,仿佛专为这类杂技动作而生。"我"的眼睛黑而亮,我爱上了这个"我"。

混沌的岁月里经常会出现"我"的形象,而且那个形象往往出现在一桩冒险的事业里。是因为渴望,还是为了战胜恐惧呢?人是看不见自己的,所幸大自然提供了无数面镜子,内敛的心灵在经过多次的扮演之后,便会在一瞥之际发现属于自己的那些镜子。在那令人怦然心动的永恒的瞬间,精神的通道便形成了。

"你是谁?"

"我是你一直在盯着的那个人。"

选自《趋光运动:回溯童年的精神图景》,湖南文艺出版社2017年

◇ 蒋子丹

蒋子丹(1954—),生于北京,祖籍湖南涟源。1971年在湖南参加工作,做过话剧团演员,出版社校对员、编辑。1988年迁居海南,历任《海南纪实》杂志编辑,《天涯》杂志编辑、主编、社长。海南省作家协会主席、海南省文联副主席、中国作协全委会委员。1983年开始发表作品。著有中短篇小说集《昨天已经古老》《桑烟为谁升起》《左手》《黑颜色》等,散文集《乡愁》《一个人的时候》《回忆冬天》《岁月之约》等。另有长篇作品《长大不容易》《边城凤凰》等。

大自然的神性（节选）

那年秋天，母亲的病经过一次次住院治疗，越发沉重起来。医生对我说，她想吃什么，就给她多吃些吧。我知道这是一种再明确不过的提示。跟生命初始的时光完全一样，对于母亲而言，除了食物，一切别的东西重新变得毫无用处，她已经走上了回归的路。

我俯身在母亲枕边，问她想吃什么。母亲说，她想吃乌龟。这个回答叫我先是意外，后是心痛。按中医的说法，龟肉汤强身益肾，是一道传统的进补菜肴，可此时在我听来，这个想法分明表达着母亲的心愿，她希望自己活下去，像长寿的龟，活得久一些。我必须满足她的要求。

一网兜乌龟被买回来，一共四只。三只是常见的草龟，背壳浑圆，壳上的纹理模糊不清，当它们将头爪都缩进壳里，就成了三块椭圆形的褐色石块。另一只与它们显然不同，青绿色的外壳上，十几个互相咬合的菱形图案，犹如能工巧匠精心雕镂的那般整齐清晰。且这只龟似乎也不像其他三只那样缩头缩脑，而是明白自己死期已到，还时不时把头伸出来，看一看厨案上的锅碗瓢盆。

我不由对它多看了一眼。它亮晶晶的小眼睛正好跟我有一个短暂的对视。我不由得想，这只龟真是与众不同呀。此刻，它和我都不知道，这一眼将永远改变它的命运。

有时候，与众不同会招来横祸，有时候，正好相反。

事情的结果大约谁都能想得到，我忽然间改变了主意，留下了它。这个世界上多了一个幸存者。

幸存者。也许没有任何一个词,比它更让我们浮想联翩。我们总觉得它后面会有某个惊心动魄的故事,跟性命的生死存亡相关。

死囚双手反剪双膝跪地,刽子手的鬼头刀已经高高举起,围观的人群屏住呼吸,等着听那声咔嚓之后,人头落地的动静。忽然间,远远一匹快马飞驰而来,传令官一声"刀下留人"……我们深深记住的场景,仅是舞台和银幕对人类生命幸存瞬间的演绎。其实在大千世界的芸芸众生中,除了从集中营的铁丝网里被解放的战俘,从地震的废墟里扒出来的伤员,从空难现场火海里生还的婴儿,这些传奇故事的主角之外,还有多少生命要将若干幸存的机会叠加,才能从平安降生到寿终正寝,走完预定的全程,我们不会去想。

两个多月之后,母亲离我而去。在举丧的忙碌中,我完全忘记了那只龟,它在栖身的塑料桶里饿了十几天,才被想起来。我用筷子头戳戳它露在壳外的半张脸,看到它很快把头缩了回去,才放心地知道了它还活着。

一种并不明确的歉疚之心,让我动了把这只幸存的龟送去放生的念头。不过很快,这个念头又被我放弃了。从各种渠道得来的消息都在警告我,放生,实际上会把它重新置于危险境地。人的搜捕无所不在,别说是它这么一个行动缓慢的小东西,就是极擅打洞的穿山甲,凶险无比的眼镜蛇,也难逃一劫。坚壳厚甲,毒牙利爪,任什么也挡不住人的手眼,人的口腹,只怕我今天将它放归山野,明天它又出现在谁家的餐桌上。既然天意让我保全了它,就应该设法让它生存下去。

我把它送给了同事老郑。

转眼十年过去,这只龟还在老郑家中自在地生活着,据说身体已经长到了当年的三四倍之大,而且已经成了他们家中不可或缺的一员。老郑每回说起它,脸上都会有一种明亮的神采,他说别以为乌龟真像看上去那么呆头呆脑,其实什么事它都心中有数,分得清亲疏远近,守得住规矩方圆。比方说,没经过任何训练,它就无师自通,知道大小便都在厕所的地漏上边进行,还爱趁人沐浴的机会打扫个龟卫生,用前脚洗头,用后脚洗尾,身上的硬壳洗不到,它会爬到莲蓬头下边等着你放水来冲。冬天来了,它就找个隐蔽的角落去冬眠,几个月见不到它的影子,可是等春天惊蛰节气一到,它会突然在某一天出现在客厅正中间,把变细变长了的脖子伸出来,高高举起难看的小脑袋,张开嘴问人要东西吃。那时候你心里的感觉,就像与一个失散的小儿子久别重逢。

在中国民间的传说中,龟是代表吉祥长寿的灵物,能长时间养得住乌龟的家庭,必定是和谐兴旺的家庭。这十年老郑的家事兴盛,妻贤子孝,又买房子又买车,自己还迁升晋级,正好应了民间的说法,他一家人对这只龟的友爱自不必多言。

前不久,正好有事到了郑家楼下,老郑热情邀我上楼去看那只龟。奇怪的是,进得家门,老郑左找右找,把它平日可能藏身的地方都搜了个遍,也没发现它的踪影。为了逗它出来跟我一见,老郑拿来它的小食盆,在地板上敲得当当响,最终也没把它给引诱出来。老郑一个劲儿说,真是奇怪,真是奇怪,它平常天天都在外边活动,怎么偏偏你来看它,它反而藏着不出来了呢?

这句话,说得让我有点心惊肉跳。莫非经过了十年,这只有灵性的龟还能认出我,记得我曾经杀死了它的三个伙伴,所以不肯出来与我照面?

最后,老郑全家动员翻箱倒柜,总算从一个旮旯里把它老人家找了出来。老郑把龟放在地上,让它表演选择主人的节目。老郑一直夸口说,他本人是这只龟的第一主人,只要他一招呼,乌龟无论在做什么,都会马上跟过来。我以前只听说过狗和猫会给主人排出座次,不知道像乌龟这样的爬行动物也有此类招数。这回算是眼见为实,老郑嘴发出招呼乌龟的声音,在前边迈脚,乌龟急忙笨头笨脑跟在后边爬过去,硬邦邦的龟壳打着地板,哐当哐当响成一片。

出于好奇,我捧起这只差一点死在我手里的龟,仔细观察了一番。只见它厚实饱满的身子沉甸甸的,背壳上的图案长得更大更鲜明了。而且它绝不像一般没见过世面的同类,一碰到什么东西就赶紧把头和爪子缩进硬壳里。兴许是深知自己在这个家庭里的地位,它安逸地高昂着小脑袋,用两粒黑豆子样的小眼睛好奇地盯着我。

我想起十年前,它在生死攸关的一瞬间与我的对视。正是那一眼,永远改变了它的命运。而且我忽然间产生了一种近乎荒诞的感觉,认为这只龟千真万确已经认出了我。看见它把嘴巴张了张,便分明觉得它在用自己的语言怒吼道:放下我,你这个刽子手。

后来,我把与这只龟重逢的场景说给乌云听,边说边觉得自己当时的感觉实在是可笑。

没想到乌云听完,非常郑重地说:我倒是认为一点也不可笑,我相信神奇无比的自然界里,一定有许多超出人类经验的存在,让我们无法用经验证实,甚至无法用科学解释,我们不能武断地认为这一切都是幻觉。

让我们来听听科学家的声音,会知道有些即使是出自科研目的的考察,也不能完全否定动物特殊的灵性,相反还提供了质疑人类中心主义自大狂的依据。

曾长时间生活在非洲中部的丛林里,以研究狒狒为主要课题的神经和生物行为专家,美国斯坦福大学教授芭芭拉·斯马茨,回忆她的野外考察生活时,对她的研究对象狒狒,有着非同寻常的评价。她把狒狒们当成可信赖的向导,因为它们可以在一英里以外认出食肉动物,对蛇类的接近似乎具有第六感觉的敏锐。是它们引导她一次次躲过有毒的蛇类、性情暴躁的野牛、带有攻击性的蜜蜂和危险的野猪洞。"狒狒们在这方面具有比人类高超得多的知识,我行动起来就像一个谦卑的门徒,从大师们那里学会如何当一个非洲类人猿……"芭芭拉说。很显然,是动物们在野生环境下超强的生存能力,使身临其境的人放下了高高端起来的架子。"我与它们相处时头等重要的事,是要把它们视为与我们同一类型的社会性存在,而不是科学调查对象。"芭芭拉还说。

过去的一万年里,人类几乎无时无刻不在致力于摆脱自然环境对自己的支配,进而成为自然界的主人。或许应该承认,我们已经成功地以人类选择代替了自然选择,左右了自然界物种的繁衍。例如,按照自己的需要驯化动物植物,对有益于自己的物种进行掠夺,对有害于自己的物种予以消灭。人类的主流行为几乎从来不曾为动物做什么考虑,也从来不想了解动物的感受和表达。在这个层面上说,人类成功的形式有太多的疑点可供追究。

所幸随着对人类给予自然界负面影响的反省,现代人正逐渐认识到,人类为了最大份额占有资源,正在毁灭地球生物多样性,并直接威胁到自身的生存环境。人与动物的关系因此越来越受到重视,研究动物的情感和思想,正成为生物学、人类学、心理学、行为学的重要课题。

研究人员比较人和黑猩猩细胞表面的蛋白质,发现两者构成蛋白质的氨基酸有百分之九十九点六完全相同,如果用通俗的话解释,等于说我们是百分之九十九点六的黑猩猩,黑猩猩是百分之九十九点六的人。其他的类人猿,包括大猩猩、倭猩猩、猩猩、合趾猴和长臂猿,在基因构成上都与人类很接近。研究成果直接导致了旨在改善类人猿生活,彻底终止"类人猿项目"等研究实验的营救活动。英国、新西兰等国已经制定了法律,不得再将类人猿用于各类有损它们健康的研究。

紧接着,与人类拥有共同祖先的类人猿,是否应该拥有"人类身份",作为法律和伦理问题被提了出来。二〇〇七年初,奥地利黑猩猩希亚斯尔的法律监护权案,在动物保护圈内圈外引发了一场大争论。

二十六岁的希亚斯尔初生时期,被人从塞拉利昂走私进入奥地利,准备卖给动物活体实验室,被海关没收后寄养于某动物庇护所。二十五年后,该庇护所遭遇破产,希亚斯尔重新面临被送上活体解剖台的厄运。动物保护人士在争得对它的监护权之后,进一步提出应给予它"人权"。赞同者认为,希亚斯尔爱画画,会玩捉迷藏,还喜欢亲吻每一个来看望它的人,表达自己的感激之情,无论从哪方面看上去它都是一个人,应该受到与未成年孩子同样的保护。反对者则分为两部分,一部分坚持认为,所谓人权是人类的特殊权利,其适用范围只限于人类,另一部分认为,不能因为黑猩猩等灵长类动物,与人类基因有更多相同之处,或者智商较高而受到特殊对待,其他与人类种属相去较远的动物生命,哪怕是所谓低等生物,包括鱼类和海洋生物也应该受到同样的尊重。

当然,这场争论跟以往无数场争论一样无果而终,但它提出的问题又一次不可回避地摆在一切关心动物命运的人们面前,让我们不能停止思考。

蚂蚁是地球上最微小最容易被轻视的动物之一,本书楔子一节所记载的那天晚上,我的所作所为很清楚地说明了这一点。可是,蚂蚁研究专家的观察表明,蚂蚁与人类的社会组织和生活方式惊人一致,它们的社会结构、社会阶层、社会分工、互助协作甚至于信息交流,哪一样都像是在模拟人类。

忘了是谁说过:除了不读报不通奸,蚂蚁的一切活动都跟人类几乎完全相同。

美国生物学家刘易斯·托马斯这样描述蚂蚁:蚂蚁的确太像人了。它们培殖真菌,喂养蚜虫做家畜,把军队投入战争,动用化学喷剂来惊扰和迷惑敌人,捕捉奴隶,织巢蚁使用童工,抱着幼体像梭子往返窜动,纺出线来把树叶缝合在一起,供它们的真菌园使用。它们还不停地交换信息。它们什么都干,就差看电视了。

生物学家还公认,海豚是集高智商和高情商于一体的动物,它们性情温顺,忠于集体,而且其声音组合层次与人类基本吻合,很容易与人类交往和沟通。

二○○七年澳大利亚科学家的报告,解构了天鹅对一夫一妻婚姻忠贞不渝的神话,发现每对雌雄天鹅白天形影不离,夜晚也有婚外恋约会行为,每四只小天鹅中间,就会出现一个私生儿。当雄天鹅发现妻子红杏出墙,会坚决与之决裂,拒绝孵蛋和喂养小天鹅。从这一系列现象中,人们非但不能说天鹅没有感情没有思想,甚至于需要考虑动物世界是否也存在道德伦理规则,而这本来被认为是人类的绝对专利。

印度的生物科学家还有更令人震惊的发现,蜜蜂的蜂巢里似乎还存在民主选举的痕迹。当一代蜂皇死去,蜜蜂们会通过充分的信息交流后,一致推选出新的蜂皇。新蜂皇一经选出,就开始过上万蜂之上的寄生生活,每天被它的选民们用最有营养的食物喂养,再也不用劳动,直到身体迅速膨胀,比普通蜜蜂大出许多倍。人们奇怪的是,新的蜂皇在当选之前,其外表和地位跟别的普通蜜蜂并无区别,但几乎蜂巢中所有的蜜蜂在"民选"之前,都已经知道谁是它们中间的新权威。科学家们运用了各种高科技仪器,观察和记录蜜蜂们的活动和声音,想要知晓蜜蜂的民主选举如何进行,终因无法破译它们的语言而告失败。

被我们视若微尘的蚂蚁尚有如此全面的能力,与我们分别生活在陆地海洋两重天地的海豚,就像人类的表亲一样与我们相通,天鹅和蜜蜂甚至建立了伦理和民主的文明秩序……以致我们根本无法估计,动物界还有多少不曾被破译的秘密,还有多少不曾被记录的历史,还有多少不曾被关注的遭际,不为人类所知。我们完全没有道理因为不明了动物的行为意义,就武断地下一个结论说,它们没有感情没有语言没有思想,故而只能从属于人类。

动物界诸如此类的秘密,极大激发了生物学家的好奇心。据悉,已经有人预测,出于人类与动物和谐相处的需要,五十年之后,会出现解读动物感情与思想的探测仪器,可以捕捉包括海洋动物在内的动物情感,以及瞬间即逝、不大清晰的思想,将其放大后传输给我们,引起人类的共鸣。解读动物情感思想仪器的应用,将逐渐从灵长类动物,扩大到哺乳动物,包括鱼类在内的低等脊椎动物。实现与动物的沟通与交流,最直接的效果,是导致人类拒绝吃它们的肉,随即成为素食者。

这真是一个令人怦然心动的展望。

近几年,狗语翻译器的广告多了起来。广告号称该仪器能分析狗的叫声,分成高兴、悲伤、沮丧、愤怒、恐惧和渴望六类,以几百条短句把声调和词组联系起来,通过显示器说出狗的心里话。于是就有爱狗的主人,不惜花大价钱买来这种神奇的仪器,盼望与爱犬平等交谈一番。

关于人与动物将在五十年后实现思想语言交流的预测,看起来离奇古怪甚至荒诞不经,却代表着人类对动物最大的善意。狗语翻译器的研制虽然并不成功,仍不失为这种预测的现实依据。

喂养动物的人应该都有同样体会,一只与你亲密相处时间够长的动物,会明确表达对你的依恋情绪。你关注它时,它会用热情的眼神回应你,发出亲切的呼唤,而当你因为别的事情忽略它时,就故意捣乱,弄出动静来提醒你,等你安抚它,还会像个怨妇似的别别扭扭。我养的一只将近二十岁的老猫,就常常这样通过它的眼神、声音和肢体语言,把它的惬意、焦躁、兴奋、怨恨,以及各种意愿越来越准确地传达给我。我甚至可以清楚地看到,那张显出老态的猫脸上,是绽放了笑意还是皱起了眉头。有时候我们出门时间长一点,它会憋好一泡尿,专等我们回来以后,当面滋在窗帘上以示抗议,然后跑到某个隐蔽的地方藏起来,幸灾乐祸地看着我们忙来忙去地为它打扫战场。

人对动物的善意萌生于对动物的关注,也就是说,人把动物置于完全被忽略的位置时,肯定不会去考虑动物在想什么,它们的行为表达了什么意思。只有当你对它们有了感情,才会产生了解它们的意图,满足它们的愿望和欲求。作家韩少功对他家老狗三毛的描述很是传神:它那么直愣愣地瞅着我,让我怀疑它一张嘴就会说出人话来。

眼下,我们只能用人的语言描述动物的行为,只能用人的思维推测动物的意识,这里边到底有多少盲区和误解还很难断定。对此持怀疑态度的人们认为,用人的逻辑去解释动物世界的一切,无非是人类中心主义的想象。刘易斯·托马斯曾在他的《细胞生命的礼赞》一书中,批评过这种想象:现代人的麻烦,是他一直在试图使自己同自然相分离。他高高地坐在一堆聚合物、玻璃和钢铁的绝顶上，晃悠着两腿，遥看这行星上翻滚扭动的生命……人早就在杜撰一种存在，他认为这种存在使自己高于其他生命。几千年来，人就这么脑汁绞尽，用心独专地想象着。

在我看来，这种尴尬的局面，一方面表现着人类的自大，另一方面也说明，人类在自然界并非无所不能无事不通，动物给出的谜语把人难倒，正好提醒了我们，人的能力仍然有限仍然不足。只有等我们准确无误地与动物实现彼此间的精神与信息交流了，才可能真正把它们当作邻居和朋友。

选自《一只蚂蚁领着我走》，生活·读书·新知三联书店 2008 年

◇唐敏

唐敏(1954—),本名齐红。出生于上海,后移居福建,祖籍山东沂水。作家。著有长篇小说《诚》《走向和平——狱中手记》《圣殿》,散文集《青春缘》《纯净的落叶》《屋檐水滴》等。报告文学《人工流产》获1987年全国青年报刊佳作奖、福建省优秀文学创作奖,《怀念黄昏》获1983年江苏青春文学奖、福建省优秀文学创作奖,《心中的大自然》获1985年福建省优秀文学创作奖,《诚》获1987年福建省优秀文学创作奖,散文集《女孩子的花》获首届《散文选刊》奖、《福建文学》佳作奖。

女孩子的花

相传水仙花是由一对夫妻变化而来的。丈夫名叫金盏,妻子名叫百叶。因此水仙花的花朵有两种,单瓣的叫金盏,重瓣的叫百叶。

"百叶"的花瓣有四重,两重白色的大花瓣中夹着两重黄色的短花瓣。看过去既单纯又复杂,像闽南善于沉默的女子,半低着头,眼睛向下看的。悲也默默,喜也默默。

"金盏"由六片白色的花瓣组成一个盘子,上面放一只黄花瓣团成的酒盏。这花看去一目了然,确有男子干脆简单的热情。特别是酒盏形的花芯,使人想到死后还不忘饮酒的男人的豪情。

要是他们在变成花朵之前还没有结成夫妻,百叶的花一定是纯白的,金盏也不会有洁白的托盘。世间再也没有像水仙花这样体现夫妻互相渗透的花朵了吧?常常想象金盏喝醉了酒来亲昵他的妻子百叶,把酒气染在百叶身上,使她的花朵里有了黄色的短花瓣。百叶生气的时候,金盏端着酒杯,想喝而不敢,低声下气过来讨好百叶。这样的时候,水仙花散发出极其甜蜜的香味,是人间夫妻和谐的芬芳,弥漫在迎接新年的家庭里。

刚刚结婚,有没有孩子无所谓。只要有一个人出差,另一个就想方设法跟了去。炉子灭掉、大门一锁,无论到多么没意思的地方也是有趣的。到了有朋友的地方就尽兴地热闹几天,留下愉快的记忆。没有负担地生活,在大地上溜来逛去,被称作"游击队之歌"。每到一地,就去看风景,钻小巷走大街,袭击眼睛看得到的风味小吃。

可是,突然地、非常地想要得到唯一的"独生子女"。

冬天来临的时候,开始养育水仙花了。从那一刻起,把水仙花看作是自己孩子的象征了。

像抽签那样,在一堆价格最高的花球里选了一个。

如果开"金盏"的花,我将有一个儿子;

如果开"百叶"的花,我会有一个女儿。

用小刀剖开花球,精心雕刻叶茎。一共有六个花苞。看着包在叶膜里像胖乎乎婴儿般的花蕾,心里好紧张。到底是儿子还是女儿呢?

我希望能开出"金盏"的花。

从内心深处盼望的是男孩子。

绝不是轻视女孩子。而是无法形容地疼爱女孩子。

爱到根本不忍心让她来到这个世界。

因为我不能保证她一生幸福,不能使她在短暂的人生中得到最美的爱情。尤其担心她的身段容貌不美丽而受到轻视,假如她奇丑无比却偏偏又聪明又善良,那就注定了她的一生将多么痛苦。

而男孩就不一样。男人是泥土造的,苦难使他们坚强。

"上帝"用泥土创造了男人,却用男人的肋骨造出了女人。肋骨上有新鲜的血和肉,只要轻轻一碰就会痛彻心肠。因此,女子连最微小的伤害也是不能忍受的。

从这个意义来说,女子是一种极其敏锐和精巧的昆虫。她们的触角、眼睛、柔软无骨的躯体,还有那艳丽的翅膀,仅仅是为了感受爱、接受爱和吸引爱而生成的。她们最早预感到灾难,又最早在灾难的打击下夭亡。

一天和朋友在咖啡座小饮。这位比我多了近十年阅历的朋友说:

"男人在爱他喜欢的女人的过程中感到幸福,他感到美满是因为对方接受他为她做的每件事。女人则完全相反,她只要接受爱就是幸福。如果女人去爱去追求她喜欢的男子,那是顶痛苦的事,而且被她爱的男人也就没有幸福的感觉了。这是非常奇妙的感觉。"

在茫茫的暮色中,从座位旁的窗口望下去,街上的行人如水,许多各种各样身世的男人和女人在匆匆走动。

"一般来说,男子的爱比女子长久。只要是他寄托过一段情感的女人,在许多年之后向他求助,他总是会尽心地帮助她的。男人并不太计较那女的从前对自己怎样。"

那一霎间我更加坚定了要生儿子的决心。男孩不仅仅天生比女孩能适应社会、忍受困苦,而且是女人幸福的源泉。我希望我的儿子至少能以善心厚待他生命中的女人,给她们短暂人生中永久的幸福感觉。

"做男人最大的缺点就是,没有办法珍惜他不喜欢的女人对他的爱慕。这种反感发自真心一点儿不虚伪,他们忍不住要流露出对那女子的轻视。轻浮的少年就更加过分,在大庭广众下伤害那样的姑娘。这是男人邪恶的一面。"

我想到我的女儿,如果她有幸免遭当众的羞辱,遇到一位完全懂得尊重她感情的男人,却把尊重当成了对她的爱,那样的悲哀不是更深吗?在男人,追求失败了并没有破坏追求时的美感;在女人则成了一生一世的耻辱。

怎么样想,还是不希望有女孩。

用来占卜的水仙花却迟迟不开放。

这棵水仙长得从未有过地结实,从来没晒过太阳也绿葱葱的,虎虎有生气。

后来,花蕾冲破包裹的叶膜,像孔雀的尾巴一样张开来,六只绿孔雀停在一块。

每一个花骨朵都胀得满满的,但是却一直不肯开放。

到底是"金盏"还是"百叶"呢?

弗洛伊德的学说已经够让人害怕了,婴儿在吃奶的时期起就有了爱欲。而一生的行为都受着情欲的支配。

偶然听佛学院学生上课,讲到佛教的"缘生"说。关于十二因缘,就是从受胎到死的生命的因果律,主宰一切有形和无形的生命与精神变化的力量是情欲。不仅是活着的人对自身对事物感受着情欲的支配,就连还没有获得生命形体的灵魂,也受着同样的支配。

生女儿的,是因为有一个女的灵魂爱上了做父亲的男子,投入他的怀抱,化作了他的女儿;

生儿子的,是因为有一个男的灵魂爱上了做母亲的女子,投入她的怀抱,化作她的儿子。

如果我到死也没有听到这种说法,脑子里就不会烙下这么骇人的火印。如今却怎么也忘不了。

回家,我问我的郎君:"要男孩还是女孩?"

"女孩!"他毫不犹豫地回答。

"男孩!"我气极了!

"为什么?"他奇怪了。

我却无从回答。

就这样,在梦中看见我的水仙花开放了。

无比茂盛,是女孩子的花,满满地开了一盆。

我失望得无法形容。

开在最高处的两朵并在一起的花说:

"妈妈不爱我们,那就去死吧!"

她们俩向下一倒,浸入一盆滚烫的开水中。

等我急急忙忙把她们捞起来,并表示愿意带她们走的时候,她们已经烫得像煮熟的白菜叶子一样了。

过了几天,果然是女孩子的花开放了。

在短短的几天内,她们拼命地怒放开所有的花朵。也有一枝花茎抽得最高的,在这簇花朵中,有两朵最大的花并肩开放着。和梦中不同的,她们不是抬着头的,而是全部低着头,像受了风吹,花向一个方向倾斜。抽得最长的那根花茎突然立不直了,软软的,东倒西歪。用绳子捆,用铅笔顶,都支不住。一不小心,这花茎就啪地倒下来。

不知多么抱歉,多么伤心。终日看着这盆盛开的花。

它发出一阵阵锐利的芬芳,香气直钻心底。她们无视我的关切,完全是为了她们自己在努力地表现她们的美丽。

每朵花都白得浮悬在空中,云朵一样停着。其中黄灿灿的花瓣,是云中的阳光。她们短暂的花期分秒流逝。

她们的心中鄙视我。

我的郎君每天忙着公务,从花开到花谢,他都没有关心过一次,更没有谈到过她们。他不知道我的鬼心眼。

于是这盆女孩子的花就更加显出有多么的不幸了。

她们的花开盛了,渐渐要凋谢了,但依然美丽。

有一天停电,我点了一支蜡烛放在桌上。

当我从楼下上来时,发现蜡烛灭了,屋内漆黑。

我划亮火柴。

是水仙花倒在蜡烛上,把火压灭了。是那支抽得最高的花茎倒在蜡烛上。和梦中的花一样,她们自尽了。

蜡烛把两朵水仙花烧掉了,每朵烧掉一半。剩下的一半还是那样水灵灵地开放着,在半朵花的地方有一条黑得发亮的墨线。

我吓得好久回不过神来。

这就是女孩子的花,刀一样的花。

在世上可以做许多错事,但绝不能做伤害女孩子的事。

只剩了养水仙的盆。

我既不想男孩也不想女孩,更不做可怕的占卜了。

但是我命中的女儿却永远不会来临了。

1986 年 3 月妇女节写于厦门

选自《女孩子的花》,百花文艺出版社 1992 年

◇ 斯妤

　　斯妤(1954—　)，福建厦门人。散文家，小说家。著有长篇小说《竖琴的影子》，散文集《两种生活》《某年某月》《风妖》《斯妤散文精选》，小说集《出售哈欠的女人》《寻访乔里亚》等。曾获鲁迅文学奖、庄重文文学奖、当代女性文学创作奖等奖项。

心的形式

　　欲有所言,却不知从何开始,如何表达,于是常常呆坐案前,任胸中激情汹涌,心绪翻滚,头脑却渐渐寂静,渐渐连绵成一片空白。这样矛盾的情况近来一再出现,令我不由得倒抽一口冷气:难道我已足够苍老,苍老到连激情也不再燃烧,阴鸷寒冷从脑门旋出,徐徐下降,逐一不容分说地将它们扑灭,将它们化解?

　　而十年前,甚至五年前,激情是常常将我掳为俘虏,将我全身心地摇撼、震荡的。我因它而不眠,因它而颤抖,因它而整夜在稿纸上奋笔疾书,或者神经质地在书房来回走动。

　　而现在,我只会在书桌前枯坐,预谋似的听寒流南下,点点滴滴将激情化为乌有,化作空白。

　　空白连绵久了,心里会蓦地一丝颤动。那是一根尘封很久的弦,被时钟的某一声滴答拨动了。

　　一种过早到来的苍老的目光使我悲哀地看到三十年前。三十年前老屋没有被分割成现在的局促窘迫,三十年前老屋的一楼是宽敞明亮的,一贯到底。其中的两个门与其说是门,不如说是门的形式,我常常在两个门的形式间来回穿梭。外公照例坐在太师椅上,时而看墙上的钟摆,时而看来回的我,末了他会说:你比钟摆还匀称。

　　外公嘲笑我时我就想起瘦削的外婆。外婆静静地躺在那里一片冰凉时,家里到处是哭声。我混沌无知,除了感觉到弥漫在那张床上的冰凉外,我一无所知。事后姨妈们告诉我,外婆走了,到天堂去了。

　　这个答案很好地安抚了我的迷茫与痛苦。我不再那么深切地暗暗流泪思念外婆那干枯苍老却慈爱无比的手了。我知道了外婆的行踪,而且知道,有朝一日我会再见到她,只要我先做好孩子,然后做好人,我就能在天堂和外婆重逢。

　　做好人的渴望是那样强烈,以致我常常将好人的标签慷慨地贴到我所认识的人头上。一些人当之无愧,一些人出乖露丑,一些人无所谓好也无所谓坏。我渐渐不懂好人坏人如何划分。

　　我也不懂好人在坏人眼里是什么。也许什么都不是,也许只是傻瓜一个。

　　只是随着傻瓜的日益稀少,傻瓜也就越难存活。

　　除非他心里总有一个声音。除非他大智大慧,向来明白世界的本质,人生的内核。或者除非他憨愚之至。

　　老屋的二楼有一个不小的阁楼。闽南话称它为"半楼"。半楼有大半个房间大,木质地板,屋顶倾斜,里面堆满了皮箱衣柜,上面覆盖着厚厚的灰尘。

　　家里人从来不上半楼去。外公说它乱,外婆说它脏,舅舅们说它全无用处,只是旧物堆积处。

　　我却对它神往不已。我想触摸它那倾斜的木质屋顶,我想打开它唯一的小木窗眺望下面的湛蓝海湾,我想翻动那些旧衣物看时间已经把它们变成了什么。但我一直没有机会。

　　机会到来时,时间已经又向后翻动了七八年。七八年里外婆外公相继作古,舅舅们逃的逃、走的走。

　　老屋里只剩下我母亲这一支。

　　一个月光当顶的夜晚,我听见一阵吱吱扭扭踩踏竹梯的声音。我穿着睡衣奔出房间,看见一个手擎蜡烛小心翼翼往半楼上爬的女人的背影。

　　这女人扭头看我时我证实了她是我母亲。

　　母亲让我回房继续睡,我很坚决地说"不",然后紧随其后爬上了半楼。

半楼上的灰尘足有两寸厚。母亲顾不上掸它们,便神情紧张地翻箱倒柜。

我贪婪地巡视那些打开了的皮箱衣柜。好多年来我就渴望见到它们。如今它们果然裸露在我面前了。它们是成箱的绣花衣、绣花鞋、珠子拖鞋,镶金边的餐具、茶具等。

最能证明时间流动的是一柜子黑漆剥落,显得斑斓苍老的福州漆器,和一箱书皮书页都已泛黄的书。

后来才知道尽管那几年家境窘迫,外婆却仍然将这些可穿可用的东西尘封在半楼上,是因为它们全是旧时代的标志,而旧时代是已经结束了的。

告别老屋并不像我设想多年的是北上清华去读物理系,而是背着行李挟着镰刀锄头南下到钟子尾当农民。钟子尾的祖厝已年久失修,变成大队的杂物仓库,却仍然拨出几间护厝来做我们知青的集体宿舍。

有一天,护厝的天井里出现了一个疯癫女人。这女人叫阿秀,是队长的妻子,平时沉默寡言面目清秀。有一天,她突然亢奋激昂妙语连珠,说起话来手舞足蹈形同巫师。她爱上了我们护厝里的天井和护厝里的知青宿舍,便一连几天驻足护厝不肯离去。

我当然十分同情她。我当时十九岁,却自信如果我能好好和她谈谈,我便能疗救她。于是,我一连几天不去出工,命令自己不离左右,一定要和阿秀交朋友。

阿秀似乎也乐于和我做朋友。她躺在我的单人床上,眼睛看着对面的我,嘴里振振有词。她目光炯炯,声音嘹亮清晰,思绪却极不连贯。我捕捉她的词语,追踪她的思路,竭力想跟上她,她却总是轻而易举就将我甩下。她像一个冲浪好手,时而在波底徜徉,时而在浪尖跳宕,潇洒自如,好不惬意,而我却像一个溺水者,竭力划动双臂想浮出水面,却总是刚看见陆地便又无可救药地沉坠下去。

几天下来,她宣泄得淋漓尽致,我疲惫得心力交瘁;她春风得意,我萎靡不振。我终于明白,我的自信远不如她的自信,我的能力也远不如她的能力。假如再持续几天,得到纠正的将不是她而是我——她将成功地使我说起话来如她一样手舞足蹈。

事实上在我命令自己放弃努力时,我已感到神思恍惚。

可是多年后我不再分辩就完全同意步她后尘。我把家族传统和清华物理系完全扔到了脑后。我想我之所以置父亲和自己多年的愿望于不顾,之所以成为如今的样子(如今我至少外表苍老憔悴,孤僻怪异,而且常常显得心不在焉),很大程度上是受了阿秀的宣示,说轻点也是受了她的暗示。

在护厝的天井里坐着,蓬松着长发,苍白着鹅蛋脸,双耳别着玉兰花,扣子眼里斜插着一棵棵蜈蚣草,目光如炬神情亢奋的阿秀在我看来越来越具有一种不可思议的美,一种不可企及的神秘的自由。

钟子尾的海滩则是从一开始便不可思议地尖锐凌厉。初冬的凌晨,赤着脚丫扛着扁担镰刀摸黑走下海去真像走向炼狱。正是落潮时分,海水在远远的地方躺着,你看不见它们,但你能感觉到它们。长满海枷椗的海滩裸露在我们面前,要走近它们可不是容易的事,那必须走过一条很长的铺满了锐利矿砂的"海上田埂"。那些棱角分明粗壮锐利的矿砂在赤脚下与其说是沙砾不如说是玻璃碴,它扎得我们鲜血淋漓疼痛难忍。但我们必须忍着,哪怕我们每走一步都钻心般疼痛,我们也得坚忍着,因为我们别无选择。

在烂泥里砍割海枷椗更是可歌可泣的事。手上、肩上的枷椗越多,烂泥就越起劲地将你往下拽,直拽得你惊慌失措,终于知道它太有可能让你没顶,像吞个药丸似的一股脑儿将你吞下。仗着农人的帮助,我终于从险境里逃脱。抹抹额上的冷汗,还是别无选择,只好轻叹一口气,再次弯下腰,挑起那如今已山一样沉重的两大捆海枷椗。

扁担在肩上压着,海枷椗在烂泥里拖着,我跟跟跄跄走出海滩,走上"海上田埂"。这时,天已放光,水渐清冽,我看见前面的女伴每走一步,脚下都飘出一朵血花来。那血花的形状像极了北方冬天窗玻璃上的冰凌花。

这是头一次明白人生要跋涉要承受的太多太多,可以安享可以选择的却那样稀薄有限。

也是头一次明白幸福可以不必富丽堂皇、有声有色。幸福只需一份休息,一点悠闲。甚至只要空着肩,甩着手,在熙熙攘攘的中山路闲逛,便是幸福,便是奢侈。

有一种感觉像山一样沉重,又像空气一样飘忽不定,我有时真切地感到它来了,但很快又感到它头也不回地走了。我无法确切地说出它是什么,但我知道它走后我出奇地冷静,出奇地坚韧不拔。

写过一系列拙劣却连续二百五十二个星期高居畅销书单榜首的丹尼尔·斯蒂尔,说过一句深刻又饱含悲怆的话:

"女人在一生中至少有一次爱过一个王八蛋。"

她说这话是因为女人有太多的爱也太渴望爱,而男人,这个世界上叫作男人的又有太多可以划入她所诅咒的范围。

我常想假如丹尼尔·斯蒂尔预言的错误不可避免,那么就让它在中年时来吧。青年时它会是一道创伤,伤害你影响你直至终老,中年时它也会疼痛,但它很快便会化作养料,滋养你丰富你直至你终于化作纷纷骨灰。

我最没有想到的是在我三十五岁这年还会发生那样惊天动地的事。这件事整个儿把我罩住了闷住了,使我整整一年回不过神来。我提起它来嘴会打战,想起它来心口会一阵阵疼痛。我甚至在很长一段时间里患了失语症。我不知道自己是谁,更不知道人是什么。我也不知道自己能不能恢复语言能力,假如我能,我将开口说什么。我只知道自己一下被掼出了轨道,心像一匹脱缰的野马,狂暴凌厉地在茫茫荒野上奔跑。

我甚至不知道生存有什么意义,人类有什么意义,地球有什么意义,宇宙有什么意义。人类如果只剩下刻毒与邪恶,人类为什么不懂点廉耻即刻自焚?

有一种渴望老在我心底盘旋。它让我透视人类的渺小，人生的无谓。它抹掉尘世虚假的光泽，还它以本来的幽暗与芜杂。它是一个警句，一条格言。是一个质疑，也是一份回答。它是唯一的永恒，唯一的真实。它使我在厌倦的同时能够观照，在沉溺的同时能够警醒。

只是女人是不可理喻的。更多的时候，她听从的只是她的心。当周期性的悲哀重又到来，我知道我会再次沉沉坠落，心一下便抵达那静得让人悚然的最后边界。

这就是为什么事隔多年我一提起笔来仍旧矛盾重重，为什么激情降临时我的头脑一片空白，为什么此刻我要再次重温自己的心，一遍遍地咀嚼造就这颗心的每一份原料。

（1991年）

选自《斯妤文集》，人民文学出版社2012年

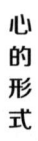

◇秦文君

秦文君(1954—),出生于上海,毕业于华东师范大学。儿童文学作家。著有《男生贾里全传》《女生贾梅全传》《一个女孩的心灵史》《天棠街3号》《宝贝当家》《调皮的日子》《小丫林晓梅》《俞林·留汉》《十六岁少女》《活着的一万零一条理由》等作品。曾获宋庆龄儿童文学优秀小说奖、冰心儿童图书奖、中国图书奖、中华儿童文学奖、儿童文学园丁奖、上海文学艺术优秀成果奖、上海青年文学奖等奖项。

孤独纪念日

有人说回忆过去的生活,无异于重活一次。说实在的,我欣赏这句话,并且常常会在我的那个"孤独纪念日"里重温当时的心境。

那件事始于一场闹剧。在校园里,这一类稀奇古怪的闹剧常演常新,比如某女生的眼镜盒找不到了,最后发现被人扔在垃圾箱里,或是某男生充当好汉从高处跳下,结果磕掉了半颗门牙。而这一次,事态更严重些,是黑板上出现一幅粉笔画,画了些穿裙子的小人,都长着猪头,边上还配着嘲讽女生没头没脑的话。

这绝对是触犯众怒的。一时间,女生堆里开始声讨男生。其中有个姓史的女生,长得人高马大,听说她常常要揍那些看不顺眼的男生,有一次还将两个小痞子的衣领揪住,然后提起来,反正,挺女权的。这位女中豪杰提议在黑板上改画男生长猪头,以示女生不好惹。一时间,应者如云。

我也不知自己是怎么说"不"的,我说这么做无非是给校园增加一出闹剧,还不如暗中学几手男生的开拓性思维。我说到这儿,史同学已经气得五官错位,两只铃铛似的眼里仿佛飞出无数发炮弹。

从那天起,我被神秘地晾在一边。据说史同学背地里给我定了个"叛徒罪",并逐个找跟我有交往的同学说悄悄话。

独自穿行在校园里,那是一种人群中的孤独。我只得为自己定了个"孤独纪念日",一个人咬紧牙关对付孤独。那种害怕被众人舍弃的心情常常在梦中出现。我的感觉糟透了,仿佛原来走的是美好明净的大路,莫名其妙地误入险象环生的崎岖小道。

我开始留意书刊中关于战胜孤独的办法,有一种方法是深呼吸。我甚至还发明了自己编的"深吸舞"。只是那种舞跳起来得做夸张的吸气动作,有点像垂死挣扎。

另一种办法是跟邻班的一个女生学的,她很孤独,并说这个世界不公平,但她干脆躲在心灵的阴影中,把世界看成是敌意的。她看见有人笑,就会说:你为什么不想想哭的时候?看见别人穿漂亮的衣服,就认为这无非是让别人看的。她要是撞上谁在唱歌,哪怕是嗓音出众,歌声婉转,她照旧会说:哪有鸟儿的歌声好听。有一次,我的作文得了奖,放学后,她特意一路寻来,说:"你永远比不上莎士比亚!"

我忽而感到,我永远不要像她那样!我需要友情、爱和人们相互间的携手。于是,我制订了一个计划,每天主动出击,跟一位同学说话,建立外交关系。我没想到,一切都那么顺利,到后来,女同学们交头接耳地竞猜我下一个建交的会是谁。甚至,当我叫到史同学时,她昂着头,大声说:"到!"

我的孤独纪念日就此告一段落,说实在的,我很感谢它让我体验到孤独的心境,它有点伤人,但却太自然了,那是全人类都会有的感觉,因为人既是社会的人,也是个体的人,于是,孤独常常是一种真实的情怀。只是,高明的人往往能走出它。

许多年后我才听史同学说,当初她们之所以排队似的与我和好,除了同学之谊,还有就是她们敬重熬得过孤独的人。

我忽而想起在孤独的日子里倾听风声,在那时渴望着变得完美,以及几近绝望地对友情的祈求,不由喜极而泣:它使我的心灵成熟、净化,并不再害怕孤独,更何况,人与人的相携共进是如此美丽,如此充满契机。

选自《活着的一万零一条理由》,上海文艺出版社 2007 年

◇ 素素

素素(1955—),本名王素英,辽宁大连人。散文家。著有《北方女孩》《女人书简——生命的感觉》《素素心羽》《相知天涯近》《与你私语》《独语东北》《女人心绪》《佛眼》《欧洲细节》《永远的关外》《张望天上那朵玫瑰》《流光碎影》《独自跳舞:素素散文》《旅顺口往事》等作品。曾获冰心散文奖、辽河散文奖、鲁迅文学奖等奖项。

女人书简

你的星座

分手的时候,我们没有说再见。

女人与女人别离,其实也有深深的依恋和痛楚,因为女人与女人之间才有真正的友谊。只是我不懂你,为什么要匆匆离去,一如你匆匆而来?是想让友谊变成一杯永远也流不尽的蜜汁,还是你对外面的世界总感到无奈又总有渴望?

我们都已不再年轻。不再年轻的女人脸上有一种风霜感,心却变得像熟透了的草莓,一碰就会流血。我常常惊异,这样两颗敏感的心,这样两个九年只见过两次面的女人,只靠少数的几封书信和交换偶尔发表的几篇作品,互相就没有失去朋谊,真是一件奇迹呢。

你说,我是你女友中最好的一个。我在痛饮这份爱这份舒畅的时候,情感便飘浮起许多记忆的片段。六年前初春的一个日子,你突然地就停泊在我这座城市的港湾里,我弄不到可以通过那关卡的证明,只有把眼睛贴在涂满油尘的玻璃上,看你一步一步从舷梯挪下,又一步一步从坚硬的水泥路面走来。你走在最后,偌大的岸的背景,印着一个娇小的努力的你,我的心战栗着。我只知道你的腿不好,可我没想到你的人生还要靠一根拐杖支撑着!

在相聚的日子里,我总有一份小心,一种躲避,或许是你察出了这个秘密,或许是你原本就不曾感到你失去过什么,深夜里,我们两个人蜷缩在一只单人床上,讲我们喜爱的女作家,讲只有女作家才能有的细腻和潇洒,然后,又庄严又散漫地构思我们自己的女作家梦。我们还讲爱情。不,欣赏爱情。我们一块儿朗诵密茨凯维支的诗句,我们想象不出一个女人能够爱却得不到爱的温存,或者一个女人不能够爱什么人。第二天早晨,我们并肩站在海边,我很哲学地说,大海没有影子,所以大海没有阴郁。于是那哲学渲染了你,你像个基督徒似的祝福生活也像大海一样透明……后来我才明白,那时你是你五岁儿子的母亲,你正被爱着,所以你觉得生活过分优待了你,你无法报答。你太女人了,太情感了,以至于觉得一时就是永恒。

  从什么时候,你的信变得沉重了呢?丈夫离开了你,儿子也离开了你。你没有说是他不爱你被你发现了其中的一个细节,还是你不爱他终于在某一个晚上得到了证实。你只说,生活这魔鬼在赐给你坎坷之后再车裂你的灵魂……

  在那条破旧的里弄,你找了一间小巢,从此便学会了像世故女人那样用两根尖指夹住健牌或金王爵,学会了像西方女人那样倚着壁炉空口喝雷司令或拿破仑……在你不醉的时候,你也能从你那间小巢的窗户里探出脑袋看看天空,那满天的密密集集,曾使你想起樱花的拥挤,想起穿过云翳的太阳雨,还有草地上的羊群,池塘里曲颈依依。然而,当你把天空拉近再放大一千倍,你便愕然:宇宙里,一颗星有一颗星的位置,大千世界原就没有绝对的亲密。千千万万个孤独,组成了千千万万个星座,于是才有了永永远远的辉煌……你被一种超我的力量震慑得大彻大悟了。

  你喜欢白天也挂着窗帘,你喜欢蓝幽幽的安宁。那是大海留给你的印象。我却觉得你是感到无人对话。文学点儿说,是孤独。但这是一种脱俗的孤独,敏锐的孤独。只是它多少带有点感伤或悲剧意识。我不喜欢感伤或悲剧意识。希望之后是失望,失望之后又有希望。作为成熟的女人,应该全身心地感受希望,沉着地面对失望。人生不就是一支亦喜亦悲的歌吗?你不是说,你已学会了用自己的手把心的褶皱抹平吗?

你沉默了整整三年,才又悄然地来了。已经住进旅社,才慢慢吞吞给我拨电话。你让我突然接到惊喜。我们握手时,你脸上的光晕似乎更显得明媚,衣式也如你的长发般披披散散。

我把你邀到我的家里。晚上,本想安排你早些睡下,可是你突然就像受了惊一样爬起来吸烟。你说,太静了,有外空的感觉。于是我们重又坐起来说话儿。你本不喜欢嘈杂,但你习惯了嘈杂,上海的里弄教会你面对嘈杂。你说,你这几年在嘈杂里咀嚼人生。

我简直不敢相信,你的心已磨砺成这般模样。听着你的叙说,我发现那一段的孤独已使你对世界产生了一种挑战心理,你想把每一个瞬间都拉直、抻长、膨胀开。你不看重遥遥无期的永恒。爱情乃至吃饭穿衣抽烟喝酒还有灯晕迷离的厢座,你都要一点一点惊讶,一点一点品尝,一点一点接受。

可是,不知为什么,我不能模仿你。我是做着梦从大山里走出来的,心只有被自己描写着的时候,才醉了一般温馨。所以,我仍想在现在与未来之间,种植一块开满生命也开满灵感的花园……

等待

同在一座城市,你占一隅,我占一隅,相隔得这么近,你和我之间,我和你之间,却有走不完的路。

刚刚在你的小屋子里分别,我的嘴里还残留着那块冰镇西瓜的甜汁。你给我的感觉,我给你的感觉,仍有咀享不尽的余味。

已经数不清这是第几次走进你的小屋,只记得每次拥抱它的那一会儿,即使把世界给我,我也会婉言谢绝。屋子很小,窗子也很小,可是景致太多,细节太多,富有得要把这瘦小撑破了。

你的小屋子里有一股毛茸茸的女孩子味儿。你把女孩子内心里的秘密昭然若揭地悬挂在床头,牧放在一切可以蹲着站着鸟瞰着的地方。布的,瓷的,塑料的,乃至草编的,各种各样的娃娃,各种各样的小动物,热闹着你心的每一个角落,热闹着你夜晚的每一块梦境。我想,在选择它们的时候,你挥洒了多少天真的笑容呢?

小屋子里仿佛还有一股泉水味儿。你把一束花儿不是插在瓶子里,而是插在洁白的墙壁上,抬起头便以为那儿有一座悬崖。你把那盆有一个人高的文竹萦绕成一只巨大的翡翠酒杯,不用走近,它便灌醉了我的每一根神经。我慢慢坐进藤椅里,忽地就见桌上的玻璃缸里有热带金鱼和花背乌龟在游戏……屋子里到处是自然的颜色,连你的床罩和窗帘,也是一片如泼如泻的葱绿。我想,在构造它们的时候,你含蓄了多少空灵的情绪呢?

记得,我第一次去你家时屋子显得零乱,书和杂志堆成大山。我建议你做三个书橱,其中一个立在床头,专门放每晚必读的杂志,我还给你比画了一个大致的模样。过了很久我再去时,一切就秩秩序序的了。可是你的老父亲已经不在了,只有那些书橱与你共守人生。三个书橱仿佛三枚大面额的金币,你的小屋子从此一天一天增值、膨胀、丰满起来。你常常把两只长臂缠在椅子背上,静静地欣赏着自己点点滴滴筑起来的小巢,心幸福得拥挤。

有一天,我们坐着的时候,我说,天下所有的女人都应该有一间这样只属于自己的小屋。你点点头,目光却很苦。

我知道,你在等待。

你从泰山回来,我以为你采集了一篮子的诗歌。你却皱着眉头说,门全关着,我进不去。我说,你心里装满了,那就等待灵感的手来敲门吧。果然不出多久,你按捺不住地告诉我,你找到了。那天晚上,你宿在玉皇顶,风从耳边吹过,你不敢翻一下身,怕动一动就从山顶滚下来……这感觉多么富有诗意!卓别林说过,静听树叶摇曳声风声的心,是一颗爱艺术爱人类的心。那不就是你的心吗?

的确,灵感并不是经常有。你有那么多漂亮的裙子、风衣,有那么多精巧的首饰、发卡和古玩,还有一台老父亲留下的美国造"圣加"缝纫机。它们使你一个人的日子过得有声有色。有时,灵感还在远处窥视,你反而不紧不慢不慌不忙地静坐着,坐累了你便吃这样那样的水果,你的小屋子里总有一盆洗好了的杏子、桃子、苹果或梨什么的。像诗的起承转合，你把生活上阕与下阕之间的过渡段拉得很长，似乎必得经过这长长的等待之后，你的诗才如一条流梦的河。

你喜欢与朋友倾谈，而且喜欢朋友们是一个一个地来。因为友谊是不同的，你心灵的门扇，要一个一个地打开。没有人来时，你就写信，信写得和诗一样美。那天，你拿一位朋友的来信给我看，他的心情很不好，于是你拿信时的脸色就不好。更多的时候，是孤独。你无法邀请别人品尝这份孤独，于是你就这么一个人自斟自饮。你甚至觉得，不论什么人，不能没有孤独。因为孤独的生活更需要勇气和力量。许多奇迹必须在孤独中创造，如梵高、贝多芬……

孤独是另一种滋味的等待。你曾经体验过，被许多人爱着，却没有爱情。你并不孤僻，不论熟朋友或是陌生人，你都能像小巷里的夏季风一样平易亲近，只是，你仍然等得好苦。你是女人，却无法宣泄女人的美丽。你最会爱，却没有一座大山般的肩膀留下齿痕。你说，假如我望见了那个人的背影，我会披荆斩棘地追去，脚扭伤了，跳着也要追，天下着最大的雨，扔下伞也要追。假如他不等着我，就叫他后悔一辈子……撒娇的你自信的你呀！

看守好你的小屋子，等待的时候，朋友总会一个一个地来。也许爱情永远也不光临，但你就永远等待。

等待最美。

选自《中国散文精品·当代卷》，北方文艺出版社 2005 年

◇ 筱敏

　　筱敏(1955—)，原名袁小敏，广东东莞人，生于广州。作家。作品有诗集《米色花》《瓶中船》，散文集《喑哑群山》《女神之名》《理想的荒凉》《成年礼》《阳光碎片》《风中行走》《捕蝶者》《记忆的形式》《血脉的回想》，长篇小说《幸存者手记》等。

捕蝶者

你去捕蝶。

你爱蝶,这毫无疑问,世上或是没有谁比你更爱蝶了。你研究蝶,珍藏蝶,你是专家,节肢动物门,昆虫纲,鳞翅目……不仅如此。你自信你是蝶的知己,蝶亦恍惚成了你的生命。你甚至反复地梦过化蝶之梦了。

你备好捕蝶网,这种网你有过许多个,有珠罗纱缝制的,也有尼龙网纱缝制的,它们的共同点是轻,软,纤维细而滑,不易损伤蝶翼及其鳞片。网框和网柄已经成了你的手臂的延长,成了你肢体自如的部分。

你把必备的工具缚在腰间,这比装在背囊里使用起来更方便。采集盒,盛装蝴蝶的三角纸袋,书写记录本,铅笔,剪刀,镊子,还有,毒杀蝶类的广口瓶,瓶底放入氰化钾或氰化钠,上面填入一层细木屑,再覆上一层熟石膏粉,滴上少许清水,摊平那一切,再铺上一层过滤纸,以保持瓶内毒物的透气、湿度和清洁。这一切你做得实在精细,像布置舒适的家居,这将是你那些美丽的精灵暂住的宫殿,你把呵护美丽的一切都想得极其周密,你是受过专业训练的。

你出发去捕蝶,只为自己备一顶窄边的遮阳帽和一瓶水,甚至连水也不带,你是古典主义者或自然主义者,还相信蝶群聚而饮水的山溪。饮水时的蝶常常是展翼的,宛若盛放的菖蒲,更闪着娇娆的鳞光。你梦里总听见那样的溪水。

你去往原野,山林,洲屿,最为你向往的,可能是亚马逊丛林。

然而你是要计算旅行成本的,向往总归是未来的事情。"绕篱野菜飞黄蝶",这景色也好,但只是农家的好,那些庸常的菜粉蝶不会惊动你的捕蝶网,它们因庸常而幸福着,安适着,你的志向,绝不在篱笆菜畦之间,你要的是蝶中珍稀。

"晴蝶飘兰径",这是李诗;"穿花蛱蝶深深舞",这是杜诗。① 大诗人像是并不出错,晴蝶这词用得专业,像是知道日出露干方是蝴蝶飘飞的时辰,这正是捕蝶的好时辰。蛱蝶这词就含糊一些,丽蛱蝶?木叶蛱蝶?还是裙纹蛱蝶?自然是很不同的。倘是入诗,蛱蝶固然美,但又何不用公推最美的凤蝶?翅表斑斓七彩,且通身闪耀灿烂的金属光泽。燕尾凤蝶、丝带凤蝶、金斑喙凤蝶、荧光翼凤蝶、碧凤蝶……林林总总,美不胜收,飞舞时异彩耀目,体态优雅,尾突飘逸,如飘带,似轻丝,当风起落,若仙若幻。

你的捕蝶网在操纵你了,神助一般的手感。迎头下网,追尾兜网,网网必有所获。你不必看,便知道猎物在网内了,手腕轻抖扭转纱网,封死网口,网中的精灵徒然挣扎,在你手中逃脱的可能已经是零。

隔着纱网,你清楚地看到你的猎物的处境,清楚地辨别出它们的价值。你一手轻提网底,小心翼翼取出那只眼蝶或蛱蝶,将它两翅朝后并拢,像它停在叶间歇息时的样子,然后用手指在其胸肌上轻轻一捏,非常之轻,然而必须是致命的,你要保持它外观的完整。你感觉到那里有不可挽回的破裂声,这声音除你与它之外,连片刻之前与它双飞双栖的情侣也不能听见。你用质地柔软光滑的三角纸袋把它装好,这是常识,每一只并拢了双翼不动的蝶大体都是三角形的。然而有一些蝶你不这样处理,你不要那胸节间的破裂声,你要一个更完整的标本。于是,你并拢了它的双翼之后,轻轻往它的腹部注射一丁点儿酒精。它在你手中战栗了一下,是挣扎吧?世

---

① 此处有讹误。"晴蝶飘兰径"应为唐代韦应物诗句;"穿花蛱蝶深深舞"应为"穿花蛱蝶深深见",后者更常见。——编者注

界总是遍布着挣扎的,古往今来莫不如此,你将它感受为愉悦就可以了,因为你此时心境实在是愉悦的。它很快就不动了,杀死一只大尾凤蝶只需要0.5毫升酒精。或者你往那柔软的胸腹内注射的是一丁点儿福尔马林,为了保持它活着时的柔软。柔软总是比僵硬更愉悦的,更美丽的。

但若是命运垂青于你,竟然遇到太珍稀的,太宝爱的,战栗的就应该是你了。况且是一只刚刚出蛹的新蝶,双翅还是润湿的,鳞片鲜丽,纤尘未染。现在竟然就在你的网里。你激动得几乎昏厥,眼窝潮热,倚着树干大口吸气。然而你明白此时你不能有半点差错,你不能让这上帝赐予你的精灵有任何一点儿损伤,从胸腹,触角,到婴儿一般洁净的鳞片。

你果断地启用了你的毒瓶。

它即刻就不动了,即刻。这造物的绝世精灵。连挣扎的瞬间也没有,它完美如初。

它是没有痛苦的吧?你想。其实你也没想,你激动得不再会想了。你很少使用毒瓶,它是为上天赐福准备的,你不是庸常之辈,你坚信上天必会赐福于你,你是有准备的人。

你曾经想过生与死的问题吗?从前有一位远方的诗人,悲恸于另一位诗之精灵被凌虐,他要与帝王谈谈生与死的问题。那就像被你捕获了的这蝶之精灵的伴侣,竟从逃亡之路返回来,停在你的珠罗纱网之上,要与你谈谈生与死的问题。你们能以什么方式交谈呢?

你倒宁愿谈谈。你想谈谈美,谈谈你全身心的珍爱,谈谈你的贡献和牺牲,这是你的宗教,你坚信这是世上唯一的宗教,决然的美和决然的虔诚。什么是生命的意义?成为一个珍稀标本名扬世界,还是默默耗损掉美丽终老山林?

你隐身树丛等了许久,那只精灵的伴侣到底没有回来。

你一直想着毒瓶内的那只蝶,它太奇异了,太陌生了,想着它你心跳不已。那只旋盖严密的广口毒瓶通明畅亮,一个宁静祥和的空间,隔世绝尘。你制作的,外缘还带着你的体温。隔着瓶壁你观赏你的猎物,如隔着舷窗迎候你的至亲,每一个细部都激起遐想与回忆。

你还是急不可耐,从背囊里掏出展翅板,这原是回到实验室才会用到的东西,然而你都背在身上了,你是有准备的人。

你不觉中双膝跪地,如同向造物膜拜。你用了一些时间闭目合掌,抑制住双手的颤抖。然后用镊子小心翼翼将那精灵取出,准确地将它的胸腹部安放在展翅板的凹槽里。你小心得胜过帝王的仆从,你内心里纯粹得只余下虔敬。

你取出一支细长的钢针,你们专用的叫作昆虫针的,自蝶的胸背中央插入穿透,将它固定在凹槽内的软木条上。蝴蝶有没有心脏?你是专家,这你清楚。如果有,这一针正好就从它的心脏穿过。谁会听到那破裂之声?只有上帝。而根据经验,上帝总是不在场的。

现在,趁它的翅膀还未僵硬,你用拨针轻轻将它们左右展开,使前翅的后缘与身体成直角,后翅前缘脉与前翅的后缘相称。那宽大透明的翅膜何等完美,翅膜内贯穿的纵脉以及横脉,唯上帝之手能创造出来。刚刚羽化成蝶,还没来得及振翅,还没有经风吹拂。鳞片呈砌瓦状密密排列在翅膜之上,洁净,流丽,鲜亮,没有丝毫磨损。在你的展翅板上,你用拨针为它展翅,是它生平第一次的展翅,也是最后一次的展翅,这或许就叫作永恒吧?它娇艳的色泽之上,覆过一层银质的灰色,像是由外而内镀着溪涧的月光,也像是由内而外渗着绝世的悲伤。

悲伤是美丽的,还有谁比你更懂得悲伤之美呢?更何况是绝世的悲伤?这山林里寂静的时刻,那孑然的悲伤,有谁与你分享?

你用拨针将蝶的触须拨正,左右对称摆在头的前方,轻轻把长纸带压覆过蝶翅的基部及外缘,远远用虫针固定好。这样,蝶翅在干燥的过程中,始终是平整的,不会发生丝毫卷折的遗憾。这是一个绝好的标本。在你珍藏的标本盒里,它将走遍世界,赢得无尽的惊叹。它将永远栩栩如生。它价值连城。它属于你。

现在你掏出记录本,书写编号、采集地点、时间、海拔高度、采集人……蝴蝶名称那一栏你空着。空着!午时的太阳穿过林木,在你周边溅起一道道芒,像在布置一个祭典。这是蝶类专家最辉煌的时刻,你感觉自己如同帝王。那一栏空着,那意味着这绝世的精灵将以你的名字来命名。

你梦想过阿波罗绢蝶、鱼纹环蝶、紫端斑蝶、大凤阴阳蝶……无数的珍品在你梦中自由飞舞,你多么歆羡它们的自由,而捕蝶网长在你的手上,你是不自由的,所以,你半世不得安睡。而你没想到,上天赐予你的,会远远超过你的梦想。

那位远方的诗人来了,带一个很瘦很长的影子,现在他要与你谈谈生与死的问题。还是生与死的问题,而不是美、价值或声誉。你们对峙良久。然后,各自俯身为自己掬一捧山涧溪水。

你一时有些恍惚,分不清那是诗的精灵还是蝶的精灵。然而有一个信念在你是明确的:

你是胜者。

这事实不再能改变。无论它是什么精灵,你已建立了伟业,它已失去了生命。

2002.5.24

选自《捕蝶者》,花城出版社 2007 年

◇张爱华

张爱华(1955—　),黑龙江北安人。记者、编辑。著有散文集《孤独女子》《水果女人》《关于爱情:往错了说》《为足球祈祷》等。散文集《女人的佛》获黑龙江省第六届文艺大奖二等奖、东北第二届文学奖二等奖。

孤独女子

成都望江公园①,是唐朝女诗人薛涛纪念地。

那天,我怎么选择了那样一个孤独的时候去看薛涛呢?以至于我对玻璃柜里议论她的文字格外敏感,生出许多偏颇来。记得当时太阳走了,月亮还在途中,一场纤纤细雨刚刚淋过,天地间呈现出一无所有的凄凉相。我顺着江堤向那扇棕色大门走去。

门内,有薛涛断了炊烟的家。

一个暂时孤独的女子来看一个永远孤独的女子。公园很静,我们可以说说话儿……这时,我看到了那些文字。

就摆在薛涛塑像两侧,四个大玻璃柜,文字摊开来,有些红杠杠蓝杠杠画着。古人谈的几乎全是她的诗。历来文学史上提到唐朝女诗人只提三个人:上官婉儿、薛涛、鱼玄机。晚唐张为著《诗人主客图》,把中晚唐诗人分立为"六主"以排地位,选入其中的女诗人只有薛涛。南宋晁公武的《郡斋读书志》、明末胡震亨的《唐音癸签》、清中纪昀的《四库全书总目》等,都对薛涛诗进行了评价赏析。然而旁边摆放的今人文章,论她诗的少,感兴趣的却是她的身世,尤其是她入"乐妓"的那一段经历。文章从妓字的原始义考证到演变义再考证到延伸义,既想使这个字清白如水又想令它污秽不堪,从中挖掘薛涛的幸与不幸。在这些文章中她的诗似乎是次要的,而澄清她的历史遗留问题则首先重要。莫非薛涛千年之后突然焕发

---

① 即望江楼公园。——编者注

了政治生命？

我摘录了一段：

> ……可见薛涛令人同情的是她在家庭婚姻问题上的不幸遭遇。她追求美好的爱情，却一直没有实现。她和诗人元稹的关系对她来说无可厚非，倒是元稹这个人，在爱情上是不忠实的，容易钟情也容易忘情。我们现在来评价薛涛和元稹的关系以及和另外什么人的关系，不能用封建礼教的模式对她进行不应有的指责。我们说，薛涛不是一般人所谓的妓女……

这里又扯出元稹来！今人的这番考证到底有什么意义呢？难道这也是学术成果吗？一千多年过去了，薛涛的身世早已青草掩映，可是今人仍想通过臆想和推理挖出埋于尘埃中那段古老的真实。今人怎么能够完全理解古人呢？

薛涛，生于中唐，原籍长安，童年随父宦游成都。八九岁即能诗，后来父卒母孀，她已诗名闻外，且好交际。十六岁那年，正值韦皋镇蜀，召她侍酒赋诗，遂入乐籍，终生未嫁。薛涛留下了她的空白，历史留下了它的空白。这空白是条宽阔的河，今人无法搭向彼岸，也不要搭过去。岸上，有一丛一丛的竹子，微风来摇，会碰下泪水……

望江公园满目是竹，竹的阴影弄湿了情绪。慈竹、麻竹、粉单竹、刚竹、淡竹，它们围绕在薛涛身边，可是它们解得了薛涛的孤独吗？也许你死后比你生前更孤独。风过，萧萧竹叶。顷刻，我仿佛看到竹叶们变成一个个小人儿，趴在薛涛脚下替她悲戚。

薛涛是以诗搭起通向后世的桥梁。作为泥肉之躯的她，可能早就幻化为一棵竹，一块风化石，生存过抗争过享受过之后安静了。那竹，那石，立在晚霞落处，对今天的来来往往到此一游的陌生人们以及他们的种种考证、寻觅、议论、争吵，抱着最超然的态度。不自知的不是古人。

死者对于生活没什么遗憾的,派生出无限遗憾的是后人。那天傍晚,我穿行于竹林,感到遗憾的是,虽然薛涛的诗和她发明的"薛涛笺"作为文化被保留下来,但是作为活生生女人世界里的真实东西,哪怕是一方丝绢手帕,一个竹编小篮,一把题诗的香扇,那些使世界丰富多彩的东西都烟消云散了。于是我们便没了任何凭据来长说短论那作为女人的她。何苦呢,她有她的诗在,她以诗为我们勾勒出的细腻的情感大千在。静下心读她的诗,这与其说是对一位女才子的尊重,莫不如说是对我们自己的尊重。

在薛涛像前,我心里翻涌这么多感慨,可是无法启齿向薛涛去说。薛涛永远无语。只有她的塑像,弯弯细眉之下流淌出一泓不在意的微笑。那微笑似乎不是实体,也没有嘲笑的意味,而是一个人经过了各种痛苦、不幸、错误、热情、孤寂突进到永恒之后保留下来的东西。时间,是她脚下的水。她已走入没有时间概念的境地去了。爱情,是水中的泥沙,也不值一顾,她已经蹚过破碎的爱情走向完整。

我不禁赞叹:塑薛涛像的工匠,好深沉!

而浅薄的,是我。

选自《60 年中国青春美文经典》,中国青年出版社 2009 年

◇ 海 男

　　海男(1962—)，原名苏丽华，云南永胜人。著名作家、诗人。主要作品有长篇小说《花纹》《马帮城》《夜生活》《私生活》等，散文集《空中花园》《我的魔法之旅》等，诗集《虚构的玫瑰》《是什么在背后》等。

远处传来了斑驳声

　　一切来自钟声,篷顶及其阴影:它们改变了我们的命运。当我开始面对男人相对无言的时刻,我知道一种隐秘的话语不是声音能够变奏的。1983年春天,一个男人牵制着我青春的影子,谁也预测不了我们的命运,然而我们却开始交往,在永胜县城的苔藓中,我们的脚跟突然湿透了,那些脚底的苔藓滑动时,我知道那向着我漂来的是我不认识的真理,比如一把陌生人撑开的雨伞往下滑落的雨水,它莫名其妙地滴湿了我的视野……而那向着他漂去的则是漫长的尺度,这是一个充满尺度的世界,所以我们忙碌着为尺度,为那向我们漂来的充满猜疑的世界。于是,我听见了什么东西在我们天真的心灵中斑驳着。时间在滑动着,在我们无法站稳的脚跟下滑动着,除了与一个男人在一起,让我感受到心灵的斑驳之外,还有不同的事件也在斑驳着。就像从织机中抽出的纬纱,它不停地环绕我的心灵,然后制造了一系列的假象,最甜蜜的一刹那消失了。于是,我们一次又一次地消耗着生命中的性情,那些从水底或墙壁中传来的一阵又一阵的斑驳声,使我告别了旧场景,又被新的世界所笼罩。

　　2001年的某一天,在大理朝外蔓生的路径之中,我发现了若断若续的声音,渐渐地我已经离它很近,瞧,这就是那堵老墙,它保持自身的姿态让我看见了遗迹犹在,然而,它却在不堪忍受的沉重中开始斑驳了。

　　走到墙边的老人拎着刚从水井中提上来的水,朝着这片斑驳之声走来了。我想到了诗人里尔克的墓志铭,葬于瑞士瓦莱州拉容山附近一座教堂里的诗人,墓碑上刻有他的文章、姓名和一首小诗改作的墓志铭:"玫瑰,哦,纯洁的矛盾,幸勿在这许多眼睑之下睡去。"我想着1926年12月29日逝世的诗人,四天以后被葬于古老教堂的墓地;我想着那座墓地的诗人里尔克的玫瑰,横跨过时间的呜呼声,最宜于在我的耳前发出斑驳之声。因为,我能感觉到在里尔克眼睑之下安睡的玫瑰,它不可辨认,因为它是一个睡眠中的梦境。

墙上的铭文在悄无声响地斑驳着,引领我见过很多世面的语言,它就像最神秘的人一样让我保持身体的灵性,那是牵引我们人生波浪交叠的一种宽慰。面对这堵墙壁,我预感到了什么?我回过头去,一把乐器在远方晃动,触动我身心的乐器跟随一个人已经有太多的时间,那个人是一个瞎子,我不知道为什么历经了许多事情,总是会看见他,然而,他却无法看见我,然而,我深信他已感受到了那堵墙壁,他已经穿过了一片枝杈,朝着老墙走来了,当他的双手触到了壁上的斑驳声时,他手中的乐器哗啦一声掉在地上,他一定触到了旋律。

命如琴弦的瞎子有着他自己的道路,而我离开了那斑驳声,将会到另一个地方去,因为今夜,还有什么生活在等待着我。里尔克墓志铭中的一束红玫瑰早已凋零,任何一个夜晚都会产生斑驳之声,这悦耳之声,也许是越过了痛苦的另一种声音,诗人里尔克已经越过了他的痛苦,而我们在这芸芸众生中,正在越过出生之地,越过我们熟悉的场景,越过迎春花开花的时限,一切的琴弦搭在我们的心灵之上,终结处回荡着斑驳声。在旁边,那个汲水的老人诚挚地生活在她自己的斑驳声中。

选自《我的魔法之旅》,云南人民出版社2018年

◇ 陈染

陈染(1962—),生于北京,1986年毕业于北京师范大学分校中文系。曾任北京师范大学分校中文系教师,后任作家出版社编辑。中国作家协会会员。1982年开始发表作品。著有小说集《纸片儿》《嘴唇里的阳光》《无处告别》《与往事干杯》《离异的人》《另一只耳朵的敲击声》等,散文随笔集《声声断断》《断片残简》《时光倒流》等,以及长篇小说《私人生活》。

我究竟在这艘人世之船上浮想什么

　　不知别人是否有过同样稚嫩脆弱的成长经历，我曾有过这样的一个时期：
　　大约在我十四五岁，也就是李商隐所写的"十五泣春风，背面秋千下"的年龄，有一次，我随母亲到火车站给她的一个朋友送行。那时候，我完全是一个不用大人费心寒暄搭讪的母亲身后的孩子。我已记不得当时母亲和朋友是真心的依依惜别，还是客套的热情。只记得，后来火车发出一声长长的沉闷的鸣笛，那声音在空旷的站台上凄凉地绵延弥漫，夹裹着乍暖还寒时节凉飕飕的小风，剡割在我心上。然后，车身慢慢启动了，客人踏上了火车，向我们挥手告别。再然后，客人挥着手与我们隔窗交错而过，渐渐远去。
　　这时候，不知为什么，我的眼泪忽然就涌了出来，而且莫名地伤感起来。
　　可是，这个客人，明明是我不认识的啊！
　　我站在那里，又尴尬又不好意思。趁母亲忙着与客人挥手致别的空档，我赶快用手抹掉泪水。
　　火车又是一声凄凄凉凉的长鸣，抛洒在渐行渐远的空中，远处黄昏的云朵浓彩重墨，似乎饱含着人世间的离愁别绪，我的眼泪又不听话地流了出来……
　　在后来的岁月中，我又经历了几次同样令我尴尬的场面，我便认定自己不适宜给人送行，便坚决地回避了这样的场面。
　　后来，我知道了我的眼泪为何而流。我是听不得那长长的凄凉的鸣笛声,那沉甸甸的声音,如同大提琴的低吟,古排箫的泣诉,让人凄迷恍惚。人去心空,距离像岁月一样拉远了,像梦一样融化成一片空茫,散淡难辨,恍若隔世。时光如同攥在手中的沙子,多少人世的生离死别、从此天涯的故事,就这样随风飘散了。

以我当时那幼小的未谙人世且善感多思的脆敏之心,怎能经得起那想象中存在的哀婉曲折、回肠九转的忧伤呢?

预习高考的时候,我和同班一个女同学非常要好。高考分数下来后,我得知自己考上了大学,便欢快地跑到她家。当听到她未被录取的消息时,我难过得眼泪立刻涌出眼眶。她倒是个心思宽阔的人,反过来安慰我,并做出匪夷所思的样子,说:"咦,怎么像是你没考上大学呢?没考上的是我呀!"

正是夏天,我在人家院子里的树荫下流了半天泪。眼前是青藤缠绕的砖瓦房,屋檐下碎草叶在夕阳中舞动,树根草汁散发出芬芳的气味,燕子在窗檐下栖居,麻雀在不远处的土堆上觅食……这一切,都莫名地夸张、煽动了我的伤感,我在自己想象出来的分别中,在夏天的清风缠绕的湿漉漉的展望中,说了好多的分离在即、天各一方的话,好像永别似的。然后,在愈发浓重的暮色中心境怅然地走回家去。

其实,第二天,我们又一起跑出去玩去了。

一个青春少女的想象的忧伤,是多么的真挚,那泪水又是多么的不可靠啊!

终于,踉踉跄跄走过了那样一个不成熟的青春期。现在,粗粝的现实早已让人处之泰然。像所有的成年人一样,眼泪似乎被岁月蒸发得越来越少了。

可是,有时候,我依然会莫名其妙地沉湎于浮想联翩的非现实场景之中。

那天,接近中午时分,我在办公室里处理着案头事务。大楼里忽然有人从高层跑下来,说地震了,而且,据可靠消息称,待会儿还会有更大的地震。我慌忙收拾书包准备回家。同事说,你家楼层高,咱们这儿楼层低,不如就在办公室里躲地震。我回答说,我家里还有狗狗呢,它怎么办啊?就是死也不能让它在惊恐中四处撞墙,单独遇难啊。

我一边下楼,一边给好友电话通告,紧迫中甚至忘记了互致什么话语。然后,钻进汽车,狠踩油门。

车子在路面上飞奔,一些思绪也在我脑海中的"轨道"上飞奔、漫溢:

……断壁残垣、连绵废墟中,我家的狗狗三三侧躺在折断的钢筋水泥的夹缝中,浑身是血,小嘴半张着,像是倾吐什么。它的身体已经僵硬,一动不动,只有黑色弯卷的毛毛在荒凉的废墟中随风拂动。它那双惊恐万状的大眼睛用力张大,似乎依然等待着我回家……

这个想象出来的虚设场景,令我万分难过。我丢下它,让它在惊恐无助的、无比信赖的期待中死去,怎么可以!我甚至想,倘若大难来临,譬如战争,譬如不可抗拒的天灾,将使我们的城市坍陷甚至湮灭,假若我们将居无定所、颠沛流离、生死未卜,那么,我首先得抱着三三去医院安乐死,让它在我的怀中安然幸福地睡去,让它裹着我的被子将它和它所有的玩具一起安葬,让它放心地感觉到永远和家人守候在一起。然后,再和亲爱的人们奔赴难以预知的生路。我们是理性的成年人,我们情义深重,我们拥有一定的智慧面对这个世界的残酷和变异。可是,三三,它却不能。

我越想越远,居然想到我们的逃生路上。甚至,想起多年前在《犹太教法典》中看到过的一个片段:两个人在沙漠中迷了路,精疲力竭,出路却在远方。这时,仅仅剩下一瓶水是他们活下去的生活资料。倘若分享的话,两个人将会一起死在沙漠中,同归于尽;倘若留给一个人的话,这瓶水将会支撑他活着走出沙漠。在讨论这个情景时,有人说:"宁可两个人都死去,也比一个人成为他同伴之死的目击者要好。"另外有人说:"保持自己的生命,优先于他人的生命。"

我一边开车,一边迅速地抉择着:从理论上,后者的言论是成立的;但是在感性上,我坚决地选择前者,哪怕是愚蠢的。

就这样,我一路浮想联翩,思绪万千。

回到家中,三三热烈地扑向我,我像灾难过后的久别重逢一般,热烈地拥抱三三。

其实,一切风平浪静。

直到现在,什么也没有发生。为此,我们感激上苍的厚爱。

现在想来,我大概是个很善于在想象中勾画凄凉前景的一个人,奔逸的想象如同一只不成熟的马驹,完全无视现实这个大草场上的游戏规则。虽然现在,我的年龄和阅历早已稳稳地伫立在这草场的边缘成为牢固的栅栏,守护着那匹风驰电掣的思绪的"马驹"适可而止,理智如同缰绳,适时地把现实的场景拉近眼前。可是,早年遗留下来的想象的"痼疾",像个贪食的喜欢偷吃零嘴的小孩,一旦那个"天穹"在我的脑中张开,它就会伺机而动,出其不意地来临,让我这个拥有足够理智的成年人猝不及防,然后疲于收场,而又无可奈何。

每当我说服自己,用现实的"补丁"遮住头脑中那个伺机敞开的"穹隆"时,我又会反过来说服自己:人世之船承载着我们,使我们在人生的远行中铸造了坚硬而庞大的理性;但是,我为什么不可以偶尔地"纵容"自己一下,在这艘巨船颠簸的倏忽间,在满天星斗的夜晚或者一缕低垂的粉红色的朝霞里,暗自沉湎,浮想联翩呢!

这,并不妨碍我确认自己在航程中的现实的位置啊。

选自《谁掠夺了我们的脸》,作家出版社 2007 年

◇ 曹明华

　　曹明华(1962—　),上海人。毕业于上海交通大学,后赴美留学。著有《一个女大学生的手记》《世纪末,在美国》《才华横溢的念头》《生命科学手记》等作品。

更为富有的一刻

在过去那段日子里,我们通了多少信?七十封?八十封?
这位常带着微笑的神秘使者!

是的,他递到我们各自手里的,往往只是一张连称谓都不题的潦草的纸,或是几句满不在乎的对答。但不易察觉中,却捎走了各自的隐秘,迟疑而固执地,走进了对方的心里。

她信服于自己的敏感,她曾本能地抵御过某种暂且还不愿萌生的情感。而你——却以你不卑不亢式的豁达大度,以你积极乐观的生活意念和率直而强有力的个性,巧妙地征服了一颗不能算不顽固的心。

应该,我们彼此间都感觉到一个微妙阶段的开始的,但似乎是一道来自远方的默契——就这个话题,却始终维持沉默。

就她的某种程度的浪漫而言,你是实际的;与她的某些方面的幼稚相比,你是成熟的。而你,却也几乎可以愉快地忍受——(虽并不怂恿和参与)她的那些漫无边涯的幻想和涉世未深的天真……她甚至不得不怀疑,你是只为她性格设置的,一服硕大无比的"缓冲剂"。

有多少次,她将她的激动,她的兴奋或是她的烦恼,默默地在心里向你倾诉。

然而毕竟,她也泄露出自己的冲动。暑假的第三次会面,便是她约的你。

"找我,有什么事吗?"

这是我们相互间惯用的伎俩了。

可为什么这次听来,却格外伤她的自尊?她抿一抿嘴唇:

"我是想来告诉你,下学期,不再给你写信了。"

"那好啊!"你差点儿笑出声来吧?"可省我每月两元邮票钱啦……"

你急于去北站接一位女同学。我们匆匆辞别了。

这一晚,她辗转反侧了半夜。

为矜持的崩溃?为孤傲的变形?她深深地羞愧……也许,还因为一种朦胧的酸楚和莫名的伤感……

为了挽回她的自尊,必须,失去你!——这是她当时几乎没有动摇可能的意志。

后来,她还想了。

是的,她后来想的似乎已不是这些。

她是在回想,已经度过了三年的大学生活。

一个善于幻想,富于激情的小姑娘,渐渐地长大了,也应该已经长大了!不过,她为什么总像一团飘忽忽的云彩,或者一个任性的旋涡,生不下根地走啊走啊……对于真切的生活,想过很少。还有爱情,她始终还不太相信它已经从浪漫小说上溜了下来,跑进了她的生活里……

以前,曾有谁说过,含苞欲放的少女有的,是一种本能的矜持,而当她一旦将生命中最圣洁的花朵呈献给所信赖的"他"时,便表现出全部的柔弱和极强的依赖性——

"……要有一双坚实的手,理一理我鬓边的忧;要有一道宽阔的肩膀,能靠一靠我疲倦的头……"

"女性所有的弱点你都有。"你的那双略带近视的眼睛,曾欲将她望穿似的注视过她。

而如今,她也第一次散开疑虑的目光,苛刻地审视自己了。

——是你,给她带来了灵魂中的充实感和富有感,但同时,是不是还带来了陶醉中的懒惰、满足后的慵散呢?……她知道,你也是在无意中掠走了本属于她的生气勃勃的奋发,掠走了她在她那些纯真的伙伴们中间寻觅友情的渴望……

记得有一次,她和一位同学曾对泰戈尔的两句诗大感不解:

"生命因为有了爱才有价值。"

"生命因失去了爱而变得更为富有……"

——逻辑的矛盾?疏忽的错误?但她们最终还是尝试着解释了:

前一个"爱"应是广义的,它包括对大自然,对事业和对众多生灵的挚爱。

后一个"爱",许是指狭义的情爱吧!当一个稚气未脱,洋溢着激情的青年人一旦坠入情网,便容易以为爱情就是自己的全部世界……反而,在失去的痛楚中,却往往可以恍悟原先的狭隘……而当他和更为广阔的天地互相占有之后,他也就变得更为富有了……

你终于疑惑了。

因为,她真的没有再给你写信。

也曾经有一次,你不知为何惹恼了她,她就曾气呼呼地冲你说过:

"我真的不睬你了!"

"是吗?"你闪烁着莫测的微笑,"据说,有一个人想不再睬我,而且还是真的……"

可这次,真的是"真的"。

终于,你也"真的"觉察了。不过,你仍以你充沛的自信,施展出你固有的机智和幽默。而她,需要以最大的努力克制自己,保持着最忠实的缄默。于是,在第三封信里,你竟流露出少有的认真。

"是我的什么过错伤害了你吗?假如,我确实说错过什么话,做错过什么事的话,我想你是会很善良地原谅我的,对吗?"

你不愧为懂她的性格的。

可你毕竟并不知晓此刻的她:

"我们都没有过错——我,还有你。我只是想摆脱我自己。假如说，当时，我对你曾有过生气，那么现在，只剩下了一点点感激——因为是你提醒了我。"

是的，是你提醒了她。

——尽管是以一种不太近情理的方式，叫她颇不愉快接受了的方式。

但她仍要感激你。

因为你提醒了她的自尊的价值，提醒了她的那些不值得炫耀的弱点，提醒了她——还属于应当更为富有的年龄……

是的，她还需要等待。

等她较为成熟一些的时候，

等她更能把握自己一些的时候。

选自《一个女大学生的手记》，上海文化出版社 1986 年

◇黑孩

黑孩(1963—),本名耿仁秋,生于大连。著有《夕阳又在西逝》《秋下一心愁》《樱花情人》《女人最后的华丽》《故乡在路上》等作品。

两个人的站台

将你将一大群人送至火车上后,我的心怦然碎裂了。模糊的窗玻璃中,你也许没有看见我的两眼是噙满着泪水的。万千的苦痛那时一下子汇到我的心底,有什么话好说有什么话可以说呢?你分明也是流着泪上车的呀。

一路上,我的泪水是极淋漓地涌出来的,那淋漓的感觉中确乎又是隐藏在深处的灵魂,是猝然奔放的激情,正如你的话,是一种光辉的苦痛。就为了这,我也许可以说,世界上最深刻的东西我们都拥有了。

却难免盼你的信。焦灼地想象着无论如何要等着接到你的信再写字与你,哪怕那时候会有二封甚至三封的信寄与你,也宁肯集成一大捆一下子甩给你让你欢喜的。

却终是忍不住。

便想居住在覆盖着洁白的冰雪的东北小城中的你。

记得你行前对我说过的话吗?你问我能不能想象你在东北小城的日日夜夜是怎样的一个情形,你问我能不能在分离的时期内常常想到在东北小城中有一个时时刻刻眷恋着我的小小心灵。那时刻我是以沉默回答了你,那时刻我是站在熙熙攘攘的站台里,心神专一地看着手腕上的指针如何一点一点地滑落下去,我那时是感觉心旋转起来且被一大群一大群的人走马灯似的轮流占据着。你那不安宁的来来回回走动的身子,映在那时刻的我的眼里,看起来真像浮游的魂的影子。那时我就想回答你,你所居住的小城一定是我心中最冷清、最寂寞的地方。因为有爱才会有天地呢。

你知道吗？我这样想象着你时，是在一间古老的集体宿舍里，躺在一张许许多多人曾经做过许许多多梦的大木板床上，我极感谢你让我在这样一个宁静的时刻，从记忆的温田里拣回一片一片关于你的我的我们的世界。这时候，我真想看见你并握住你的手，只要静静的什么都不用说就够了。然而，你也许正转侧在梦的呓语中吧。

那天火车启动之前，我看见车头处一下子缭绕起一片煤烟，你的眼睛在一刹那间涌满了泪水。我突然醒悟过来，你这是决意要离我而去了。看着深棕色的羽绒大衣裹着你瘦削却宽阔的身子，看着你滚流着泪水的面颊上竟浅印着蓬松的微笑，说什么我都不能够忍受下去了。我将两只手的手指撑开，捂到眼睛上捂到面颊上，在车窗外向车窗内温柔灯光下的你扮着小孩子的鬼脸。你哪里知道，泪水已瀑布般从我的面颊上倾泻下来了呢。那时刻，车轮发动起来的轰隆轰隆的声音从指缝间爬了进来，伏在我沾湿的肌肤上沾湿的灵魂上模糊了我的感觉。我那时真觉得从眼前疾驰而去的列车上每个窗口处模糊的影子都是你，都是你在用哀怨的泪眼无可奈何地盯视着我。似乎站台上只有你我一样，我毫无顾忌地痛哭起来。

现在想一想，你一定到达那座覆盖着冰雪的小城了吧。我和你相距的怕是愈加遥远了，你的影子印在我的心上，宛如一丝淡淡的紫丁香微语一样跳动着的忧伤。我无论如何忘不了你上火车前猛然转向我的泪眼。有一句词是"满袖啼红"，个中滋味直到这时我才真正明白了。

真的，当现在我被一团不可解的丝线缠绕时，我忽然知道了，原来我们在一起时所做的那些放浪的行为以及分离时悲戚的泪水，却都是今日美好的安慰。

我还要告诉你，你走后的第二天，我所居住的北京城也下雪了。雪花很大，走在雪地上时，脚板处咯吱咯吱的声音使你的整个身心都充满了柔静的轻音乐一般。而我真正从内心更觉得这大雪分明把你所居住的覆盖着冰雪的东北小城延伸到我所居住的北京城了呢,我与你是同在一个世界的。就因为这,我眼里的白茫茫的世界便闪烁出一种夺目的光彩。恐怕人生的什么什么都是这样的,只要有了爱,天地就永恒久长,天地就另换一种色彩。

不是吗?当你一边忙着携行李一边忙着上下车,随着潮涌般的人流上去下来,再上去再下来这样反复无止时,你不正是盼着通过这些小小的站台最终达到所求的目的地吗?!而且,就在小小站台里你我两个人的离别中,不也真的隐藏着许多可歌可泣的故事吗?!

真心地愿你在这充满了爱的曲折的人生中得到永恒的骄傲。

选自《夕阳又在西逝》,安徽文艺出版社 1991 年

一路平安

这天,是我从大连返京的日子。清晨,霓虹灯光射到我的脸上时,我由辗转的夜梦中醒来。

母亲正坐在我的身边,蜷缩的身子拥着棉被。母亲低声对我说:"早点起吧,收拾好东西,吃过饭,从容上路。"

说完这话,母亲就穿衣去厨房了。

小屋里剩下我一个人,沉寂似夜幕般阴冷且清悠。我听见耳畔手表走动的声音,极威严又极冷涩。

前天自京城回到家乡,为的是念着母亲的孤单,想不到离开母亲时,会是这般的疲倦这般的害怕。这种相聚的机会极不易得,随便哪个时候,找个探望母亲的借口,又是十分的难了。我搏跃的心,紧紧地打着死结束缚起来,不敢漂泊,怕的是似乎每一块地方都有母亲踽踽的目光注视着我样。多少次了,早想将这一种心境写出来,缄与母亲,但每每只蕴积在心底的深处,愈积愈厚。

数不清母亲的银丝又添了几许。母亲一天一天地老起来,看上去已是相当的老了。在这样一个温馨的黎明,在这样一种纯洁的灯光下,多想在母亲柔软的怀里多待一会儿,让母亲得到那又懒又醉的快慰。惭愧我终免不了这远离母亲的分离,暂短相聚的欢乐平添上分别的惆怅。

吃罢饭,我希望我一个人独自悄悄地走,希望母亲任我去一如母亲该忘掉我有多好。孰料母亲硬是不许。母亲从未去车站和民航送过我,但母亲这一次却执意要送我。母亲!母亲是惦念我一个孤独的女孩,走那样长那样黑那样孤寂的夜路呢,真不知母亲知道不知道,她自己已是走路都颤巍巍的老人啦。可怜母亲期冀于我的,竟是这般小。虽然我能将全部的灵魂和情感供母亲驱使,独独就无力免除母亲这般小的忧虑。在母亲的心上,我该是浅而弱的。

我和母亲在清晨寒冷凄迷而又寂寞的道途中。母亲的脚步摸摸索索。我挽着母亲的胳臂,挽得很紧。淡淡的光下,能看见移动的双影。我一路无语,母亲也一路无语。几次想开口又不知说什么好,母亲不说话,怕也是这样情形。然而,我哪能安宁,我哪能安宁。我想到我上了车后,母亲要独自返回的这一段孤寂而漫长的路。母亲老了,记忆力不好,该不会走失了方向回不到家吧。

我将我的担心说与母亲,母亲笑了,说我十分痴呆。母亲的笑声碎片样镶连在我的心里。真想问问母亲,世间为什么有这许多绳结,死死地牵系着呢?

我和母亲到民航的大门口时,天色尚黑,时间尚早。夜幕中远远望着母亲要独自返回的路,苍黑中似隐着极深极静的神秘和不安。

"妈,我再送你回去吧,时间还来得及。"

假如母亲理解我的这句话。母亲确是理解这句话的。

"你真的不用担心,我认得回去的路,平日天暖的时候,我常走这路到那边的花园去散步。"

母亲这话的声音一下子一下子敲击着我的心,有弦声回旋。我的心愈发的沉静愈发的庄严凄怆。看着母亲,我再次无语沉默着不知说什么好。与母亲相比,我所不能比拟的,是母亲那永远的平和、神寂以及幽深。

听到汽车的鸣笛声,天已微亮,但觉还什么都没有说,时间已流逝得来不及了。我怆然上车,抢邻近母亲站在那里的窗边坐好。母亲站在几个送行的人中间,看上去很有勇气,昂着的头似有对万人演说的气概。我不知说什么好。不知说什么好。

车准时启动向机场方向驰去。母亲的身影渐渐模糊。我打开车窗,将头探到窗外,看母亲随车走动的姿势。母亲似在追逐捕获什么似的,且突然用力挥了一下手,像要抓握住什么。时间的流逝是这样快!母亲的身影已全然不见。

终于避开母亲的目光而暗自流泪,这确是十分悲痛的。但不知过了多久,一种挣扎的音乐声悲哀地触着我的心了。是司机放的录音,放的是《魂断蓝桥》电影中的主题乐《一路平安》。真的,听到这音乐,我的心竟觉得有些微醉了。母亲,你知道这个世界怎么会这么伟大吗?你知道这世界窥视着我的隐秘并潜隐着一个爱的深海吗?《一路平安》幽隐的默祷一直融化到我的心里,我的泪水淋漓起来。

母亲,一路平安。一路平安!

选自《夕阳又在西逝》,安徽文艺出版社 1991 年

◇ 梅卓

　　梅卓(1966—　)，青海人，藏族作家。著有中长篇小说《太阳部落》《月亮营地》《佛子》《青稞地》《庄园》等，已出版小说集《人在高处》《麝香之爱》，散文集《藏地芬芳》《吉祥玉树》《走马安多》，以及散文诗集《梅卓散文诗选》《土伯特香草》等。

伊扎三题(节选)

故乡情结

1992年秋天,我陪母亲回到故乡伊扎,伊扎坐落在青藏高原东部,是个半农半牧的美丽地方,我父母就出生在那片山地中。在那里,他们度过了童年和少年时期,我则出生在祁连山南麓的浩门小镇,距伊扎有千里之遥。

但我对伊扎的向往却从没有因为遥远而中止过。记得儿时常有乡亲来,他们从褡裢中取出新鲜的糌粑和嫩绿的豌豆,同父母聊得不亦乐乎,我便依稀觉得,他们来自故乡,来自那个名叫伊扎的地方。

第一次回伊扎,是在6岁,记忆里一辆小得不能再小的毛驴车载着全家,朝着北方,朝着高处行走,迎面而来的陡峭与曲折,使人感到回乡之路是那么遥远而漫长。

此后的20年间,我不知自己都在忙碌什么,直到这年的9月,我突然决定陪母亲回一次伊扎。那条山路依然嶙峋,但不像儿时那么令人恐惧了,6岁的记忆,只是小毛驴车和冬天的悬崖。那会儿刚过藏历新年,我蓦然想起,我和姊妹们捧着拜年的糕点,在迷蒙的清晨,摔倒在那条长长的冰河上……

终于,能够再次走进亲人种植的青稞地,再次瞻望家乡的玛尼堂,当我接过老人递上的能够转动经筒的牛皮绳子,半跪在那架巨大的玛尼经筒下时,心里有种与世隔绝之感,我双手拉起绳子,玛尼经筒就咿咿呀呀地转起来了。

转起来的还有我的一直沉默着的知觉，原来，这就是令我魂牵梦绕的伊扎。我的血缘是这样遗传下来的，我的骨子里有着这么多的祖先的荣耀。

我喜欢桑烟。喜欢看家乡的老人供上七盏净水，点燃长明油灯。这种淡泊与虔诚是与生俱来的，我的身上也有。

那时，我坐在高高的河岸上，看村里的孩子嬉笑着从身边经过，他们牵着毛驴去河边驮水，然后鞋子湿湿地回来，那样子似乎很快乐，而我却面对夕阳留在伊扎的山巅之间的一片通红，无话可说。

高原的冬天是漫长的，但是当我从冬季走出，竟有了一种类似农人丰收的喜悦，虽然夏季未到，秋天尚远。我发现无论生活在什么地方，什么环境，都无法改变我的血缘和情感。我想，这可能仅是一个现代人的故乡情结所致。

选自《走马安多》，青海人民出版社 2009 年

◇ 潘向黎

潘向黎(1966—),福建泉州人,后移居上海。作家,高级编辑。著有小说集《无梦相随》《十年杯》《轻触微温》《我爱小丸子》《白水青菜》《穿心莲》,散文集《茶可道》《看诗不分明》《如一》《万念》《红尘白羽》《纯真年代》《相信爱的年纪》《局部有时有完美》等。曾获文汇报笔会文学奖、上海文化新人称号、首届青年文学创作奖、第十届庄重文文学奖、鲁迅文学奖、冰心散文奖等。

别院看花事外心(节选)

灞柳凄迷

　　第一次到西安。出咸阳机场到西安的途中,经过渭河,我惊问:"就是泾渭分明的那条渭河吗?"司机笑着说是,我又问:"泾河在附近吗?"司机说在北面几十公里吧。第一个反应就是:居然是真的!泾渭分明,这个听惯用熟了的成语,居然在我面前还原成真实的、活生生的河! 我知道司机觉得我有些大惊小怪,可是"司空见惯浑无事,断尽江东刺史肠",许多景致许多事,当地人对它们的美早已有了免疫力,而对于异地他乡的来客,尤其是第一次接触到它的人,却是有着致命的吸引力和冲击力的。

　　此后我眼睛看到的,耳朵听到的,在地图上发现的,都是那些在历史书上大名鼎鼎,在古诗词中反复咏叹的名字:长安、骊山、马嵬镇、辋川、蓝田、终南山,还有——灞桥。

　　灞桥。一听到这个名字,就像一只灵活的手,在我身体里的一张琴上一挥,拨响了许多琴弦,余音袅袅,久久不息。

　　在车子经过灞河的时候,我睁大了眼睛,唯恐错过了什么。然而,只有河水在静静流淌,有几株柳树,此外一片荒凉。据说,被水淹没了的古桥墩,在枯水季节还能看见。千年灞桥之所以依然湮没,是因为资金问题无法解决。于是,关中八景之一的"灞柳风雪"只能在纸上飘舞,今人也无从体会作为离别伤怀的同义词的"灞桥折柳"。

可是这儿依然是灞桥,是任何一条其他的河,任何一座其他的桥无法代替的。因为,早就知道,唐代习俗,人们由长安远行时,亲友相送,西面送到渭城,东面则送到灞桥,然后折柳相送,依依惜别。然而,使灞桥在我心中如此不可代替的,不是因为这些习俗,而是仅仅因为一首词,堪称千古绝唱、词中巅峰的一首词。它就是《忆秦娥》。

"忆秦娥"中的秦娥,应指秦穆公之女弄玉,就是和丈夫萧史吹箫引凤的那一位,但在这儿显然语带双关,陕西古称秦地,"秦娥"可以理解作秦地的姑娘。

箫声咽,秦娥梦断秦楼月。秦楼月,年年柳色,灞陵伤别。　　乐游原上清秋节,咸阳古道音尘绝。音尘绝,西风残照,汉家陵阙。

这首被誉为"百代词曲之祖""关尽千古登临之口"的词,摆脱了单纯的离别伤感,赋予了灞桥多么悲凉的色彩,多么深沉的时空意境和多么空阔的沧桑联想!正是这46个汉字给了灞桥灵魂。

这样的一首词,它的作者却至今不明。有人说是李白,大概是因为它实在太精彩了,除了李白这样的天才很难想象还有什么人能够写出来。可是以这首词在形式和艺术上的成熟和悲凉意境而言,都不像是生活在盛唐时期性格豪放的李白创作的。

我凭直觉相信另一种说法,这是一位无名词人所写的。词意也不是怀远或者思乡,而是在唐朝衰落或者灭亡的时候,面对家国残破,宫阙荒废,感到一切都像云烟一样过去,为不可挽回的王朝气象、繁华和梦想而写下的一曲挽歌。为什么一定要在成名的诗人中寻找作者、费尽心机呢?不是一位以此为业的"专业作家",就不能出乎真心真性,抒写了一个时代巨变时的生命个体的心灵创痛和人生感受吗?也许他本无意写词,只是情郁于中"忍无可忍",把一生的经历和感慨化作了这样的一首词!如此厚积薄发,怎能不造成超强的艺术感染力,获得了后人的强烈共鸣?

一千多年前的那位词人啊,不管你是旧时王谢还是一介草民,不管你拥有一个什么样的姓氏,我在灞河边为你再次击节,为你大声赞叹,向你顶礼膜拜!

听说不少人都在呼吁重修灞桥,可是我对此却是漠然。不是不想领略昔日情怀,而是不相信一切可复现。这当然不仅仅因为今日的灞桥已经不复送别之处,而是时过境迁,世风、人情今非昔比,灞柳风雪的神韵已不可追寻。一座新桥,再栽上一些柳树,不过是又一处假古董或者一个新建的公园,能唤起多少美感和想象?失去的就是失去了,与其用拙劣的仿冒来破坏想象中的美,不如真诚地追忆和怀想。美和境界都是人力不可强制的。劳师动众地复现不可复现的东西,不如就在原地立一块碑,刻上"灞桥遗址",反面就刻上这首《忆秦娥》。且容来此凭吊的人各有所忆、各怀所思,让那千年"灞柳风雪"在心里飞扬,凄美动人。

选自《中国现代新人文散文二》,山东文艺出版社 2005 年

◇ 葛水平

葛水平(1966—),山西沁水人,作家。已出版中短篇小说集及中篇小说有《甩鞭》《地气》《天殇》《狗狗狗》《喊山》《守望》等,散文集有《心灵的行走》《我走我在》《河水带走两岸》《走过时间》《好生活着》等,获得过"人民文学奖"、《小说选刊》优秀作品奖、山西省第二届赵树理文学奖、鲁迅文学奖等。

看 戏 去(节选)

一

想起春天便想起桃花挑开的月色,一壶热茶退隐到呼应的气息之后,一群女子挽腰搭背吆喝着看戏去。

戏在民间,让历史有一种动感。大幕二幕层层开来,开,好端端的历史开合在人间戏剧里。乡间的风花雪月都是在舞台上和舞台下的,舞台上的行事带风,一言一行、一招一式程式化,"上场舞刀弄枪,张口咬文嚼字","台上笑台下笑台上台下笑惹笑,看古人看今人看古看今人看人"。

过去的人说,台上是疯子,台下是傻子。疯子和傻子的世界是虚拟的,两种人的世界会让历史变成精神性的瘫痪,会回到舒服的、基本妥协的生活中去。戏剧在夜晚的舞台上逗历史开心,都知道是假的,可生活就是偏偏喜欢假模假样,不管理由是什么,假让人联想到掩饰技巧的日臻成熟。戏剧是人唯一用来对抗真实的工具,并得到大多数人的认可。人的感官和精神之间存在某个桥梁,有时达到出神入化的程度,并暗含了江山的分离和愈合。

《三堂会审》苏三受审那场戏中,潘必正问:"鸨儿买你七岁,你在院里住了几载?"苏三答:"老爷,院中住了九春。"刘金龙①问:"七九一十六岁,可以开得怀了,头一个开怀的是哪一个?"苏三答:

---

① 此处"刘金龙"应为"刘秉义"。——编者注

"是那王……啊郎……"苏三那兰花指一翘,那些花荫月影下,照他孤零,照奴孤零,轻弹浅唱出奴给你的温柔就全部涴出来了。

那是"情"之一字贯穿古今的热闹啊。兰花指,挑拨岁月的一种味道。兰花指,纤长而优雅,举手投足间便有了一种情绪、欲望的指向。我极喜欢那一翘。在古代,翘兰花指是男人的专利,是他们显示男子气概的标志,如今,男子极其单调且流于僵直的手势,怎么看都缺失了一种内敛的气质。

戏是用来教化人的,看戏的人很容易看出戏剧人物的深刻。历史中的吕不韦是大流氓,流氓的行径都出自一个套路,偷而奸。说他是大流氓,是因为他钓得一个难得的女子,这个女子生了一个皇帝,不是一般的皇帝,是始皇帝。好像没有后来者,有偷而奸者,没见生出过皇帝。帝王家的史料并不能直接产生艺术感染力,它必须经过戏剧化转换之后,才能作用于观众的情感,吸引观众的感性关注。

真或假?"以史说为内核,以戏说为外衣",说是"戏",可人人都相信始皇帝的爹就应该是吕不韦。我一直觉得吕不韦之后再没见过超越他的商人。吕不韦画像中,大多把他画得很丑,奸诈干瘪的瘦老头儿,太卡通,有点无厘头。人不及的人,都会产生厌倦、妒忌,站在矛盾中,以虐待来享受那些优秀者。其实,古时选拔干部大都要相面的,做生意也一样。戏剧中的吕不韦和始皇帝相比有极大的反差,很戏剧,反而有点伤了历史的筋骨。

人总是喜欢选择性地遗忘,这几乎成了一个定律,于是,秦始皇成为秦国称霸天下的一个绝好范例:凡是有本事的人都没有一个正经出处。

二

除了演绎历史,戏剧脸谱也好看,来源于生活,也是生活的概括。生活中晒得漆黑、吓得煞白、臊得通红、病得焦黄的人脸,在戏剧中勾勒、放大、夸张,成了戏剧的脸谱。关羽的丹凤眼、卧蚕眉,张飞的豹头环眼,赵匡胤的面如重枣,媒婆嘴角那一颗超级大瘊子等,夸张着我们的趣味。不管怎么说,历史都是一张面具,戴着面具离审美才会很近。

从前的舞台上没有麦克,声音不装饰,将自身作为人物的一部分,尽量让音乐从人烟当中响起,那热闹糟乱到极致,现在不是了,变幻多端的灯光让戏剧花里胡哨。我很迷恋戏剧里的戏文,有时候听一段唱,不无寂寞地面对着空无学两句。在一个时间段上,我觉得只有戏剧才是人性的,一个熟悉的故事,一定不要给观众以陌生的感觉,舞台始终处于居高临下的位置,它看到的一切生活和一切艺术都具有纯朴的性质,都具有观众不被政治染指的生活气息,那是真实的生活,真实的生活是戏剧化的。

看电视,我只看戏剧频道和少儿频道。《功夫熊猫》看了好几遍,每琢磨熊猫有那么细小的一个爹就想笑。美国人不违背科学,鸭子是生不出熊猫的,可不排除收养。鸭子期盼熊猫能够梦见面条,但终究熊猫梦见的是功夫。这里有出身论,本来就是娱乐的,所以进一步阐释是没有意义的,因为出场人物活动在我们头脑中是中国式的。熊猫为什么会梦见功夫?原因只有一个,那就是熊猫身体里本身就蕴含着深厚的功夫基因,它的身体里不可能是汤汁。

中国民间有句话:我不是吃素的。可熊猫是吃素的呀。戏剧化就出来了,可以想象,一个熟悉的事物,给它以陌生的感觉,将变得如何奇妙!

三

历史上乱世英雄,都是来历不明的飞贼,都是由戏剧演绎出来的。

《林冲夜奔》一出戏养活了多少后来人。林冲身为"八十万禁军教头",一夜之间被高俅以莫须有的罪名,褫夺了一切——功名利禄、妻子家庭;一夜之间不仅变成了赤贫的无产者,而且被脊杖、枷钉、刺颊,流放两千里外的沧州,看守天王堂和草料场。昔为天上,今入炼狱,前后反差之大,想必林冲感慨切肤。但是即使如此,林冲也并没有"反"的愿望,而是安于命运,只求存活。直到陆谦等人要害他性命,林冲才奋起反抗,杀人逃亡,最终被"逼上梁山"。

人想要改变日常生活的定式思维是很难的,命运取舍,与权贵融为一体的欢乐,永远是人性的缺憾。戏剧总是叫一个人的命运雪上加霜。如果没有风雪,茅草屋就不会倒塌,林冲也就不会上山神庙,就不会遇到陆谦,就不会知道他们的阴谋。所以林冲说"千里投名,万里投生"。

由《林冲夜奔》衍生出来的画作,大都是画林冲一肩长枪,一身罩袍,满纸雪白,似乎因"那雪下得正紧"。显得林冲有些怯懦,造型清秀多于凶猛。实际上施耐庵笔下的林冲,外形豹头环眼丈八矛,应该是一个凶悍威猛的武人而不是落难公子。

呀!又听得乌鸦阵阵起松梢,
数声残角断渔樵,
忙投村店伴寂寥。
想亲帏梦杳,
想亲帏梦杳。
顾不得风吹雨打度良宵。

落难人念念不忘生活质量,这就是戏剧里的林冲,心躲在自己身体的角落里梦想天真。

《苏武牧羊》里的苏武,一身单薄的青衫,天地苍茫间,大片的雪花飞落在他身上。他手握那根汉使节杖,那一声:"娘啊——"会叫我难过好久。再看那演员,一切酸苦都隐藏在那副严峻的面孔后面,一身单薄,一身骨节,一个最有意志的人,一身尘埃,一身岁月,世间没有一个人能从精神和信念上战胜他。有一段时间,苏武就是我喜欢的那种男人的样子:瘦、高、耐冻,最主要的是有满怀对国家无限忠诚的心肠,生长期间宁肯让自己的世界变得狭小。

历史中有些人物天生就是来入戏的,现实中真要有那样一个人在,爱起来怕也吃力。

　　舞台上唱到激动处,舞台下男人们沉重的咳嗽,妇女们尖厉的噪声就小了。苏武牧羊,贝加尔湖的北海,那一声异族的声音响起:"你什么时候能让公羊生下小羊,我就放你回去。"就这句为难人的话,我就觉得苏武就是整个汉朝的气节。看到这里台下常常是嘘声四起。

　　戏剧演奏乐器里我最喜欢二胡,真要能配合上演员的唱是板胡,各个剧种有各个剧种的头把。京剧里有京胡。两根弦,拉出来的音千娇百媚。我无端地喜欢悲情的东西,二胡很适合对我煽情。现在戏剧乐队里增加了许多西洋乐器,只是还没有钢琴。舒伯特和托赛里的小夜曲也好,但我还是喜欢二胡。德莱克曼的钢琴曲也好,比较下来,我也还是喜欢二胡。我根本就是个山汉嘛!

四

　　小时候,家里喂养了一头猪,生了小猪,不知何故不愿意喂小猪奶,我爸用他自己做的二胡在猪圈上坐着拉。狗脖子竖着,不能发出正经音调,我爸拉了一段梆子戏哭腔,并配了唱,那声音灌满了整个村庄,悲凉、凄苦、不舍、求饶:

> 杨延辉坐宫院自思自叹,
> 想起了当年事好不惨然!
> 我好比笼中鸟有翅难展,
> 我好比虎离山受了孤单;
> 我好比南来雁失群飞散,
> 我好比浅水龙困在沙滩。
> 想当年沙滩会一场血战,
> 只杀得血成河尸骨堆山;
> 只杀得杨家将东逃西散,

看戏去(节选)

只杀得众儿郎滚下马鞍。
我被擒改名姓身脱此难,
将杨字改木易匹配良缘。
萧天佐摆天门两下里会战,
我的娘领人马来到北番。
我有心出关去见母一面,
怎奈我身在番远隔天边。
思老母不由人肝肠痛断,
想老娘不由人泪洒在胸前。
眼睁睁高堂母难得见,
儿的老娘啊!
要相逢除非是梦里团圆。

我爸号着唱完收住弓后,母猪主动靠墙躺下叫小猪吃奶。

人养一个定乾坤,猪养一窝拱墙根,猪是家庭中最没出息的家畜,也懂得人间悲凉。我认定是戏剧的特质美感动了母猪。

戏剧乐器里没有箫,有笙。汉人的箫极好听,比筝和古琴都早。箫是否是与剑和简书同一时代产生?箫是竹子做的,很适合淡泊仕途的人吹奏。也有神仙眷侣的戏中有箫,也只是落落寡欢地吹,不和众多乐器合奏。徐悲鸿先生画过一幅《箫声》,画作于二十世纪二十年代,那幅画很唯美,据说画中的青年女子是他的前妻蒋碧薇。朦胧的色调下那个吹箫的女子很娴雅,有云端的意境,犹如遥远的天籁。箫的独奏名曲有《妆台思秋》《鹧鸪飞》等,都很适合月下或空谷里孤独吹奏。不知为什么,我一听箫音就感到山水要起雾了,大概箫声中有古典文化气息吧,喜悦和哀愁都是淡淡的,有一种含蓄的内敛。箫有安详知足的与世隔绝的大美,辽远空阔,但我好像没有见过在麦地或稻田里吹奏。陕西出土过一种乐器:埙。陶做的,粗糙,不匀称,甚至有些变形,吹出来的音也很古远。戏剧里的乐器是可以进入岁月的,凡是能入了岁月的东西都很适合生存。

能存活下来的入了戏,存活不下来的,只能停留在某一个时期顾影自怜,等待入了小说中的传奇。

舞台是一扇窗户,如果你是演员,你可以由此而向外观望;如果你是观众,舞台是四维空间,它是你选择观望历史和现实的途径。《两狼山》是杨家戏,由杨家衍生出来的戏很多。杨家的男子、女子,就连风烛残年的佘太君最后都要向她的国家交还一把骨头,有大国子民的气魄。杨家戏在舞台上用得最多的是马鞭,马上马下,奔波于疆场要依靠的是他们的坐骑——强悍的马匹。马是龙的近亲,工业文明到来之前,农耕文明推动了战争,良马可以使萎靡的军队振作起来。

我的一位本家爷爷喜欢唱戏,也算民间把式,唱《两狼山》里的杨继业,唱到《苏武庙》碰碑那场戏,台上台下遍地哭声。盖世英豪,撩起征袍遮面,一头向李陵碑碰去!叹坏苏武,愧杀李陵。苍天啊,泪雨漾漾,洒向人间都是怨!

我的本家奶奶,性子滚烫,地里做工不输男人,搂茬割麦,打场,没有人敢把她看作个女子。家里也是一把好手,做黄豆酱、腌萝卜芥菜,捎带做醋,日常生活拿得起,还要赶会,看丈夫唱戏。有一年看丈夫唱《两狼山》,在台下看到丈夫"碰碑而死",她托小腰,一步三晃,走上舞台递一罐头瓶胖大海泡开的水给她的丈夫,台下笑场。

五

人间纷扰,形形色色的诱惑比仙界多得多,白蛇变化成白娘子下凡来了,想过人间的日子。

人生会有这样的世俗情景,它需要某个人成全某件事,假如没有法海,一本戏就泄了;假如没有许仙左右摇摆的性情,两个人的爱情则无戏可演。断桥是《白蛇传》里的重要背景,背景对于剧情有非常重要的凝聚作用,极大地形成了故事的向心力,并告诉我们爱情是在雨中诞生的,一把伞是道具。

下雨的时候,天空是什么颜色?我好像觉得就是灰蒙蒙。伞下是什么颜色?是两个人的气息。气息之下呢?是一层雨水,摇曳着无数的雨涡涡。昏沉沉、冷飕飕、脏兮兮、湿漉漉,而这是尘世里才有的东西,云朵之上谁见过有雨?雨都在有爱人混沌的心里。

戏剧就是这样,在熟识的世界里尽量叫你感觉陌生化。

西湖最美好的季节是秋天,道路两边长满了粗壮的金桂树、银桂树,地上星星点点,树上趴着一遇冷风就射尿的蝉,蝉鸣声却很有感觉。白蛇就出入在这里。我一直不喜欢许仙,没有啥好喜欢的,动不动就来句:"啊呀呀,娘子救我——"倒得牙一嘴口水。

戏剧讲究"无巧不成书",一个"巧"字,就有戏看了。

我喜欢去恭王府的戏园子,它暗藏着青砖莹润内敛的霸气。享受在演出中,有昂贵的欲望,那是和珅的府邸。嘉庆四年正月初三太上皇弘历归天,次日嘉庆褫夺了和珅军机大臣、九门提督两职,抄了其家,全部财富约值白银两千万两,相当于清政府半年的财政收入,所以有"和珅跌倒,嘉庆吃饱"的说法。在这样的园子里,喝茶嗑瓜子听戏,一时间觉得很知足,历史的政治舞台上自己存在的当下也有了几分出息。从前,那可是连鬼魂都进不了这戏园子。

说实在的,去恭王府听戏,我更喜欢享受夜晚走过那胡同的幽暗。

我在恭王府听过一次古琴演奏,如裂帛,撕开丝绸的感觉。觉得古琴是接近古人的唯一路径。听音,听的是山水,是胸襟。陶醉,醉的是寄寓,是心曲,是志趣。朋友说,古琴有点孤寂冷涩,有点不近烟火。仔细想想也是,少一些意浓姿逸,人心世情的气温。本来嘛,清风月白之夜,一曲《广陵散》就是"鬼"交给嵇康的。竹林七贤中性情最真的一位,也是最有骨气的一位。一进境界,则魂魄升腾。

那一晚我听了《仙翁操》《秋风辞》《关山月》,听到最后忽想起"清风朗月不用一钱买,玉山自倒非人推"来。古时还有一种乐器叫"瑟"和"筑"。瑟无徽而有柱,是二十五弦,李商隐的"锦瑟无端五十弦,一弦一柱思华年",现在也无法争清楚是瑟五十弦,还是人五十寿。至于"筑",现在也只有《荆轲刺秦王》里高渐离在易水河边"击筑"送行了。每一次听琴,我都要焚香打坐,全身心进入,想那些曲子背后的戏剧故事,仿佛自己也穿越到了古时。

有一年朋友来长治,大家吃了喝了,意蕴不尽,有人提议抱着筝去山头上演奏,那夜是否有月,那夜弹奏了什么,完全记不得了,醉了。只觉得在山头上通体雅了起来。筝和琴相比就单薄了,虽清丽明净,婉转激越,毕竟它是通俗的俳优之器,是用来娱人的。那夜如果弹奏的是古琴,我想我会醉而死。

有时候无望而心酸也是死。

六

我极不喜欢大红的艳,如看谁一袭红装会极其不舒服,不想多看,多不好!舞台上却是一定要艳,艳若桃花,满台都是锦绣。我们这个民族是喜红的,比如,国画里桃子、牡丹都是很生动的色彩,很民间,我赏读它们时会心生一份稚童的眼光,觉得世俗是喜人的。

舞台上大富贵之人都是黄袍加身。黄色成为皇宫颜色的专利,似乎是汉武帝太初元年的事,用"五德""以土代水"说,宫服才有尚黄之举。"天子常服黄袍,遂禁士庶不得服。"

读历史仿佛看戏,舞台上凡是讲情义的都会落个好下场,历史中凡是讲情义的都没有好下场。比如《霸王别姬》,刘邦先入关,是想为王称帝的,但他见了项伯时,却说自己无心称王。刘邦说了假话,项羽听信项伯的话要善待刘邦,结果鸿门宴上范增连续三次举玉暗示项羽下手,项羽皆默然不应。戏文里写刘邦谦和,项羽粗鲁,谦和的人掩藏着自己的野心,粗鲁的人反倒明着讲信义,讲信义在历史中是行不通的。夺取天下的人有多少讲信讲义?导致一个政权胜利的最主要因素就是不讲信义。舞台上,锣鼓家伙一响全都不安分了,金枝欲孽都摇曳在舞台上了。

春暖花开了,我要看戏去,戏剧里生动的色彩,让我眼睁睁地醉下去,醉在快要被人遗忘的戏曲里,到最后遗忘了我自己,才叫个好!

选自《好生活着》,中国工人出版社 2017 年

◇ 李娟

李娟(1979—　),籍贯四川乐至县,出生于新疆生产建设兵团,1999年开始写作。曾在《南方周末》《文汇报》等开设专栏,并出版散文集《九篇雪》《我的阿勒泰》《阿勒泰的角落》《走夜路请放声歌唱》《记一忘三二》《羊道》《冬牧场》《遥远的向日葵地》等。曾获"人民文学奖""上海文学奖""花地文学榜年度散文金奖""天山文艺奖""朱自清散文奖""鲁迅文学奖"等。

我所能带给你们的事物

　　我从乌鲁木齐回来,给家人买回两只小兔子。卖兔子的人告诉我:"这可不是普通兔子,这是'袖珍兔',永远也长不大的,吃得又少,又乖巧。"所以,一只非得卖二十块钱不可。
　　结果,买回家喂了不到两个月,每只兔子就长到了好几公斤。比一般的家兔还大,贼肥贼肥的,肥得跳都跳不动了,只好爬着走。真是没听说过爬着走的兔子。而且还特能吃,一天到晚三瓣嘴咔嚓咔嚓磨个不停,把我们家越吃越穷。给它什么就吃什么,毫不含糊。到了后来居然连肉也吃,兔子还吃肉?真是没听说过兔子还能吃肉……后来,果然证实了兔子是不能吃肉的,它们才吃了一次肉,就给吃死了。
　　还有一次,我从乌鲁木齐回来,带回了两只"金丝熊"。(乌鲁木齐真是一个奇怪的地方……)当时我蹲在那个地摊前研究了半天,觉得"金丝熊"看起来要比上次的兔子可靠多了,而且要更便宜一些,才五块钱一只。就买回去了。我妈一看,立刻骂了我一顿:"五块钱啊?这么贵!真是,家里还少了耗子吗?到处都跑的是,还花钱在外面买……"我再仔细一看,没错,的确是耗子,只是少了条长尾巴而已……
　　只要我从乌鲁木齐回来,一定会带很多很多东西的。乌鲁木齐那么大,什么东西都有,看到什么都想买。但是买回家的东西大都派不上什么用场。想想看,家里人都需要些什么呢?妈妈曾明确地告诉过我,家里现在最需要的是一头毛驴,进山驮东西方便。可那个……我万万办不到。

家里还需要二十到三十公斤马蹄铁和马掌钉。下山的牧民总是急需这个。另外我叔叔补鞋子,四十码和四十二码的鞋底子没有了,用来打补丁的碎皮子也不多了。杂货店里的货架上也空空落落的,香烟和电池一个月前就脱销了。

可是我回家,所能带给大家的东西不是神气活现的兔子,就是既没尾巴也没名堂的耗子。

我在乌鲁木齐打工,没赚上什么钱。但即使赚不上钱,还是愿意在那个城市里待着。乌鲁木齐总是那么大,有着那么多的人。走在街上,无数种生活的可能性纷至沓来。走在街上,简直想要展开双臂走。

晚上却只能紧缩成一团睡。

被子太薄了,把窗帘啊什么的全拽下来裹在身上,还是冷。身上还穿着大衣,扣子扣得一丝不苟,还是冷。

后来我给家里打电话,妈妈问我:"还需要什么啊?"我说:"不需要,一切都好。就是被子薄了点。"于是第二天晚上她就出现在我面前了,扛着一床厚到能把人压得呼吸不畅的驼毛被。她挂了电话,立刻买来驼毛洗了,烧旺炉子烘干,再用柳条儿抽打着弹松、扯匀,细细缝了纱布,熬了一个通宵才赶制出来。然后又倒了三趟班车,坐了十多个钟头的车赶往乌鲁木齐。

我又能给家里带来什么呢?每次回家的前一天,总是在超市里转啊,转啊。转到"中老年专柜",看到麦片,就买回去了。我回到家,说:"这是麦片。"她们都很高兴的样子,因为只听说过,从没吃过。我也没吃过,但还是想当然地煮了一大锅。先给外婆盛一碗,她笑眯眯喝了一口,然后又默默地喝了一口,说:"好喝。"然后,就死活也不肯喝第三口了。

我还买过咸烧白。一碟一碟放在超市里的冷柜里,颜色真好看,和童年记忆里的一模一样。外婆看了也很高兴,我在厨房忙碌着热菜,她就搬把小板凳坐在灶台边,兴致很高地说了好多话,大都是当年在乡坝吃席的趣事。还很勤快地早早就把筷子摆到了饭桌子上,一人位置前放一双。等咸烧白蒸好端上来时,她狠狠地夹了一筷子。但是勉强咽下去后,悲从中来。

——不是过去喜爱过的那种,完全不一样。乌鲁木齐的东西真是中看不中用。更重要的是,这意味着一些过去的事物、过去的感觉,永不再有了。她九十多岁了,再也经不起速度稍快一些的"逐一消失"。

我在超市里转啊转啊。这回又买些什么好呢?最后只好买了一包红糖。但是红糖在哪里没有卖的啊?虽然这种红糖上明确地标明是"中老年专用红糖"……妈妈,外婆,其实我在欺骗你们。

我不在家的日子里,兔子或者没尾巴的小耗子代替我陪着我的家人。兔子在房间里慢慢地爬,终于爬到外婆脚下。外婆缓慢地弯下腰去,慢慢地,慢慢地,终于够着了兔子,然后吃力地把它抱起来。她抚摸兔子倒向背后的柔顺的长耳朵,问它:"吃饱没有,饿不饿?"——就像很早很早以前,问我"吃饱没有,饿不饿"一样。天色渐渐暗下来,又是一天过去了。

还有小耗子,代替我又一年来到深山夏牧场,趴在铁笼子里,背朝广阔碧绿的草原。晚上,妈妈脱下自己的大衣把笼子层层包裹起来,但还是怕它冷着,又包了一层毛衣。寒冷的夜里,寂寞的没尾巴小耗子把裹着笼子的衣物死命地扯拽进笼子里,一点一点咬破。它们在黑暗中睁大了眼睛。

尽管咬破了衣服,晚上还是得再找东西把它们包起来。妈妈点着它们的脑门大声训斥,警告说下次再这样的话就如何如何。外婆却急着带它们出去玩。她提着笼子,拄着拐棍颤巍巍地走到外面的草地上,在青草葱茏处艰难地弯下腰,放下笼子,打开笼门,哄它们出去。可是它们谁也不动,缩在笼角挤作一团。于是外婆就唠唠叨叨地埋怨妈妈刚才骂它们骂太狠了,都吓畏缩了。她努力地把手伸进笼子,把它们一只一只捉出来放到外面,让它们感觉到青草和无边的天地。阳光斜扫过草原,两只小耗子小心地触动身边的草叶,拱着泥土。但是吹过来一阵长长的风,它们顿时吓得连滚带爬钻进笼子里,怎么唤也唤不出来了。

我从乌鲁木齐回到家,总是拖着天大的一只编织袋。然后一件一件从里面往外面掏东西——这是给外婆的,那是给妈妈的,还有给叔叔的、妹妹的。灯光很暗,所有的眼睛很亮。我突然想起,当我还拖着这只编织袋走在乌鲁木齐积着冰雪的街道上时,筋疲力尽,手指头被带子勒得生疼。迎面而来的人一个也不认识。

当我还在乌鲁木齐的时候,想:给家里人买什么好呢?我拖着大编织袋在街上走啊走啊,看到了很多很多东西,有猫,有小狗。我看了又看,我的钱不多。有鞋子,有衣服,有好吃的。我想了又想,包里还能再塞进去些什么东西呢?这时我又看到了有人在卖小兔子。那人告诉我:"这可不是普通的兔子,这是'袖珍兔',永远也长不大的,又乖巧,吃得又少,很好养的。"

又想起我拖着编织袋,怀里揣着"袖珍兔"的笼子回家的情景。

回家的路真是漫长。夜班车坏了又坏,凌晨时分停在戈壁滩上一家孤零零的小饭馆门口。我坐在冰冷的车厢里(那时候卧铺车不多)冻醒了好几次,最后一次终于决定下车。我抱着笼子,走进饭店烤火。一个客人也没有,条桌和长凳都空空荡荡,天线锅信号不稳定,电视机播放着遥远模糊的内容。胖胖的老板娘不知从哪里走出来,给我倒了热茶,还给兔子找来一块白菜帮子。同样胖胖的老板也出来了,大家坐在一起边烤火边看兔子,看它慢条斯理地啃啊啃啊。我说:"这是袖珍兔,永远长不大的,只能长这么大。"胖老板就说:"啊呀,真的这么一点点?那太亏了嘛,养几年还不够一盘子菜。"看我们都笑了起来,他便又夸张地重复一遍:"你们看啊,这么一点点,真的不够一盘子菜。"那时我远在回家的路上,却已经感觉到家才有的温暖。

在回家的路上,总是晕车,便坐到司机旁边的小凳上,抱着兔子笼笔直地挺着脊背坐着。又怕它会突然死去,便不时地伸手进去抚摸它。路边的树木在车灯的照耀下,向路心整齐地弯拱,形成神秘的通道。车灯只能打几米远,远处漆黑深沉,像一个洞穴。后来东方的天空渐渐有些亮了,我想着到家时会有的情景,终于歪倒在引擎盖子上睡着了。如此漫长的归途。

兔子死了的时候,我妈对我说:"以后再也别买这些东西了,你能回来,我们就很高兴了。"我外婆对我说:"以后再也别买这些东西回来了,死了可怜得很……你回来了就好了,我很想你。"

又记得在夏牧场上,下午的阳光浓稠沉重。两只没尾巴的小耗子在草丛里试探着拱一株草茎,世界那么大。外婆拄杖站在旁边,笑眯眯地看着。她那暂时的欢乐,因为这"暂时"而显得那样悲伤。

选自《我的阿勒泰》,云南人民出版社 2010 年

深处的那些地方

　　几乎每天的下午时光,我都会进行一次漫长的散步。在河边平坦开阔的草地上一直向东面走,大约七八公里后就到了河分岔的地方。那里的河水又宽又浅,流速很急。河中央卧着一块又一块雪白的大石头,水流在石头缝隙间冲起团团浪花。一靠近河,哗啦啦的水声就猛地漫过了头顶,自言自语的声音都听不见了。在那里,地势突然凹下去一块,树木也突然出现了,河两岸丛林密密匝匝、高低错落。不像上游我们扎帐篷的那个地方,没有一棵树,开阔坦荡,遍布着又深又厚的草甸和成片的沼泽。而森林在视野上方,群山半山腰以上的高处,浩荡到山谷尽头。

　　上游的河又窄又深,水面与河岸平齐,幽幽的,缓缓的。河两岸的草整整齐齐地垂在水里,像被反复梳理的刘海儿。有的河深深陷入了大地,远远望去,平平坦坦,根本看不出那里有河。

　　相距仅几公里,上下游的区别却如此明显——上游华美、恢宏;下游紧致、细腻,闪闪烁烁地、尖锐地美丽着。

　　我脱了鞋子过河,河水冰冷,踩上河心最大最平的那块石头后,脱下外套使劲搓脚。然后——通常这时都会如此——裹着外套躺下小睡一觉。在阳光长时间的照射下,石头已经滚烫了,那烫气把整个身体都烫开了似的,舒服得一动也不想动。但毕竟这是泡在雪水里的石头,不一会儿,身下的烫气就退下去,凉气幽幽升了上来,全身宁静,同时清醒感渐渐涣散……

　　当时间过去,河西南岸的树荫慢慢斜扫过来,阴住了身子,就会打着寒战惊醒。这才下水蹚回河岸穿鞋子回家。

回去时,尽挑阳光照耀着的地方走。黄昏由此开始了。等慢慢走到我家所在那条山谷的谷口时,西南面大山的巨大阴影已经覆盖了大半个山谷,慢慢向我家帐篷逼近。而我家帐篷的阴影也爬伸到帐篷前五米以外的柴火垛了。等阴影完全笼罩了柴火垛,并抵达更远处的炉灶时,外婆就开始张罗着准备晚饭。天天如此。我们在山里的作息时间都是以阴影长度计算的,根本不用钟表。

有时候上午也会出去散步。上午虽然冷一些,但没有风。如果天气好的话,阳光广阔地照耀着世界,暖洋洋又懒洋洋。这样的阳光下,似乎脚下的每一株草都和我一样,也把身子完全舒展开了。大地柔软……这样的时候我会往山上走。但不进森林,就在森林边的小树林子里慢悠悠地晃。

我就喜欢这样慢悠悠地走啊走啊,没有人,走啊走啊,还是没有人。没有声音,停下来,侧耳仔细地听,还是没有声音。

回头张望脚下的山谷,草甸深厚,河流浓稠。整个山谷,碧绿的山谷,闪耀的却是金光。

有时候也往北面河上游的方向一口气走十来公里。那里有林场的一个伐木点,据说有四五个民工。向那里靠近时,远远就会听见油锯采伐时"嗡嗡嗡"的巨大轰鸣声回荡山野。伐木工人的帐篷扎在山下河边空地上,静悄悄的,总是不见人影。我曾走到帐篷跟前探头看了一眼,里面只有一个可睡七八个人的大通铺,一堆脏衣服。帐篷外有简易的炉灶(熏得黑黑的三块石头)。旁边有一堆没有洗的锅碗。可总是没有人。我就离开了。

但离开了不久,身后突然有"花儿"(西北民歌,多为情歌)陡然抛出!尖锐地、笔直地抵达它自己的理想去处——上方蓝天中准确的一点,准确地击中它!……又浑身一颤,又长长地叹息,再渐渐涣散,涣散……并为这些涣散开去的旁枝末叶饰以华丽的情感,烟花般绽放在森林上空。

我就那样一动不动地站在倾斜的碧绿山坡上,背朝歌者,静心听了好一会儿。终于忍不住回头张望——仍然只是山坡上那一顶孤独的帐篷。帐篷后面,森林蔚然。这回听到的又只剩伐木的油锯轰鸣声,在空谷回荡。

唯一没有去过的地方是北面的那条山谷。

我妈倒是常常去,从那里进山拾木耳。

但是有一次,她一大早就出去了,快晚饭的时候还不见回来。我们都很着急,外婆催着我去找,可让我到哪儿找去?这深山老林的,搞不好把自己也给弄丢了……在家里等也不是个办法,总忍不住胡思乱想。于是就一个人踏进了那条山谷。

山谷口碧绿的斜坡上扎着一顶雪白的毡房子。有一个女人在毡房门口支着的一口巨大的锡锅边熬牛奶,不停地搅动着,奶香味一阵一阵荡漾过来。细下一嗅,又无影无踪,只有森林的松脂香气。

我本想绕过这个毡房子,却远远地就被那个女人看见了,她对身边的一个小孩说了几句话,那个小孩就像颗小子弹似的笔直射了过来。我只好站住,等他射到近旁。

他在离我十来米远的地方停住,气喘吁吁,兴奋又认真地大声喊道:"你!干什么呢?"

我指一下远处。

他又说:"你要喝茶吗?"

我说谢谢,拒绝了。

他说:"你妈妈都来喝了茶你为什么不来?"

这一带的牧民都认识我们,因为这一带只有我们一家汉人。

"她去过你们毡房子吗?"

"嗯。"

"现在还在吗?"

"走了。"

"往哪里走了?"

他也指一下远处。

深处的那些地方

我对这个小孩笑笑,又冲着毡房子那边正在朝这里张望的女人挥了挥手,转身走了。

这个小孩此后却一直跟在我后面走。但一直没有靠近,始终隔着十多米的光景,不紧不慢地跟着。我想这个小孩子一定是太寂寞了。放眼望去,整条沟里似乎只住着他们一家人,连个小伙伴都找不到。于是又站住,转过身大声地喊住他,问道:

"喂——小孩!你多大了?"

一连问了好几遍,他才很不好意思地回答:

"七岁……"

"你是男孩儿还是女孩儿呀?"

他就一个劲儿地笑,再也不说话了。

"你过来,让我看一看,就知道你是男的还是女的了……"

他一听,转身就跑。

我也笑着扭头走了。但过了好一会儿,都开始进森林了,回头一看,小家伙还在下面远远地、很努力地跟着。我摸了摸衣兜,刚好揣着几粒糖,便掏出来放在脚边一块石头上,冲下面喊了一声,往地上指了指,使他注意到糖,然后径直走了。

果然,这小孩再也不跟上来了。他走到放糖的地方就停下,坐在那块石头上慢慢地剥糖纸,慢慢地吃。从我站着的位置往下看,广浩的山林莽野,只有这么一个小人儿孤零零地坐在那里,小小的,单薄的,微弱的,安静的……以此为中心,四面八方全是如同时间一般荒茫的风景、气象……

这孤独会不会有一天伤害到他的成长?

那天,我在林子里转了一圈就回去了。那些更深处的地方实在令人害怕……我只站在山谷口上方的森林边踮足往里看了一会儿,山水重重——那边不仅仅是一个我不曾去过的地方,更是一处让人进一步逼近"永远"和转瞬即逝的地方……

还有一个小孩,每天都会从东面那条山谷出来,卖给我们五到十条鱼,都是一拃来长俗名"花翅膀"的那种小型的冷水鱼。于是我们想,那条山谷里的鱼一定特别多,起码总会比我们这条山谷里的鱼多吧?我妈便提了桶,扛上竿,兴冲冲去了。但进去以后,却发现那条山谷里竟然没有河。

我们这里的小孩都很厉害的,他们每天赚的钱比我们开一天商店赚的还多。我们开商店赚出来的钱全让他们给赚走了。鱼五毛钱一条;湿的黑木耳十块钱一公斤,干的六十块钱一公斤;一公斤草蘑菇换一个苹果,一公斤树蘑菇两块钱;凤尾蘑菇、羊肚子蘑菇,统统八块钱一公斤……甚至树上长的耳朵形的树瘤也一批一批送过来,总觉得无论什么东西都能被派上用场似的。不管和他说多少遍"我们不要这个"也没有用。而自家制作的酸奶、干奶酪、甜奶疙瘩、黄油……更是络绎不绝、源源不断地弄走我们家货架上一棵又一棵大白菜、棒棒糖和汽水。还有的孩子摘到了一把野草莓,也想便宜点卖给我们,小小年纪就这么财迷心窍!于是我们把他的草莓骗过来吃得干干净净,并且什么也不给。他便哭着回去了,从此再也不往我们家送草莓了。

至于来卖脱脂牛奶或酸奶的,大都是淌着满脸的鼻涕送过来的,于是那牛奶和酸奶也实在令人担忧。我们用勺子在他们拎来的小桶里搅半天,哪怕什么也没发现,仍很不放心。

还有的孩子不知在大山的哪个旮旯角落里挖到水晶苗,用面粉口袋装了大半袋子,两人一前一后抬着,不辞辛苦翻过几条沟送到我们家商店来卖。

深山里还藏着什么呢?有时候我会反复地把玩着一块干净的茶色水晶,举起来对着阳光看。从那里面看到的情景实在没法令人大惊小怪,但实际上真的美丽极了。我看到光在水晶中变幻莫测地晃动,对面山上的森林和群山优雅地扭曲着,天空成了梦幻般的紫色。我又把它对着草原看,看到一个骑马的人从山谷尽头恍恍惚惚地过来了,整条山谷像是在甜美地燃烧。那人歪在马背上,在火焰丛中忽远忽近、忽左忽右地飘荡。我移开水晶,风景瞬时清醒过来似的,那个骑马的人也清晰无比,越走越近,后来像是对我挥了挥手,又像是没有。

我把水晶揣进口袋,坐在帐篷外的柴火垛上等了好一会儿。正午的阳光明亮炫目,四处安静不已,每一株草都静止不动,似乎连生长都停止了。一只小瓢虫俯在一株青草的叶梢尖上,好长时间过去了都不曾移动一下。我伸出手指轻轻把它弹下来。这时风从指尖传来,手心空空的。我抬起头,那个骑马的人已经来到近前。他歪着肩膀,手边垂着鞭子,缓辔而行。这时我突然觉得天空的蓝,蓝得那样惊人!不远处的森林力量深厚。

我活在一个奇妙无比的世界上。这里大、静、近,真的真实,又那么直接。我身边的草真的是草,它的绿真的是绿。我抚摸它时,我是真的在抚摸它。我把它轻轻拔起,它被拔起不是因为我把它拔起,而是出于它自己的命运……我想说的,是一种比和谐更和谐、比公平更公平、比优美更优美的东西。我在这里生活,与迎面走来的人相识,并且同样出于自己的命运去向最后时光,并且心满意足。我所能感觉到的那些悲伤,又更像是幸福。

世界就在手边,躺倒就是睡眠。嘴里吃的是食物,身上裹的是衣服。在这里,我不知道还能有什么遗憾。是的,我没有爱情。但我真的没有吗?那么当我看到那人向我走来时,心里瞬间涌荡起来的又是什么呢?他牙齿雪白,眼睛明亮。他向我走来的样子仿佛从一开始他就是这样笔直向着我而来的。我前去迎接他,走着走着就跑了起来——怎么能说我没有爱情呢?每当我在深绿浩荡的草场上走着走着就跑了起来,又突然地转身,总是会看到,世界几乎也在一刹那间同时转过身去……

总是那样,总是差一点就知道一切了,就在那时,有人笔直地向我走来。

我妈总是在上午就干完了一天的活,然后背上包出门。我在门口目送她在明亮耀眼的阳光中越走越远,终于消失在高处的森林里。

当她还在世界上——还在我的视野范围内时,我看到世界是敞开着的。当她终于消失,我看到世界一下子静悄悄地关上了门。

她不在的时候我多么寂寞。

我在家里等她回来。坐在缝纫机前干一会儿活,再起身到门口站一站,张望一会儿,在附近走几步。这样的时候,店里很少再来人了,一部分畜群转移到了后山边境线一带。邻居们的帐篷都静悄悄的,只有黄昏时刻的沙依横布拉克才会稍微热闹一点儿。

门口的草地又深又稠,开满了黄色和白色的花。

当初我们选中这一块地方扎帐篷时,想把这里的草扯干净,没想到它们长得相当结实,尤其是地底盘结的根系,像是一整块毡子似的,密密地纠缠着,铁锹都插不进去。只好罢休,随便把地面上的草茎铲一铲了事。想不到,打好桩子扎好帐篷后,没几天工夫,"草灾"就泛滥起来了。床底下,缝纫机下面,柴垛缝隙里,商品中间,柜台后面,到处枝枝叶叶、生机盎然的。再后来居然还团团簇簇开起花来,真是拿它一点办法也没有。

帐篷外面的草长得更为汹涌,阳光下一览无余地翻滚着。看久了,似乎这些草们的"动",不是因为风而动,而是因为自身的生长而"动"似的。它们在挣扎一般地"动"着,叶子们要从叶子里逃脱出去,花要逃离花儿,枝干要逃离枝干——什么都在竭力摆脱自己,什么都正极力倾向自己触摸不到的某处,竭力想要更靠近那处一些……我抬头望向天空,天空也是如此,天空的蓝也正竭力想逃离自己的蓝,想要更蓝、更蓝、更蓝……森林也是如此,森林的茂密也在自己的茂密中膨胀,聚集着力量,每一瞬间都处在即将喷薄的状态之中……河流也那么急湍,像是要从自己之中奔流出去;而河中央静止的大石头,被河水一波又一波地撞击,纹丝不动,我却看到它的这种纹丝不动——它的这种静,也正在它自己本身的静中,向着无限的方向扩散……我看到的世界!这个世界里,只有我是无可奈何的,如同哑了一般,如同死去了一般,我只能这样了,只能这样……我在强烈明亮的阳光下又站了一会儿,脸被烤得发烫,但还是只能这样……几乎是很难受地想:这世界在眼睛所能看到的运动之外,还有另一种运动吗?这"运动"的目的不是为了"去向什么地方",而是为了"成为什么"吧?……我站在帐篷门口,不停地想呀想,不停地细心感知,其实却是毫无知觉的一个,任凭世界种种的"动"席卷我在眼前这片暗藏奇迹的海洋中无边无际地飘荡……

我在帐篷门口站着,突然心有所动,接着,世界的"动"一下子停了,戛然休止。也就是说,我突然什么也感觉不到了,世界突然进入不了我的心里了——我心里被什么更熟悉的东西一下子填满了。我仔细听了一会儿,又向远处张望了一会儿,发现对面碧绿山坡上的某一点就是世界突然之"静"的起源,是这"静"的核心。我朝那一点长久地注视,后来终于看清楚了——那是我妈,我妈回来了。

想想看,这山野里,那么多的地方我都不曾去过!再想想看,倒不是因为我无法去,而是因为没有必要去。那些地方,与我的生活无关。

又想到,我在这山野中随意四去,其实始终是侧身而行的。山野是敞开的、坦荡的,其实又是步步阻障、逼仄不已的。

我们家帐篷出门左手边那片草甸紧连着一个绿茸茸的青草小坡,山坡冲我们这一侧躺着好几块白石英的大石头。石头雪白,草地碧绿,上面的天空蓝得如同深渊……多么干净清澈的一幕风景,干净清澈得逼近人心中最轻微地颤抖着的感觉。

我每天一出门,总会习惯性地先朝那边看一眼。有时那里会有牧羊少年静静地坐在石头上,手握细细长长的枝条,枝条一端系着红色碎布条。有时候会有几个衣着鲜艳的小孩子在石头边跳上跳下,然后顺着坦阔的草坡一路追逐着跑下来。

那里离我家帐篷也就两三百米远,但是我在沙依横布拉克待了两个夏天,居然从来不曾去过那里一次。

那里真的就与我无关吗?有一次出去散步时,忍不住中途拐了个弯,向那个青草坡慢慢走去。越走越近,越走越高。白石头裸露在蓝天下、绿地上。白、蓝、绿,三种颜色异样地锐利着。我停下来看了一会儿,再接着向它走去,这时——

有人在身后喊我。

总是那样,我回过头来,看到有人向我笔直地走来。我想,这不是偶然的。

而我妈,这附近没有她不曾去过的地方,更远的深山也快让她跑遍了。边境后山一带也去过好几次呢。每当夕阳横扫世界的时候,她疲惫不堪地回到家里,总觉得她浑身渍透了遥远的气息。她的衣服总是那么脏,头发蓬乱,挂着枯叶。背包鼓鼓囊囊,糊满泥土。她手上总有新的伤痕,但这手总不会空着,有时拖着两根又大又长的柴火,有时候攥着一把绿油油的野葱。有时向我伸过来,摊开手,粗糙的手心里却是一簇红艳艳的、豌豆大小的野草莓或蓝莓。

还有一次她回家时,还走在远远的山脚下就向我高高挥动着什么。走近一看,是她用来当水杯的玻璃罐头瓶。里面满满地盛着晶莹剔透的红色浆果,是从没见过的,很小,就比米粒稍大一些。我尝了一颗,酸酸甜甜的,满嘴香气,就很高兴地全吃完了。最后才问她这是什么东西。没想到她居然说:"我也不知道是什么,不知道能不能吃,只觉得好看,就摘回来了……"

……好在一直到现在都还活着。

总之她的这个毛病一点儿也不好,无论什么都敢往嘴里放,无论我们怎么吓唬她都不在乎。

不过,再想想看,这样的山野里会有什么毒物呢?这开阔的,清新的,明亮干爽的,高处的……一眼望过去,万物坦荡,不投阴影。

而在南方——多雨,浓酽,甜腥,闷热,潮湿,阴气不散,雾瘴丛生……在那里,有巨大的舒适,也潜伏着巨大的伤害。

不过有一次,我妈也差点碰上不好的东西。那次她和叔叔穿过一片森林,在一处光秃秃的高地上发现了成片的"萝卜缨",翠生生水灵灵的。他们试着挖了一两株,在根部发现了与胡萝卜几乎一模一样的块根,只是瘦小了许多。我妈掰开一个这样的"胡萝卜",一闻,气味也是一模一样的,而且非常新鲜浓郁。她高兴坏了,她想:葱有野葱,蒜有野蒜,豌豆有野豌豆,韭菜有野韭菜……那么这个肯定就是"野胡萝卜"了!她把这个"野胡萝卜"往衣襟上擦一擦,张嘴就想咬,幸亏给我叔硬死拦下。

后来回到家向放羊的老汉一打问,才知道这个东西特别毒的!那人说,要是吃了下去,半个小时肠子就断成一截一截的了……牧民会用它来治牙疼,捣碎小小的一块敷在疼痛的部位,然后一直低着头,嘴朝下,让清涎往外流,防止它们咽进肚子。

每次想到这件事都会很害怕,当我妈在深山里那些我所不知的地方走着的时候,觉得她每一步似乎都在悬崖上擦着边走。

她一个人在深山里,背着包,带着水和食物。因为有家在身后等候着,所以她不着急。她平静地走着,有所希望地走着。她走过森林,穿过峡谷,翻过一个又一个大坂,在风大空旷的山脊上走,在树荫深暗的山脚下走,在河边走,没有边际地走……就她一个人,食物吃完了,但她还是不着急。天还早,太阳明晃晃的,天空都烫白了一片。另外还有世界本身的光,那么地强烈。她很热,于是脱了上衣走,脱了衬衣走,最后又脱了长裤走……最后根本就成了……呃,真不像话。但好在山里没有什么人。如果远远看到对面山上有恍恍惚惚的人影,也足够来得及在彼此走近之前迅速钻进衣服里,再一身整齐地和对方打招呼。

她一个人裸着身子在山野里走,浑身是汗,气喘吁吁。只有她一个人。她又走进一处森林,很久以后出来,双手空空。她有些着急了。但是望一眼对面山上另一片更深密的林子,心里又盛得满当当的,那里一定会有木耳,一定会有虫草的。还有希望。她一个人……当她一个人走在空空的路上,空空的草地里,空空的山谷,走啊走啊的时候,她心里会不停地想到什么呢?那时她也如同空了一般。又由于永远也不会有人看到她这副赤裸样子,她也不会为"有可能会被人看见"而滋生额外的羞耻之心。她脚步自由,神情自由。自由就是自然吧?而她又多么孤独。自由就是孤独吧?而她对这孤独无所谓,自由就是对什么都无所谓吧?

而我,我总是一个人坐在半透明的帐篷中等她回家,不时在门口的草地上来回走,向远处张望。

有时我也会离开家,走得很远很远,又像是飞了很远很远。世界坦荡——我无数次地说:世界坦荡!无阻无碍……我不是在行走其间,而是沉浮其间,不能自已……我边走边飞,有时坠落,有时遇到风。我看到的事物都在向我无限地接近,然后穿过我,无限地远离……其实我哪儿也没有去过。

我一个人坐在半透明的塑料帐篷中,哪儿也不用去了。这是在山野。在这里,无论身在何处,都处在"前往"的状态中,哪怕已经"抵达"了。我坐在帐篷里,身体以外的一切,想法以外的一切,都像风一样源源不断地经过我……我是在一个深处的地方,距离曾经很熟悉的那些生活那么遥远,离那些生活中的朋友们那么远,离童年那么远,离曾经很努力地明白过来的那些事情那些道理,那么远……我妈也离我那么远,她在深山里的某一个角落,我不知道她会遇上什么,我不知道她会有什么样的快乐。当她回来时,却像影子一样在我身边生活。四周安静,阳光明亮。我不知道她说过的一些话语是什么意思,不知道她正做着的事情是为着什么,不知道她是怎样地、与我有所不同地依赖着这世界。她终日忙碌,不言不语。她的那些所有的、没有说出口的语言,一句一句寂静在她心里,在她身体里形成一处深渊……每当她空空地向我走来,空空地坐在我身边,空空地对我说着别的话……我扭头看向左面,再看向右面,看向上面的天空,除了我以外——在我之外,其他的一切都是在一起的……

我是说:世界由两部分组成,一部分是我所看到、所感知的世界;另一部分就是孤零零的我……

这时,不远处蓝天下的草地上,有人向我笔直地走来。

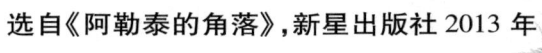

选自《阿勒泰的角落》,新星出版社 2013 年

◇沈书枝

　　沈书枝(1984—　),原名石延平,安徽南陵人,在南京大学中国古代文学专业取得硕士学位。作品散见于《人民文学》《文艺风象》等杂志,已出版散文集《八九十枝花》《燕子最后飞去了哪里》《拔蒲歌》等。2014年获"紫金·人民文学之星"散文佳作奖。2015年,作品《姐姐》获豆瓣阅读第二届征文大赛非虚构组首奖。

童年随之而去

从小我和妹妹就很怕爸爸，不怕妈妈。

怕爸爸，自然是因为他严厉。温柔祥和、爱护有加的时候当然也有的，譬如上学时给我们买新的文具盒和书包啦，冬天的时候买新衣服啦，一年四季的傍晚和晚上，随时都拿了渔网出去打鱼回来给我们吃啦。又譬如我们还小的时候，把我们抱到床上教我们学唱歌，夜里睡觉，一定要把手臂伸出来给我们当枕头。但爸爸随时会发火，每到傍晚，估计动画片的片头歌已经唱起来的时候，我和妹妹就开始忧愁不安，想着去有电视的人家偷偷看一集。千方百计趁大人们不注意时跑出去，却总是在动画刚演到差不多一半的时候，忽然发现爸爸已经站在我们身后面，一言不发，金刚怒目。我们赶紧灰不溜秋地跑回去，倘若情节严重，回去要讨骂，要罚站，乃至讨打，被细细的竹丝子抽小腿。因为这个缘故，从小我们就几乎没有完整地看过一部电视剧，连那时最喜欢的《葫芦兄弟》和《西游记》，都没有看全过。葫芦兄弟如何被蛇精全收服，只剩下老七，于我简直是未解之谜，孙悟空大闹天宫之前的事迹，我们也都不清楚。而最使我们头疼的，是爸爸喜欢喝酒，喝酒喜欢喝多，喝多了又喜欢教训人。常常是在冬天的晚上，我们已经都躺到被窝里了，爸爸从外面跟跄回来，带着远处冰凉的星和风，开始对我们漫长地教导。这光景太慢太难熬，我们只敢小声应承，盼着他快去洗脚睡觉，等到天亮酒醒，就又是一个不那么令人害怕的爸爸了。

而妈妈有什么好怕呢？在我关于小时候的记忆里，简直没有过妈妈打我们这样的事,假如有,那大概也只是屈指可数的用巴掌打,或是刚拿起家里的小扫把作势要打,我们就吓得跑得不见踪影,过了很久小心翼翼蹭回来,她已经忘了要打我们这件事。她也爱喝酒,只是很少喝,每年只有到了过年边,家里田事已毕,才在亲戚妯娌的饭桌上喝一二两。她的酒量并不小,但偶尔喝一点儿,就很愉悦,笑嘻嘻的,比平常还要柔和几分。因此我们简直都喜欢妈妈喝酒的日子。

平常她总是在做事,因为做事快刷、利索,眼里又容不得一点儿邋遢。每天一家人的洗衣做饭自不必说,那时我印象深刻的,是妈妈隔三岔五便要洗床单、洗被单。我们的被单分内外两件,包裹着被絮订起来,外面多是绣着双凤或牡丹图案的绸被,里面怕小儿恶卧蹬踏,是一面厚厚的红白条纹被单。洗床单被单的早上,她早早把我们从被窝里赶出来——有时赶不出,就让我们盖拆出的被絮,拆下的被单用大澡盆泡着,一截一截揉净了,拎到水塘边奋力涤荡。直到捶去最后一丝肥皂粉水的白色,再在塘水里清上最后一遍。床单沉重,吸饱塘水,妈妈要和人做对手,把长长的被单搭在臂上扭去清水。扭干的被单盘在水桶里,扭曲如长蛇。这一天煮早饭我们要比平常加多一点儿的水,等米开锅时把"莹汤"(白色的米汤)撇出,洗净的白色里被,要在这莹汤里浆一遍,才拿去竹篙上摊晒。然后妈妈把家里吃饭的大台子(四方的八仙桌)从堂屋里背出来,把棉絮抱出去晒。到半下午时,阳光逐渐微薄,妈妈就在大台子上把被单和棉絮铺好,用长针长线把被子重新订起来。有时候她舍不得换新的棉白线,拆被子时就很小心不把旧棉线扯断,这样就可以再用一遍。夜里我们睡这一床洗得干干净净的被子,被里很白,略微有一点硬,带着太阳晒过的热香气,使人感觉舒服。夏天洗蚊帐,蚊帐洗出来晒在竹篙上,塘水滴沥,蚊帐很快变得轻盈,风吹得它鼓荡飘逸如纱巾。晚上我们在这个四方的小房子里翻跟斗玩,身下垫着竹簟。每天晚上,她要用滚烫的热手巾把簟子擦一遍。秋天换上棉絮,在冬天来临之前,给床上铺上今年新晒的稻草。稻草把子在门口已晒了许多天,晒干了水分,变成一种犹带光鲜的土黄。稻草铺好,再铺上垫被,铺好床单。换了新稻草的晚上,睡觉十分暖和,翻动时有沙沙的声音。

洗衣做饭之外,家里养猪、养鸡、养鸭。鸡鸭都是散养,并不要怎么费神,用心喂养的是猪。猪是老母猪,春天时从田里砍了成担的红花草,有时是我们去田畈里挑回的一篮子黄花菜(稻槎菜),切碎了掺在混着一点儿米粒和油星的潲水里喂猪。秋冬是田里拔回来的萝卜,连同萝卜缨子一起洗净切碎,拌上一点儿米煮成粥,每次喂猪时,就舀一两瓢到潲水里搅匀。妈妈拎着一大桶猪食往猪笼屋里去,我们就跟在她身后,用葫芦瓢舀一瓢糠,等她把猪食倒进食槽里,就把糠均匀地撒到上面。看那只可怜的老母猪急匆匆地先去啊摸未及沉落的饭粒和上面的一层糠。只有生小猪的时候,老母猪才能吃点好的。白天老母猪带着小猪躺在猪笼屋里,两排乳房被小猪啊得红肿发亮。渐渐小猪大一点儿,就要喂粥,煮得很稠的粥,均匀倒在半片毛竹做成的长食器里,也撒上一层糠。小猪吃得很急,一边吃一边挤,把别的小猪挤到一边去。我们就伸手去拨一拨,把太会挤的小猪往边上拨一点儿,让被挤出的小猪拱回去。小猪再长大一点儿,就分送给亲戚,或卖给附近要养猪的人家。年年我们只留下一头最喜欢的,这只小猪就成了家里这一年养的公猪。

因为妈妈把几乎所有的事都揽来自己做了,剩下给我们的,就只有那样寥寥几件。她烧饭,我们洗碗。把碗拎到水塘边,一边洗一边将大碗移到小鱼身下,猛地端起,一玩玩半天。她洗衣裳,回来我们晾,草草地把衣裳披到竹篙上,被骂过许多次,才有耐心把每一件衣裳都展开扯平。平常早上,我们每天都要扫一遍地。用一把旧扫把,把眼睛能看到的地方都扫一遍。有时候门背后或是地上的老鼠洞这样的地方,我们就合乎常理地略过去了,回头也必要被她讲。冬天她给我们做鞋子,我们春天时在竹林里看见竹笋落下的竹衣就很惦记,捡回来给她夹在书里,留着冬天纳鞋底。她剪鞋样,我们把脚伸出来。她纳鞋底,我们要逗目明,给她穿针。三月三她做蒿子粑粑给我们吃,我们就去田里掐棉花蒿子(鼠曲草)和艾蒿。五月节包粽子,八月节还包粽子,包粽子的那一天,我们要站在她身边,看她把糯米和饭豆淘净,和她一起用干净抹布把粽叶一片一片洗净。假如是八月节,有时候用的是五月里晒干的粽叶,还要把粽叶先煮一遍。她包粽子时,我们在旁边看,满怀欢喜地把淹在清水脸盆里翘出来的粽叶按进水里去,把长得最好看的大粽叶挑出来让她先包。初夏嫩姜上市时腌生姜,我们从塘边捡了碎碗片来刮生姜,刮好的生姜给她腌。夏天和冬天做甜酒,我们在她的吩咐下跑到二姑奶奶家去讨酒曲,看她把酒曲碾碎,一层糯米饭一层酒曲地压好,再用穿旧的棉袄包着送到大柜里去睡觉。她做这些很在行,几乎从无失手的时候,因此我们可以自负地相信我们的蒿子粑粑是村子里小孩子手上最好吃的,粽子是包得最紧最好看的,腌生姜也是最好吃的。连我们的鞋子,也无疑是村子里小孩子脚上最端正、最合脚的。

秋天妈妈要和爸爸一起上山砍柴,去哪里我们不知道,只道是在很远的泾县山里罢了。年年深秋的早上,里河村的人肩着扁担和挑绳,在黄黄的太阳光里从我后门走过,我们就知道又到了砍柴的时候了。去砍柴的头天下午,爸爸在门口磨镰刀,打绳子,把三绺稻草束紧紧地打连起来,连成一根捆柴绳。这样的绳子可以捆一捆柴,他们一人要四根。我们则坐在屋檐下,帮他们搓细长的稻草绳子,这样可以把两捆柴再捆到一起,最后用结实的尼龙绳子系到扁担上。搓几下,搓到一截稻草没有了,再续上新的。每续稻草的时候,我们就往手心里吐一口口水,把稻草绳子搓得结实而光润。

砍柴的清早他们很早便出门了,总在我们还没有醒来的时候。到半下午,里河村的人挑着柴火担子从后门经过,而爸爸妈妈还没有回来,我们就跑到大路上去等,要等好久,才能看见爸爸远远地挑着柴从新坝埂的拐弯拐过来,再过一会儿,才能看见跟在后面挑着一样多柴火的妈妈。等爸爸走到跟前,我们不即走,过一会儿妈妈也走到了,她被青枝子压得说不出话来,脸色很白,因为流了很多汗的缘故。我们一路小跑跟在她后面走,大枝的松枝和灌木梢头微微颤动,一点儿一点儿拖在地上,把地面上扫出两道微微的土痕。等到了场基上,把稻草绳子一解,脚一蹬,这几捆柴就任由它们横七竖八地躺在场基上晒,晒到青绿的松枝变成褐黄,就可以堆柴堆了。这中间他们还要再上山砍几趟,直到砍回来的柴火可以堆一个大柴堆,足够家里从冬至春的烧火。而当妈妈砍完柴回来煮饭的黄昏,我们醉心于在柴捆上寻找饭米果子的影子,这是一种紫黑的小圆果子,吃起来有一点儿面的酸甜,是那时我们很期待的零食。能在柴火上找到一两枝爸妈砍下来的饭米果子,就是我们这一天最满意的收获了。

　　冬天的早上,或是下午,妈妈给我们煮年糕、煮烫饭、煮米面。假如是下大霜或下雪的清早,天气太冷,我们舍不得起来,她就溺爱我们,给我们炒了蛋炒饭,或是煮了白菜年糕,热扑扑地端到我们跟前,许我们穿了上身衣服,坐在床上吃。她的手因为做事,冻得很红,却并不肿,是冰凉的、很好看的。她若忙得过来,或是记得,有时也会帮我们先钳一些烧过饭的柴火枝,堆在家里唯一一个破铁锅做成的火坛里,上面再盖一层草木灰,帮我们把冻得铁硬的衣裳烘热了再给我们穿。见到热衣服,我们多了一丝活气,这时候再起来就不是很难的事了。而对妈妈的这种照顾,我们有什么可报答呢?回想起来,我们唯一可称的报答,便是在春天上山掐蕨禾的时候,顺带掐一抱映山红花,回来养一瓶在父母房间的红案桌上罢了。或是初夏金银花开,梅雨时从人家门口偷了栀子,回来也用清水养一碗,将这花香贡献于大人的面前罢了。此外我便想不起任何事,可以称得上妈妈在冬天的早上端来的年糕汤了。

　　她的饭做得好,因此附近村子里有人办酒,常常要请她去帮忙烧菜。有时爸爸也一起去帮忙,他的手艺也不坏。给人家办酒席要操劳心思,前几天就要列好菜单,办几桌酒,买哪些菜,哪几个人帮忙洗菜切菜,谁负责烧火,谁负责碗筷,都要和主人一一商定。逢到爸妈给人家办酒的日子,是我和妹妹最幸福的时候了,他们在厨房里忙,我们就跑去转,碰到做了什么好的菜,大人们总要用油光滑亮的大勺子给我们挖一小碗。炖在厨房门外白铁锅子里的一排甜汤,炖莲藕啦(加很多的红糖),炖葡萄干、银耳莲子啦(加很多的白糖),我们也能一人喝一碗,而不用像跟着坐在酒席上的大人"插拐"(没有座位,只能攒点菜在一边站着吃)的小孩子一样,只能分得一碗里的几勺了。有时候妈妈不好意思给我们开这些后门,眼明的主人也必要坚持给我们些特殊照顾,做饭的人是很辛苦的。等到最后一轮酒席的客人也逐渐散了,厨房里的人才出来把桌子收拾干净,将剩下的菜各自归并,重新烩一些菜出来吃。我们也因此吃过很多这种烩菜的酒桌,晚上最后走,主人家散的烟和糖或还剩下一些,我们的荷包里也必能多揣一把两把糖,留着接下来的几天里慢慢吃。

　　田里的生活,除去犁田耙田和扛水泵、布电线这样男劳力的事,妈妈都做得和男人差不多,甚至更快更好一些。我们一家人下田割稻,爸爸妈妈每行割七棵,我们小孩子手拿不下,每行割五棵。常常他们割完第一趟,在第二趟又赶上乃至超过我们,等我们割完一趟,他们已经两趟都割完了。而我们又不免要坐在田埂上磨洋工,多歇一会儿,捉飞得到处都是的蝗虫,用锯镰刀挖田里的土,捏成碗碟,扯几茎草到上面假装炒菜,或是到塘边洗脸擦汗,凡此种种,总不会像他们那样,只是喝几口水,直一下腰,从田尾走到田头,就又开始割起来。而他们割得快的秘诀,不过是少直腰、多忍耐罢了。实在受不了,才把身子直起来一会儿,或是蹲着割一会儿。

　　他们割好的稻铺子也很好看,摞得整齐而大,像一柄微微打开的折扇。而小孩子割的稻铺,难免铺塌而细小,只是潦草地把割下的几十棵稻堆在一起罢了。打稻的时候,爸爸要一担一担往家里挑稻,田里只有妈妈带着我们姐妹几个在打。等到稻打完,大人不再让我们下田,爸爸忙着犁晚稻田,犁好的田里往往只有妈妈一个人栽秧。爸爸性子慢,中午吃过饭,太阳把地面晒得人走上去都一跳一跳的,他就觉得不必那么赶早下田,而妈妈满心焦灼,有时就急得一个人先到田里去。她栽秧栽得很好，又快又直，疏密得当，栽下的秧既不会水里打漂，也不会半截都埋在泥巴里——自然，乡下有种植经验的男女大多能栽得一手好秧。有时他们都不需在田头拉秧线，只是信手栽去，一趟一趟的都很直。

有一年"双抢"过后，家里的秧栽得差不多的时候，上面大坝子几个去上海栽秧的人回来了。他们家里的田不多，因此"双抢"时就跟着几个泾县的人一起，坐大巴去上海栽秧了。一个栽秧季下来，可以挣几百块钱。打工风气刚刚在本地兴起，而村里人所去的地方，便以上海和东莞两个地方为主。去做小工，或是像去栽秧这样的事情，挣一份力气活的钱。晚上吃饭，妈妈和爸爸讲起这件事来，很是羡慕和向往："小寿子栽秧栽得都能在水上漂，也能到上海挣钱，明年他们要还去，我也跟得去。苦个二三十天，挣几百块钱回来不好吗？"

不用说家里缺钱。粮食价贱，交完上千斤的公粮和余粮后，再除去饱腹的口粮，剩下的稻根本卖不了什么钱，而家里小孩子又太多。但我们以为她只是随便讲讲，妈妈怎么敢去城市里呢？何况明年的事又还太早，便根本没有放在心上。

那之后几天，有一天下午我把牛牵到小孤山的田畈边放。这里靠近去往乡里街上的大路，在村子的东边，平常我们很少来，都是到西面的塘边和田畈里去。这一天因为想找个草好一点儿的地方，就突发奇想把牛牵到这里。刚看着牛吃完两条田埂，只见大路上一辆三轮车"突突突"开过来，渐渐与我平齐，又超过我向前开过去。忽然，车子里有人向我招手。

是妈妈，她还穿着在田里栽秧的旧衣裳，我喊：

"妈妈！"

她在三轮车凳上欠起半边身子（因为车篷太矮，人在里面站不起来），对我喊：

"妈妈到上海栽秧去，过一向就家来！你跟小燕在家好好学习，听爸爸的话！"

我太惊讶,想不到妈妈竟然真的这么快要去上海栽秧,一时猛地只知道应一声:

"唵!"

这时三轮车忽然一个颠簸,把她装衣裳的一个圆滚滚的长条红包(那是三姐背旧不要的一个旧书包)颠到车板上,差一点儿就滚到车外边,她赶紧抢前一步,把包裹捡起来,坐回板凳上。三轮车一下子开出好远,让她已经不能再喊什么话,我只好站在田埂上,看着那辆三轮车继续"突突突"开上万家坟的斑茅丛间,声音越来越小,再一个拐弯,不见了。

被三轮车惊到的牛,慌张间一只蹄子踩到了我的脚,又赶紧把蹄子提起来,直到我回过神来,把脚挪开,它才重新把蹄子放下来。

那天下午的场景,在我的记忆中从此留着夕阳通红的色彩。虽然明白多是出于记忆的糅合,应该只是继续放牛,直到太阳把西面的云和村子都染红,才牵着牛回家去,也无法使我为之加上午后阳光强烈、风从远处稻叶尖尖上吹来的夏日印象。到家以后,我才知道原来是妈妈听讲上海那边还有一些田没栽完,所以大坝子的那几个想再去一趟,她立时便决定和他们一起去,怕我们哭,所以没有和我们讲。假如不是在去街上的三轮车上看见我,也不会对我嘱咐了。

妈妈第一次离开家去到上海栽秧的日子,剩下的我们是如何度过的,如今我已完全不记得。除了饭桌上第一次只有四个人吃饭(爸爸、三姐、妹妹和我),使我感到深深的寂寞之外,此外便是一片空白。大约一二十天,或是二三十天后,妈妈回来了。因为很久没有剪头发,她的头发长长了,只好用毛线绳草草揪了两只小辫子出来,脸上晒得釉黄。这一趟打工大约很顺利,只要奋力栽秧就可以,她有些眉飞色舞地讲同去的妇女不会做人,喊送饭送菜来的老板娘"阿姨",而她则知道喊人家"大姐"。这一趟外出予以她勇气,到第二年初夏,早稻的秧苗栽下田后,她便又洗净了衣裳去上海。这一次是跟一个在医院里照顾病人的同村女人去医院"找事"。初到没有事做,她便一直在医院边徘徊,逢到看上去可能的人,便操着乡音问人家要不要人照顾。夜里舍不得——自然也是没有钱——住旅馆,好在天气逐渐转暖,就在医院的草坪上过一夜。就这样找了几天,终于找到一份事做,前后又换了几个病人,以她那样的勤快与干净,很快在医院站住了脚跟。

　　此后的日子仿佛电光石火,一开始,每到"双抢"时妈妈都还要回来一起收割栽种,几年过后,就连"双抢"也脱不开身,请不了假,一年常常唯有过年才能回来一次。她做过很多工作,在医院照顾病人,去行走不便的开麻将档的人家当保姆,给网吧烧饭和打扫卫生,照顾得癌症的熟人,从上海辗转到南京,除了我和妹妹复读初三的那一年,再也没有长久在家待过。那一年因此成为我漫长灰暗的青春期里难得的光明与温柔。妈妈不在家的日子,我们仍在贫困里挣扎了好多年,此后我所记得的,是初中时弥漫整个校园的混乱与晦暗,无能而敷衍的地方老师,整个班上没有一个学生会做的习题和因为没有钱买想吃的东西,而变得贪馋和似乎永远饥肠辘辘的青春期的胃口。还有逐渐发育却耻于面对的身体,直到被同学嘲笑,才知道自己已到了该穿内衣的年龄。自卑地暗恋着某个几乎从未说过话的人,在对方有所察觉而作出回应时,却又很快感觉无味乃至厌恶。为了省钱,冬天我们常常带爸爸炒的腌辣椒与腌豇豆,因为在大缸子里放得太久,菜总是冻得冰寒。在最冷的日子,也只有单鞋可穿,或是市场上买来的红色保暖鞋,鞋底只是一层胶,我们却也不知道要垫一双鞋垫(也许只是因为买鞋垫要花钱,而从没有起过这样的主意),总是穿了没一会儿,双脚便冻得麻木,失去知觉,脱了鞋子让同学坐上去,才感到一股钻心的凉气与疼痛。袜子总是在大脚趾那里破了一个或两个洞,穿袜子时,拼命地想把洞压在脚下,好让大脚趾多一层布护着,不至于那么冷。高中时漫无涯际的卷子,不会做的数学题,为此哭了一次又一次。隆冬的晚上,从开着的教室门口吹向第一排的寒风,冻得人疼得想把膝盖挖开。那些年的冬天总是太漫长了。我们一两个星期才回一次家,爸爸仍旧在田里耕劳不辍,只是更容易因为孤苦而心怀怨怼,每一个我们回家的日子,最后都容易在他跟我们抱怨妈妈的话中不欢而散。那时我们哪里会懂得爸爸的孤单呢?家里的灯火昏昏,屋角太高,人够不到,蜘蛛在上头放心织起丝网。因为地平用的水泥不好,这楼房总比我所见到的其他人家要容易脏。

  当我在初中、高中、大学毕业后,直到念硕士,才终于走出那灰暗而无所止归的、漫长的青春与后青春期,变得稍为开朗,觉得自己所做的事不再是完全的糟糕。我才终于能深吸一口气,去看那如同结了蛛网的角落般的过往。妈妈未曾离去前的时光,如同蚌壳深处小小的明珠,在暗夜的回忆里晶晶发亮。的确是有什么遗落在那里,在我小学四年级的下午,妈妈离开的那个傍晚,我的整个童年也随之而去了。

选自《燕子最后飞去了哪里》,人民文学出版社 2016 年

敬　启

　　《百年中国女性文学作品选》精选 20 世纪初以来中国女性作家创作的优秀之作，呈现百年来女性文学取得的辉煌成就。丛书依体裁编排，分为小说、诗歌、散文、戏剧文学和电影文学五种。在编辑出版过程中，我们对个别文字内容视具体情况做了调整。由于收录的作品众多，时代不一，编辑出版时间有限，我们未来得及与部分入选作品的著作权人取得联系。为保护著作者合法权益，我社真诚敬告：请拥有丛书入选作品著作权者联系我们（hljupress@163.com）。

黑龙江大学出版社